二見文庫

# 夜明けまで離さない

シャノン・マッケナ／寺下朋子＝訳

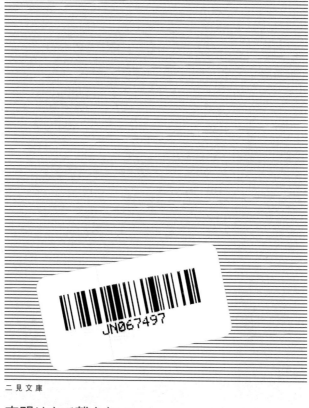

**Headlong**

**by**

**Shannon McKenna**

# 夜明けまで離さない

## 登　場　人　物　紹　介

| | |
|---|---|
| エリック・トラスク | アプリ開発会社のCEO。<br>トラスク兄弟の次男 |
| デミ・ヴォーン | カフェレストランのオーナー |
| アントン・トラスク | エリックの兄。<br>ラスヴェガスなどでクラブを経営 |
| メース・トラスク | エリックの弟。<br>アフリカで傭兵部隊を指揮 |
| ベネディクト・ヴォーン | デミの父 |
| ヘンリー・ショウ | デミの祖父。町の有力者 |
| オーティス・トラスク | トラスク兄弟の養父。前警察署長 |
| ウェイド・ブリストル | ショウズ・クロッシングの警察署長 |
| ボイド・ネヴィンス | エリックの高校時代のクラスメート |
| エリサ・リナルディ | デミの店で働く従業員 |
| テリー・キャトラル | マッケイブ不動産の従業員 |
| ネイト | アントンの会社の警備責任者 |
| ジェレマイア・ペイリー | トラスク兄弟が育ったカルト集団のリーダー |

# 1

エリック・トラスクは、たくさんの花で飾られたオーティスの棺を見つめた。顎《あご》が痛くなるほど強く歯を食いしばっていた。

養父の葬儀《そうぎ》に欠席するわけにはいかなかったが、出席しても居心地が悪いだけでなんの意味もないと思わずにはいられなかった。オーティスはもういない。本心を隠して出席したからといって褒《ほ》めてくれるわけでもないし、ほかに、エリックがこの場にいるかいないかを気にする者はいない。いるとしたら、両側に立つ兄のアントンと弟のメースだけだ。

ふたりも葬儀を嫌っている。エリックと同じ理由で。

それでも三人はこの場にいる。オーティス・トラスクの息子であると同時に預言者《よげんしゃ》の息子でもある彼ららしく、感情を表に出さない厳しい顔で肩を並べている。オーティスも預言者も、感情を出さずに厳しくいることをよしとしていた。

冷たい風のなか、大勢のショウズ・クロッシングの住民がオーティスの埋葬される墓地に集まっていた。驚くことではない。オーティスは長年この町の警察署長を務め、人々の尊敬を集めていた。

参列者のなかには、墓穴の向こうから横目でトラスク三兄弟を見る者もいたが、三人とも気にしなかった。

デミ・ヴォーンはこちらを見なかった。いっさいエリックを見ようとしなかった。ショウズ・クロッシングでデミに会うとは思っていなかった。とっくに、あのろくでもない父親から遠く離れたところに行っていると思っていた。

だがいまここに、エリックの目のまえにいる。心の準備をする暇はなかった。デミを見ると、胸が痛くなった。オーティスを失った悲しみとショックとはまた別の痛みだ。エリックはそんな自分に驚いた。過去の出来事はすべて心の奥深くに埋め、コンクリートで蓋《ふた》をしたつもりだった。相当の苦労をともなったが、完璧に乗り越えた自分を祝福までした。

だが、乗り越えていなかったようだ。今日のおれには、オーティスの葬儀に出るという責苦だけでは足りないというのだろうか？

ありがたいのは、無視されているおかげで彼女を自由に見つめられることだ。見つめるだけの価値はあった。七年の歳月は彼女の輝きを鈍らせてはいなかった。身長は変わっていないが、小柄な体には適度に肉がつき、どこをとっても見事だった。豊かな唇は真っ赤に塗られ、茶色の長い巻き毛は強い風に吹かれてなびいている。あの髪のやわらかさとにおいがありありと思い出される。

ぴったりとした黒いスカートに力強く形のいい脚を包む黒いストッキング。ヒールの高いブーツ。ウエストが締まった黒いレザーのボンバージャケット。セクシーでタフで、ホットだ。

美しい薄いグリーンの瞳《ひとみ》には、エリックの記憶にあるあの頑固《がんこ》で威厳《いげん》のある表情がいまも浮かんでいた。挑むような澄《す》んだ瞳。デミ・ヴォーンはその瞳で、恐れることなく世界を見つめ、自分がおかしいと思ったことははっきり指摘する。エリックに対しても。

それが、エリックを興奮させるか、いらだたせるかのどちらかだった。ときには両方同時ということもあった。

デミはオーティスの棺桶《かんおけ》を見つめ、エリックのほうに目を向けることはなかったが、その代わりに父親のベネディクト・ヴォーンがじっとエリックをにらんでいた。

エリックも見つめ返した。そのまなざしに、言いたいことをすべて込めて。あんたのやったことは知っている。あんたがどれだけろくでなしの嘘《うそ》つき野郎か知っている。自分でもわかってるはずだ。

ベネディクト・ヴォーンは口をゆがめ、目をそらした。

ヴォーンは、デミと違って元気そうには見えなかった。七年まえはハンサムと言ってもよかったが、いまは違う。顔はむくみ、目のまわりや顎はたるんでいる。デミの祖父でショウズ・クロッシングを牛耳っているヘンリー・ショウも一緒だったが、彼はエリックをにらみはしなかった。黒いウールのコートを着た背中を丸め、赤くなったうつろな目でオーティスの棺を見つめていた。ショウとオーティスは、海兵隊員としてともにヴェトナムで戦った。それ以来の親友だ。

エリックは彼らから視線をはずした。あの家族とは目を合わせないほうがいい。デミとの仲は、考えうるかぎり最悪の終わり方をした。

エリックが刑務所に放り込まれるという最悪の終わり方。すんでのところで、八年から十年の懲役刑を受けるところだった。

メースがエリックの腕を叩いた。「三時の方向にいるピンストライプにグリースの男」メースはささやいた。「場違いじゃないか?」

そちらに目を向けた瞬間、エリックにもわかった。もっと早く気づいてもよかったはずだが、恥ずかしながら注意力が散漫になっていた。過去に思いをさまよわせ、デミのグリーンの瞳に魅せられてしまった。エリックは男の正体を見極めようとしたが、うまくいかなかった。新たな住人か、誰かを訪ねてきた親戚か、あるいはよその町に住む誰かの恋人か?

どれも違う。プロの悪党のにおいがする。蛇のようなずる賢い目。かぎ鼻。グリースで光らせた髪は生え際からはげかけている。あばただらけの顔に派手なスーツ、落ち着きがなく怪しげで都会っぽい雰囲気。すべてがショウズ・クロッシングにそぐわない。

「九時の方向にお仲間もいるぞ」アントンがささやいた。

エリックはそちらも見た。ひとりめより大柄でがっしりしていて髭《ひげ》を生やしており、首が太い。冷たく、感情を表わさない目。スーツを着た、頭がからっぽのごろつき。

お似合いのふたり組だ。

「オーティスに刑務所送りにされたのかな？」エリックも小声で言った。

「かもな。オーティスの遺体を見て溜飲《りゅういん》を下げに来たのかも」とメースが言った。

「ひとりならそうかもしれないが――」かろうじて聞こえるような声でアントンが答えた。「ふたりなら違う。賭《か》けてもいい、やつら、銃を持ってるぜ」

「そうか？」とメースは言った。「よし、じゃああとでどっかに連れて行って喧嘩《けんか》を吹っ掛けよう。ガス抜きがしたいんだ」

弟の目が貪欲《どんよく》にきらめくのを見てエリックは不安になった。「だめだ。じっくり話しあっただろう？　行って帰るだけ。騒ぎはなし。予定にないことはするな」

そう言って、エリックは葬儀に注意を戻した。牧師の唱えるおなじみの文言が、葬儀場でのオルガンの音色や百合《ゆり》の強い香り同様、エリックの胃を締めつける。そのすべてを手配をしたのはオーティスの義妹のモリーンだ。

そして棺を地中に下ろすときがやって来た……エリックが何よりも恐れていた瞬間だった。

エリックたち兄弟は、弔辞《ちょうじ》を読むのを辞退した。オーティスとの思い出を誰かと共有する気などなかった。代わりに読むことになったのが、オーティスの引退後、あとを継いで警察署長となったウェイド・ブリストルだった。大柄でがっしりとした五十代後半の署長のことを、エリックは忘れたくても忘れられない。エリックを逮捕し、グレンジャー・ヴァレー病院のICUのベッドにいる彼に黙秘する権利を読み上げたのがブリストルだった。

恨《うら》んでいるわけではない。ブリストルは力を尽くして自分の仕事をしただけなのだ。

ブリストルの弔辞は悪くなかった。過不足はなく、意外な事実が明かされるといったこともなかった。オーティスの勇敢さ、模範的な生き方、多くの勲章を受けた軍人時代、ショウズ・クロッシングに対する無私無欲の献身的な働き。そういったあれこれが語られた。どれもまぎれもない真実であり、誇張ではない。

エリックとアントンとメースだけが、その裏に込められたブリストルの意図を聞き取った。十三年まえ、町の誰もが、エリック、アントン、メースという三つ首の怪物を引き取るなんてどうかしているとオーティスに忠告した。〈ゴッドエーカー〉であれだけのことがあったあとだというのに、正しいおこないだから、ほかに誰も引き取り手がいないからという理由だけで面倒を見るべきではないと。

大柄で力が強くて何をしでかすかわからないティーンエイジャー。しかもふつうではない育て方をされ、幅広い戦闘訓練を受けている。それをひとりでもふたりでもなく三人も家に迎え入れるなんて、大惨事が起きないはずがない。オーティスは就寝中に殺されるだろう。誰もがそう確信した。

だが三人はオーティスを傷つけなかった。オーティスは革のブーツよりタフだった。三人が羽目をはずさないよう監視した。おかげで彼らは生き延びた。簡単ではなかったが、三人とも自分を抑えることができた。無事高校を卒業した。それどころか、エリックとメースは軍にまで入った。

何もかもがおかしくなったのはそのあとだった。エリックが、ベネディクト・ヴォーンとヘンリー・ショウともめてからだ。彼らの大事なプリンセスに対する興味が頭をもたげたのがきっかけだ。

それだけではない。エリックのほかの部分も頭をもたげた。

どう考えても嫌な思い出だ。だがそれでも、デミ・ヴォーンの夢を見て飛び起きることがある。そんなときは息を切らし、汗をかき、下腹部をかたくしている。

不起訴となったあと、エリックはここを離れた。ショウズ・クロッシングから遠く離れた場所で新しい生活を始めた。馬車馬のように働いた。兄弟ふたりもそれぞれの道で同じように働いた。オーティスと、そして互いのあいだでも約束した。絶対に負けないと。

成功するのだ。愚かな連中に、彼らが間違っていたことを証明してみせるのだ。

三人ともほぼ約束を果たしたといっていい。キャリアを築き、それなりに自分の人生を歩んでいる。オーティスのおかげだ。ブーツの革みたいにタフで気難しくて説教好きのオーティス。

そんな彼が死ぬとはいまだに信じられなかった。オーティスは健康診断を受けていた。それも最近。年齢のわりには健康だと自慢していた。問題といえばせいぜい関節炎がある程度だと。気難しく頑固なオーティスのままあと何十年も生きるだろうと誰もが信じて疑わなかった。

それなのに、突然逝《い》ってしまった。なんの前触れもなかった。亡くなる前夜に三人に謎の留守番電話を残したのを除けば。三人のうち誰も、オーティスが生きているうちに電話をかけ直すことができなかった。

留守電でもオーティスは具合が悪いとは言っていなかった。〈ゴッドエーカー〉のことで至急話したいことがあるからショウズ・クロッシングに帰ってきてくれ。それしか言わなかった。興奮しているようだった。怯《おび》えていたと言ってもいい。それまで、オーティスが怯えるなど想像できないことだったが。

だが謎のメッセージの内容が伝えられることはなかった。オーティスは自宅のダイニングルームの床で死んだ。なんの前触れもなしに。

あの連続死のときに亡くなった人々と同じだ。

こんなことを考えるのはやめにしようと思ったが、なかなかやめられなかった。考えているのはエリックだけではないはずだ。十三年まえ、〈ゴッドエーカー〉の火事の直前に、ショウズ・クロッシングの住民十四人が亡くなった。たった十二日のあいだのことだった。全員が突然死だったが、犯罪がおこなわれたという証拠はなかった。オーティスと同じように。

完全な病死だったが、そのタイミングはあまりに疑わしかった。

〝預言者の呪い〟。町の人々はそう呼んだ。エリックたちの目のまえで言うこともあった。

オーティスの棺を下ろすロープのきしむ音を聞くと、悲しみが押し寄せてきた。エリックはなんとか息をしようとした。胸が押しつぶされそうだった。頭のなかで轟音《ごうおん》が鳴り響き、心臓が激しく鼓動し、胃がうねった。

夢のなかで同じロープの音を何度も聞いてきた。十三年まえ、〈ゴッドエーカー〉の火事の犠牲者を埋葬した。多くの棺桶が並んだ。どれも蓋が閉められていた。三十八の遺体はどれも見分けがつかないほど黒焦げになっていたためだ。うち九つの棺はとても小さかった。

エリックは、体じゅうが冷水で満ちていくような気がした。何年も経っているというのに、いまだにつらさが薄れることはない。喉《のど》がつまり、胸が締めつけられ、息苦しくなって視界がぼやけた。心臓が大きな音をたてている。

罪悪感がエリックを苦しめていた。生き延びたこと、彼らを助けられなかったことへの罪悪感だった。

「……トラスク？　ミスター・トラスク？」

葬儀屋の口調は、何度か同じ問いかけを繰り返した人のそれだった。エリックが気づいたと見ると、葬儀屋は人工芝の下を掘り返してできた土の山を指し示した。

終わらせるときだ。

エリックは片手いっぱいの土を握り、投げ入れた。黒い土の塊《かたまり》が、オーティスの義妹のモリーンが選んだ桜材のつやつやした棺の上でくだけた。アントンとメースもエリックに続いた。

エリックの視界の片隅に、黒髪の男とチンピラ風の相棒が、参列者の車が止まっている墓地の進入路に向かって歩いていくのが映った。助かった。メースが奴らを刺激しようとするのをとめなくてすむ。今日はそんな元気はなかった。

「さっさとここから出よう」エリックは兄と弟にささやいた。

「ああ、そうしよう」メースが勢い込んで言った。

三人は、シャベルがオーティスの棺に土をかけるリズミカルな音から離れた。早く出られるよう、車はあらかじめ、通常参列者が止める舗装路ではなく墓地の反対側の未舗装道路に止めてあった。堅苦しくぎこちない社交辞令は最初から避けて通るのが得策だ。相手にとってもそのほうがありがたいだろう。

とにかく早く離れたい一心だったため、目のまえに黒い花崗岩のオベリスクが突然現われたときは不意を突かれた。三人は同時に足を止めた。

あたり一面墓石だらけなのに、よりによってこれに出くわすとは。もう長いこと見ていなかったから、その存在すら忘れかけていた。

「おっと」メースが咳《せき》ばらいをして言った。「ここで会うとは身に余る喜びだ」

三人は動き方を忘れたかのようにその場に立ちつくし、黒い花崗岩に刻まれた多くの名前を見上げた。一番上にあるのが、〝預言者〟ことジェレマイア・ペイリー。三人が育った生存主義者のコミュニティのリーダーだ。そのあとに、一緒に亡くなったほかの大人たちの名前が続く。

九人の子どもたちはさらにその下に、年齢順に並んでいた。一番下はティモシー・ペイリー、三歳。ティミーの甲高い声はいまもエリックの記憶に残っている。

〈ゴッドエーカー〉で生まれた子どもたちは出生証明書がない。火事で亡くなった子どもたちには調べるべき書類も記録もなく、生物学上の両親や親戚についての確かな情報を持つ大人はみんな死んでしまった。

エリック、メース、アントンだけが、この子たちが存在していたことを証明できるのだ。三人以外に、彼らが生きていたことを覚えている者はいない。

そう思うと、なんともいえない責任を感じる。

全員、姓はペイリーとなっていた。エリックたちも、母とジェレマイアが結婚したときに彼の養子となったため、やはりペイリーという名になった。火事の翌年オーティスの養子になるまで、その名を使っていた。オーティスに新しい姓を名乗らないかと言われたとき、三人はそのチャンスに飛びついた。過去に縛《しば》られない新しい人生が始まるのだと思った。

オベリスクに彫られた名前を眺めるうちに、エリックの頭にある記憶がよみがえった。町の教会が、献金を集めて火事の犠牲者のためにちゃんとした墓を建てることになった。三人は牧師から、墓に刻みたい特別な言葉はないかと尋ねられた。

エリックは深く考えずに、ジェレマイアが好きだった詩篇の一節を口にした。〈ゴッドエーカー〉の集会で人々のまえに立つときに必ず唱える一節だった。

〝主はわたしの手に戦いの技を教え、腕に青銅の弓を引く力を帯びさせてくださる〟

預言者自身は戦いに成功しなかったが、彼の努力が足りなかったからではない。ジェレマイアは頭のねじがはずれていたが、その責任感に疑問をはさむ余地はなかった。

「ちょっと！　ペイリーの息子たち！　殺人鬼の父親に手を合わせに来たのかい？」

振り返ると、年配の女が芝生を突っ切って向かってくるところだった。細い白髪をうしろでぼさぼさの三つ編みにまとめている。ぶかぶかのスウェットの上下は、かつてはベージュだったのだろうが、いまはその面影はない。潰《つぶ》れたような顔をしていて、深く落ち込んであざみたいなくぼみに見える赤い目は、三人をにらんでいる。

「違いますよ」とエリックは答えた。「おれたちはオーティスの葬式のために帰ってきたんです。それに名前はペイリーじゃなくてトラスクです。法的に。十二年まえからずっとそうです」

「あんたたちの運転免許証に書かれてる名前なんか知ったこっちゃないね」大きな声は呂律《ろれつ》が回っていない。「あたしは真実を知っている。だまされないよ。あんたたちが何者なのか知ってるんだ。ゴミだよ、ゴミ」

エリックは少し間を置いてから答えた。「あなたが何を知っていようと、おれがすることは変わりませんよ。失礼します」

だがそう簡単には逃げられなかった。老女はさらに足を速めて近づいてきた。少し足元がおぼつかない。離れていても、酒のにおいをさせているのがわかった。

「のこのこやってくるとはたいした度胸だね。この墓を見てごらん」彼女は自分の背後、エリックたちの脇の小さな墓を指差した。「旦那のマルコムだよ。なんで死んだかわかるかい？　〝預言者の呪い〟だよ。あたしは彼をここに埋めた。それからちょうど二週間経って、彼を殺したあの男が目のまえに埋められたんだ。

おかげであたしは、マルコムに会いに来るたびにあんたたちの殺人鬼の父親の墓を見なきゃならない」

「父親じゃありません」メースが淡々と言った。「看守ですよ」

「ふん、ばかばかしい。オーティスには真実が見えてなかった。ほかのみんなには見えてたけどね」

「心配ありませんよ」とアントンが言った。「おれたちはすぐにあなたのまえから消えて、二度と戻ってきませんから」

「ふん、嘘つきめ。預言者とそっくりだ」紫色の唇の端に泡立った唾を浮かべ、女はさらに詰めよった。

エリックは警戒して兄弟と目くばせした。ジェレマイア・ペイリーの訓練によって、身を守るために相手を死に至らしめることもできるようになった。だが、酔って錯乱した老女を相手にすることは想定にない。彼らは未知の次元にいた。

「リンダ、もう充分だろう？」ウェイド・ブリストルのしゃがれ声がうしろから聞こえてきた。

振り向くと、ブリストルは顔を赤くして息を切らしながら坂をのぼってくるところだった。

「言ってることがおかしいぞ。彼らはマルコムの死になんの責任もない。ただの孤児だったた。マルコムは心臓発作だったんだ。わかってるだろ？」

「心臓発作じゃない、呪いだよ！」リンダは叫んだ。「十二日間で十四人だよ、ウェイド。そして今度はオーティスまで。しかもまた心臓発作だ！　マルコムと同じにね。また始まったんだよ。この連中の養父が亡くなった。ほかのみんなと同じように。それを感謝しろっていうのかい？」

「リンダ、落ち着け。彼らはなんの関係も――」

「ゴミだ！」リンダは叫んだ。「ゴミだよ、彼らは。しゃれたスーツを着たってそれは変えられない」

「どうも」メースはスーツの襟から糸くずを取るふりをしてから、広い肩の上でジャケットをまっすぐに直した。「スーツを気に入ってもらえてうれしいね」

「黙れ、メース。余計なことを言うな」ブリストルはなだめるようにリンダの肩に手を置いた。「落ち着くんだ、リンダ。落ち着いて——」

「地獄へ堕《お》ちな」彼女はブリストルの手を振り払い、おぼつかない足取りで転びそうになりながらあとずさった。「全員ね。地獄で殺人鬼の父親のそばにいればいい」

彼らは、芝の斜面をよろよろとくだっていく彼女を無言のまま見送った。

「車じゃないよな、リンダ？」ブリストルが声をかけた。

リンダは振り返らずに中指を立てた。「くたばれ、ウェイド」

ブリストルはきまり悪そうに咳ばらいをした。「すまなかったね」

「別にこれがはじめてじゃありませんから」エリックは答えた。

「オーティスを土のなかに埋めた日に言われるようなことではなかった」

「心配いりませんよ」とアントンが言った。「いまさら気にもならないし」

「助かりましたよ、署長」メースも言った。「間一髪でした。あのままだったら、おれたちも何をしていたかわからない。あの婆さんのせいで破滅していたかも」

署長は厳しい目で彼に釘を刺した。「調子にのるな。今日はわたしだって友人を埋葬したんだ。口を慎《つつし》め、メース」

メースは目を丸くしてから真面目な顔になった。そして、口のチャックを閉める仕草をした。

ブリストル署長はまた咳ばらいをしてから両手をポケットに入れた。「偲《しの》ぶ会のことを知ってるか聞こうと思って来たんだ」

三人は訳がわからずに署長を見つめた。

「偲ぶ会？」エリックが聞き返した。

署長はうなるように言った。「やっぱりな。電話には出ない、葬式には遅れて来る。まわりに、握手したりお悔やみを言ったりする暇も与えず帰っていく。そんな調子だからな」

「ここの人たちと話すことなんてありませんよ」アントンが言った。「いろいろありましたからね」

「それはずいぶん残念な態度だな」

「そうでしょうね」アントンはこともなげに言った。

「ううむ」ブリストル署長はエリックに目を向けた。「きみとは以前、気まずいこともあったが、わたしを恨んでいないと思いたい」

「恨んでませんよ。大丈夫です。過去のことだ」

ブリストルは半信半疑ながらもほっとしたようだった。「それならよかった。会に出るべきだと思う。オーティスのために」

「モリーンはそんな話をしてなかったけど」とエリックは言った。

「モリーンの主催じゃない。〈コーナー・カフェ〉でビュッフェが開かれるから、ぜひ顔を出してくれ。オーティスを尊敬していた人々に敬意を見せるんだ。わたしはこれから向かう。店で会おう」

エリックは去っていく署長を見つめた。諭《さと》すような口調が腹立たしかったが、あれは職業柄なのだろう。オーティスもあんな感じだった。

だがオーティスは誰よりも威厳があった。

兄弟は、ブリストルの大きな体がピックアップに向かってぎこちなく芝生を歩いていくのを見送った。車が木々のあいだに見えなくなると、三人は顔を見あわせた。

「唐突だよな」とアントンが言った。

「ああ、偲ぶ会とはな。誰が金を出してるんだろう？　モリーンじゃないのは確かだ。しみったれだからな。オーティスが、家と土地とトラックを彼女の息子たちじゃなくおれたちに遺《のこ》したことに腹をたててる。一生オーティスを許さないだろうね」

「今朝、立て替えてくれてた葬儀の前払い金を返したけど、会のことなんか言ってなかった」とエリックは言った。

「おれたちに来てほしくなかったんじゃないか？」とアントンが言った。「彼女、おまえの顔に唾《つば》を吐きかけたか？」

「小切手を財布にしまうまではそれはなかったな」

メースは首を振った。「ブリストルがなんと言おうと、おれは会なんか行かない。ただでさえうんざりしてるんだ、もういいだろう」

「おれもだ」とアントンも言った。「この町に我慢できるのはほんの一瞬だ。もうとっくに限界を超えてるよ」

エリックは厳しい目でふたりを見た。「ちょっと注目されるだけなのに我慢できないのか？　臆病《おくびょう》だな」

「なんとでも言えばいい」メースは言った。「何を言われても恥ずかしいとは思わないからな」

「わかったよ」とエリックは言った。「おれがひとりで行く。誰だか知らないが金を出してくれた人に返すだけだ。ここの人間に借りをつくりたくないからな」

メースは小さくせせら笑った。「なぜだ？　おれたちが企画したわけじゃないんだぞ。おれだったら、ここの人間相手に進んで時間を使ったりしない。もちろん、チーズやフルーツにもな。七年まえ、おまえをあれだけの目にあわせたんだぞ。ろくでもない連中だ」

「どうってことないさ」エリックは食いしばった歯のあいだから言った。「昔のことだ」

「会に来る客の大半は忘れてないだろうよ」とアントンが言った。「おまえは行って帰ってくるだけと言うが、連中と関わりつづければ結局騒ぎが起きる。それは確かだ」

「そこが違うんだ。おれは小切手を切りに行くだけで、それはむしろ騒ぎの火消しになる。火が消えてみんなが笑顔になるってわけだ」

「ひねくれたやつだな」アントンが言った。「デミ・ヴォーンか、あの毒をまき散らす父親がいたらどうする？　あの男は、おまえが葬儀場に足を踏み入れた瞬間からにらんでいたぞ。小切手もあの男の火消しはしてくれない。あいつはひどくおまえを嫌っているからな」

エリックの表情を見て、アントンはなだめるように手を上げた。「落ち着け。デミがいたのはいやでも目についた。最前列の真ん中にいたからな。おまえも気づいていたのは、誰の目にも明らかだ」

「ああ、そうだった」とメースが割り込んだ。「これ以上ないほどな」

「関係ないってば」エリックは歯のあいだから言葉を絞りだした。「大昔のことだよ」

アントンが眉間にしわを寄せながらため息をついた。「おまえがそう言うなら」

だが彼らはその場を動かなかった。兄と弟に探るような目で心配そうに見つめられて、エリックはふたりを殴りたくなった。

「で？　帰ったらどうだ、ふたりとも。おれと一緒に行く勇気がないなら、説教をやめて解放してくれよ」

「気をつけろよ」メースの声は厳しかった。「前回あの連中と関わってどうなったか忘れるな。いい終わり方をしなかった。一歩間違えれば一巻の終わりだった」

「結果的には問題なかった。おれも彼女も大丈夫だ。ふたりとも切り抜けた。あのころとは別の人間だ。そもそも彼女は会に出席していないかもしれない。おれはただ挨拶して礼を言って、小切手を切って去るだけだ。なんの問題もない。そしてこの町とは縁が切れる」

「わかった」アントンが言った。「うまくやれよ。家で待ってる」

アントンとメースは、ぴかぴかに磨《みが》かれたアントンのメルセデスGLSに乗り込むと、エリックを振り返ることなく走り去っていった。兄と弟。竜のうろこの鎧《よろい》をつけた頼りになるふたり。すべてに無関心なふりをする。仮面の下の顔をけっして人に見せない。だがエリックには見える。自分もそうだから。

オーティスの死は三人にとって大きな打撃だった。彼は〝説教壇〟の異名を持つノルウェーの花崗岩《かこうがん》の一枚岩のように、嵐にさらされながらけっして変わらず、けっして屈しなかった。手本であり目印だった。エリックにとって、アントンとメースを除けば唯一信頼できる存在だった。

オーティスは三人を恐れなかった。彼らにとってはそれが何よりのプレゼントだった。おかげで命を救われたと言ってもいい。

姓をトラスクにしたければ、必要な書類はそろっている。そうオーティスに言われた日のことはよく覚えている。彼は兄弟に、人はどうすれば向上し、正しいことができるようになるか、約束を守れるようになるかを見せたかったのだ。

オーティスのその申し出はエリックたちにとって大きな意味を持っていた。新しい名前。トラスクとしての新たな出発。

思い出すとつらくなった。大きなこぶしを飲み込んだかのように喉がつかえた。順調といえるときでさえ、世界はエリックに優しいものではなかったが、オーティスがいない世界は時限爆弾のように感じられた。

ショウズ・クロッシングの住人にとっては、エリックたち兄弟が時限爆弾だった。そう思われるのも無理はない。幼いころから戦うための訓練を受けてきた彼らは危険な存在だった。その点では、町の人々が考えるとおりだ。いや、それ以上に危険といってもいいかもしれない。

だが、それを知っていたのはオーティスだけで、オーティスは誰にも話さなかった。ジェレマイア・ペイリーはヴェトナムからの帰還兵だった。あらゆる殺し方の訓練を受けた。終末思想の信奉者のために〈ゴッドエーカー〉を開設したとき、コミュニティー内に住む子どもたちを戦いに備えて訓練した。子どもたちは終末後の混乱のなかで、忠実な前衛隊として活躍することを期待されていた。大きな責任をともなう役目であり、小型武器、ナイフ、接近戦、射撃、戦略、爆薬、軍事史、ゲリラ戦に長《た》けていなければならなかった。ジェレマイアはそれらを容赦《ようしゃ》なく叩き込み、生徒のなかでももっとも優秀なのがエリック、アントン、メースの三人だった。

だがそれも、ジェレマイアが完全におかしくなるまえの話だ。最後の悲惨な一年で、すべてが変わった。

〈コーナー・カフェ〉に向かって車を走らせながら、エリックはショウズ・クロッシングのダウンタウンの発展ぶりに驚いた。いまや最先端の観光地と化している。カフェから数ブロック離れた場所に車を止め、金持ち相手の店を横目に見ながら歩いた。スポーツ用品店、宝飾店、クリスタルアートの店、しゃれた日用品を売る店、書店、アートギャラリー、コーヒーショップ、タコス店。寿司の店まである。かつてこの界隈《わい》《かい》で食事ができるのは〈マルコーニのコーナー・カフェ〉ぐらいだった。あれを食事と呼べるならの話だが。

その〈コーナー・カフェ〉も様変わりしていた。CAFEと書かれた一九五〇年代風の朽ちかけたネオンサインは姿を消し、彩色した木彫りの看板に変わっていた。通りの角に面した大きなはめ殺しの窓にはさまざまな絵が描かれていた。紅葉した葉、かぼちゃ、ほうきにまたがった魔女。

看板に彫られた文字をちゃんと見たのは、混みあった店内が見える正面まで来たときだった。

〈デミのコーナー・カフェ〉だって?

ブリストルが、ビュッフェテーブルに身を乗り出していた。エリックを見るとその顔が明るくなった。ナプキンの上に積み重ねられたミニバーガーを持った大きな手で手招きした。

同時にベネディクト・ヴォーンもエリックに気づき、飲んでいたワインにむせた。扇形にテーブルに飾られていたナプキンをつかんで口を拭き、手で追い払うような仕草をした。まるでゴミ箱を漁《あさ》るアライグマを追い払うかのようだった。

それで気持ちが決まった。エリックはドアを押し開けてなかに入った。

ブリストルがエリックに向けてグラスを上げた。「来てくれてよかったよ。アントンとメースはおじけづいたんだろう?」

「デミの店だってこと、言ってくれなかったじゃないですか」とがめるような口調になるのを抑えられなかった。

「オーティスが話していなかったとは驚きだな。よくここで食事をしていたから。料理がいいんだ。リッキーの店よりずっとうまい。デミはちゃんと店を管理している。

パイも最高だ。それにどっちみち、きみは彼女と話さなきゃならん」

「どうして？」

「あの朝、オーティスが倒れているのを発見したのは彼女だからだ。わたしが病院に着いたときも、ＩＣＵでオーティスに付き添っていた。亡くなったときもそばにいた。それに、この会の主催者でもある。全部彼女ひとりでやってるんだ。きみも知っておくべきだと思ってね」

エリックは思考が停止したまま、ただ署長を見つめた。「それは……知らなかった」

「そりゃあそうだろう。知るはずがない。きみたちは誰からも話しかけられないよう気を配ってたんだから」

そのときデミが振り返り、エリックと目を合わせた。

エリックは頭が真っ白になり、口がからからになった。彼女のあの大きくて明るい緑の目が、透明なガラスを見るようにエリックの内面を見透かした。すべてが白日のもとにさらされた。彼女はひと目でエリックのすべてを見て取った。これまでのエリックのすべてを。

エリックが必死になって忘れようとしてきたすべてを。

# 2

ただのお客さんよ。手を止めず、笑みを絶やさないこと。

落ち着きなさい、わたしの心臓。こんな速く鼓動しちゃだめ。

だが、あてつけるようにデミの鼓動はさらに速くなった。

「何もなかったような顔で現われるとはたいした度胸だ」

父の声だった。ワインのお代わりをしようとしている。見たところ、すでに何杯か飲んでいるようだが、それに対して何か言うのはやめておいた。

「オーティスを偲ぶ会なのよ」平坦で感情のない声を出すのが、父と話すときの習慣になっている。「彼はオーティスの息子だもの。来ないほうがおかしいわ」

「オーティスはやつの父親じゃない」ごぼごぼとグラスにワインを注ぎながら父は言った。「オーティスは父親じゃない。援助しているだけだ。あの男にはそれだってもったいないほどだがな。あの兄弟を引き取るなんて、オーティスはどうかしていた。養子縁組をするまえから堕落していたのだから。モイラがもう亡くなっていたのが不幸中の幸いだよ。あの野獣どもとの生活には耐えられなかっただろう」

デミは口を閉じ、習慣の力で父を無視しようと努めた。店のなかでエリック・トラスク以外のものに目を向けるのはひと苦労だった。

そのとき、葬儀で見かけた場違いなふたり組が目についた。アスパラのベーコン巻きとサーモンパイをほおばっている。ふたりのうちの大きいほう、頬がふくらんでいて髭を生やしている男と目が合うと、男は不快な笑みを浮かべた。男の視線はデミの胸に移り、そこにとどまった。

あのふたりを追い出さなきゃ。父にも引っ込んでもらいたい。父相手にエリックをかばうようなばかなことはしない。だが、これ以上にっこり微笑んでうなずいているのは無理だった。

「なんだ？」父の声が鋭くなった。「なんでそんな顔をしてる？」

「これがわたしの顔よ」デミはそっけなく言った。「パパは興味ないかもしれないけれど、これが、自分の考えというものを持っている顔なの。もう気づいてくれてもいいんじゃないかしら」

「やつを近寄らせるな」父の声は危険なほど大きかった。「おまえもそこまでばかじゃないだろう」

「わたしは大丈夫よ。心配しないで。悪いけど、ちょっと失礼するわ」

「おい！　どこに……おい！　どうしようというんだ？」父は追いかけてきてデミの腕をつかんだ。「やつに話しかけるな！　頭がどうかしたのか？」

「お悔やみを言うのよ」父の指がデミの腕に食い込んだ。「家族が亡くなった人にはそうするのがふつうなの。知ってるでしょ？　ママに教わったわ」

父の手を振りほどき、人々のあいだを抜けてエリックに近づいた。すぐうしろに父がついてきているのがわかったが、追い払うすべはなかった。

だがエリックに近づくにつれて、デミの頭から父の存在は消えていった。彼から発散される生気に満ちた熱いエネルギーがほかのすべてを忘れさせる。

エリック・トラスクがいると、店が実際よりも狭く感じられた。体の大きさ、優雅さ、抑えてはいるもののかすかに感じられる捕食者の気配。彼はこの場にそぐわなかった。強すぎるし、エネルギーに満ちあふれすぎている。まるで、鶏小屋のなかをうろつく豹だ。

以前からゴージャスだった。高校でもそうだったし、二十四歳だった七年まえはさらに魅力的だった。

そしていま、その魅力は十倍に増している。体は引き締まって磨きがかかり、目じりのしわと口元のセクシーなくぼみは深くなっている。

背も、デミの記憶よりさらに高く感じられる。ダークブロンドの豊かな髪は短く、なめらかだ。以前の、丸刈りが伸びたようなぼさぼさなスタイルではない。

身長に関してはデミのほうはまったく変わらないのが残念だ。彼は頭ひとつ分、いや頭ひとつと首の分高い。デミの目線は、彼の鎖骨と同じ高さだった。

ときどき、背が低いのを恨めしく思うことがある。

彼の肩幅はとても広かった。力強い太腿が、スーツのズボンを格好よく見せている。上品なスーツは彼によく似合っていた。仕立てのいい高級なスーツなのは遠くからでもわかったが、魔法を起こしたのは、そのスーツに包まれたしなやかでかたい体だった。

明るいシルバーグレーの目が燃えるようにデミの目を見つめた。デミは高くない背が高く見えるよう精一杯背筋を伸ばし、目をそらさないように努めた。父がうしろで何やら文句を言っているが、耳を貸す気にはならなかった。

誰にも耳を貸す気はない。エリック・トラスクが昔から発散している性的魅力に真っ直ぐ向かっているいまは。

荒削りで愚かだった若き日のデミは、その危険な雰囲気を楽しんだ。デミは大いに学んだ。いまは違う。エリック・トラスクはデミの人生に大きな傷を残した。

相手が誰であろうと、二度とあんな思いをさせられるつもりはない。

それを彼にわからせなければならない。そのために、よく吟味した言葉がいくつか必要だ。そんな言葉がどこで見つかるかわからないし、見つけたとしてもどのように紡《つむ》げばいいかわからないけれど。

デミは、握手だのハグだの、ましてキスなどの気まずい挨拶を避けられるよう、彼から少し離れたところで足を止めた。そして、かたい会釈をした。

「久しぶり、エリック」少し声が高すぎたが、なんとか言葉が出た。

「デミ」エリックの声は昔と変わらず低く、少しかすれていた。その声がデミをなでる。デミの内部の隠れた神経に官能的に触れる。

デミは身震いした。やめなさい、デミ。だめよ、やめなさい。

彼の喉が動いた。落ち着かない様子で唾をのみ込んでいる。彼がこの再会をなんとも思っていないわけではないとわかるとうれしかった。自分を恥じているに違いない。徹底的に恥じている。

「お気の毒だったわ」とデミは言った。「オーティスは立派な人だったし、わたしにとってはいい友だちだった。悲しんでいる人が大勢いるわ」

エリックはうなずいた。「ああ。ありがとう」

そのあとの沈黙はよけいに気まずくなった。店内の誰もが口をつぐんで、ふたりの会話に聞き耳をたてていたからだ。

「何か食べて」とデミは言った。「あそこのアイスバケットにワインが入ってるし、ビールとソフトドリンクなら冷蔵ケースのなかよ。セルフサービスでどうぞ」

「ああ、そのことだけど、きみが金を出してくれているとウェイドから聞いた」

「わたしの思いつきだから。それにうれしいのよ、この会が開けて。オーティスのために」

「費用を払わせてくれ。ふだんこういう会を開くときに主催者に請求する額を言ってくれたら、いまここで小切手を切るよ」

「けっこうよ」

「いや、どうしても払わせてほしい」エリックの声はかたかった。

デミはできるかぎり背筋を伸ばし、顎を上げた。「いつまでもそう言っていればいいわ。何も変わらないから。オーティスは友人だっただけじゃなくて最高のお客様でもあったの。この会を思いついたのもわたしだから、わたしが負担するわ」

エリックは眉根にしわを寄せた。「せめていくらかは援助させてくれ。おれと、兄弟たちに」

「いいえ。でも、そう言ってくれてありがとう。兄弟も来るの？」

エリックはためらった。「ふたりはオーティスのことでひどく悲しんでいる。ここに来て人と話す気分になれないんだ」

デミはうなずいた。「わかるわ。わたしからお悔やみを伝えておいてね」

「そうするよ」

また沈黙が流れた。周囲の人々は少しずつ近づいて、目をそらしたまま料理を食べている。

エリックは、まわりが興味津々でいることに気づいていないようだった。彼はただ、シルバーの目を細めてデミの顔を見つめてから、あたりを見まわして無言で店を観察した。そして何かしらの結論に達している。気にすることはないわ。好きなように考えればいい。彼がどう思おうと、わたしにはなんの意味もない。

店の中央に花が飾ってあり、その隣のイーゼルにオーティスの肖像画が乗っている。エリックの視線はそこに止まった。メニューボードに色チョークで描かれた肖像画は驚くほど本人に似ていた。オーティスは笑っておらず、考え込むように遠くを見つめている。これを描いたエリサはほんとうに才能豊かだ。少ない線でオーティスの本質的な特徴を捉えている。ごつごつした引き締まった顔。かぎ鼻、妥協しない薄い唇。タフさ。強さ。

だが目は優しかった。肖像画はそれも捉えている。

エリックは長いこと肖像画を眺めていたが、やがて尋ねた。「誰が描いたんだ?」

「従業員よ。エリサ・リナルディ。すごいでしょ? 今朝まで考えもしなかったんだけどね。ブルース・ホワイトホースがショウズ・クロッシング・クロニクルのアーカイブから写真を見つけて昨日届けてくれたの。わたしはそれを飾ろうと思っていたんだけど、エリサが徹夜して写真をもとに絵を描いてくれたのよ」

「すばらしいよ」とエリックは言った。

デミは、ちょうど料理の乗ったトレイを持ってキッチンから出てきたエリサを手招きした。エリサはトレイをテーブルに置くと、エプロンで手を拭いて、笑みを浮かべながら近づいてきた。彼女は美しかった。背が高くてほっそりしており、黒い髪を太い三つ編みにして背中に垂らしている。金色がかったブラウンの目は大きい。

彼女を見つけられたのは幸運だった。ここで働きはじめてまだ三カ月だ。ある日店にやって来て、ランチを食べさせてもらう代わりにメニューが書かれた黒板に絵を描きたいと言った。絵はすばらしかったので、デミは夕食も食べさせ、もっと描いてほしいと頼んだ。

結果的に、エリサはそのまま居着いた。デミが所有している店の二階のワンルームに寝泊まりしている。黒板アート以外にも、給仕から帳簿つけまで必要なことはなんでも手伝ってくれる。ひとつだけ残念なのは、メニューを変えるたびに美しい絵を消さなければならないことだ。いつも心が痛む。

「エリサ、こちらはエリック・トラスク。オーティスの息子さんよ」デミは言った。

「エリック、オーティスの肖像画を描いたエリサ・リナルディよ。ここにあるほかの絵も全部彼女の作品よ。いつもいろいろ描いてもらってるの」

エリックはエリサと握手した。「すごいな。そっくりだよ。オーティスを知ってたのかい？」

「少しだけどね」とエリサは答えた。「ここで働くようになったのはつい最近だけど、オーティスはよく来てくれたから。すてきな人だったわね。亡くなってほんとうにお気の毒だわ」

エリックは肖像画を振り返った。「あれは消さないでくれ」

デミとエリサは驚いて顔を見あわせた。「わかったわ」とデミは言った。「あんまり考えてなかったけれど、消さなければならないってことはないわね。消そうと思っても消せないかも」

「買い取りたい。売ってくれるか？　コーティング剤をかけられるかな？」

「もちろん。わたしがやるわ」エリサがすぐに答えた。「でも売りはしない。ただであげるわ。メニュー用に新しい黒板を買ってくれればそれで充分よ」

「ほんとうよ、気にしないで」デミも言った。「あなたの言うとおり、この絵は特別

「ありがとう」エリサは恥ずかしそうに笑みを見せた。「気に入ってもらえて、そして手元に置いておきたいと言ってもらえてうれしいわ。それじゃ失礼。アイスバケットに氷を追加しなきゃ」

デミとエリックは、人のあいだを縫《ぬ》うようにして去って行く彼女を見送った。ふたりの注目から逃げられるのを喜んでいるように見えた。エリサは礼儀正しく愛想がよいが、臆病でとらえどころがない。デミはいつか彼女の抱える事情を聞きたいと思っているが、警戒して出ていかれるのが怖くて聞けずにいる。

だから、疑問に思いながら様子見している。

エリックは、氷の入ったバケツを持ってふたたびキッチンから出てきたエリサを見つめた。「彼女に現金があれば、逃亡資金になるだろう。身を隠すには金がかかるから」

「身を隠す?」デミは鋭く彼を見た。「彼女のこと何も知らないじゃないの。飛躍しすぎだわ。隠れてるなんて、彼女から聞いたことないわよ」

「隠れている人間がそれを言ってまわるわけがない。言わなくてもわかるさ。顔に書いてある。彼女から社会保障番号を聞いているだろうけど、それは偽物だよ」

デミはあっけにとられて彼を見た。「それってあなたに関係ある?」

「ないね。すまない。五百ドルであの絵の価値に見合うだろうか?」

「聞いていなかったの? エリサがあげるって言ったでしょ?」

「ああ。きみが自腹でこの会を開いてくれたみたいにな」彼の声はいらだっているようだった。「何かに金を出したいんだ。だから、この絵に出す」

「わかった。エリサと話して。わたしが口を出すことじゃないから」

「ウェイドから聞いたが、オーティスを発見したのはきみだって? オーティスの家で」

デミはうなずきながら、胸が締めつけられそうになった。

「オーティスの家はヴェンセル通りから六マイル離れている。なんの用であそこまで行ったんだ? あの先には何もない。道路だって一マイルも行かないうちに林道になって、その先は大草原だ」

「彼にパイを持って行ったのよ」

エリックの眉間のしわが深くなった。「パイ?」

「オーティスは甘いものが好きで、わたしが作るアップルパイを気に入ってくれてたの。昔奥さんが作ってくれたのを思い出すって言ってね。だからあの朝、少し持って行ったの。ドアをノックしても誰も出ないから窓からなかをのぞいたら、床に足が投げ出されているのが見えた。それで、窓ガラスを割ってなかに入ってから救急車を呼んだの」

「舗装されていない古い道を六マイルも？　パイを届けるためだけに？」

デミは胸の前で腕を組んだ。「そうよ」

不審に思うなら勝手に思わせておこう。これ以上誰かに対して自分を正当化しない。まして彼に対しては絶対に。

ほんとうは、オーティス以外にも何人か高齢の得意客にパイを届けている。二年ほどまえ、ケトル・リヴァー・トレーラーパークに住むジョージア・ヴィサーが黄斑変《おうはんへん》性《せい》を患《わずら》って運転免許を返納したときからの習慣だ。ジョージアは週に二度〈コーナー・カフェ〉に来てデミのクリームパイを楽しんでいた。そのため、デミは定期的に彼女のところにパイを届けることにしたのだ。顔を出し、おしゃべりをしてつながりを保ついい口実となった。ジョージアはデミの訪問とパイを楽しみにしてくれた。

オーティスの家での出来事は、三年まえ心臓発作を起こした母を寝室で見つけたときのことを思い出させた。それ以来、よく眠れていない。「もっと早く行ってればよかった」こもった声になった。

ふたりの目が合った。デミは不思議な感情が体を駆け抜けるのを感じた。エリックが発する周波数に合い、彼の感じていることを感じられるような気がする。彼が必死で隠そうとしてる悲しみだ。うまく隠しているものの、彼の目には暗く冷たい虚無感が浮かんでいる。デミは強くそれを感じた。

思わず息をのんだ。耳鳴りがする。心臓が強く速く鼓動し……。

一瞬のことだった。デミはまた息を吸った。恐ろしい瞬間だった。

エリックは警戒するような顔になった。何かがあったことに勘づいているものの、正確にはわからない。そんな様子だ。

それも当然。警戒するのも無理はない。彼がいま見つめているのは、デミの背後に現われて突き刺すような目で彼を見ているデミの父だった。

エリックは店内を見まわし、とまどったように眉をひそめた。「お母さんはどこだ？」

父が鋭く息を吸ったが、デミは父が何か言うまえに急いで言った。「三年ほどまえに亡くなったの。心臓麻痺《まひ》で突然」

「気の毒に」

エリックがまっすぐ父の顔を見つめ、また緊迫した瞬間が訪れた。

ふつうではない。高級車を盗んで崖から落ちた男が、ひるみもせず冷たい目でまっすぐその車の持ち主を見つめるとは。鋼《はがね》のような神経の持ち主でなければできないことだ。

エリックはデミに視線を戻した。「いまはレストランを経営しているんだね。まえに聞いたときは、スポケーンのおじいさんの会社で働いているという話だったが。料理はきみの夢だったからね。おれもうれしいよ。ついに鎖を断ち切ったんだな」

「出ていけ」父が怒りに声をつまらせながら言った。「さっさとここから出ていけ」

「やめて、パパ」デミは厳しい声で言った。「ここはわたしの店よ。パパには誰かを追い出す権利はないわ。追い出すと言えば、ちょっと失礼するわ。あそこの葬式荒らしに出ていってもらわなきゃ」父の腕をつかんで引っ張った。「一緒に来て。心強いから」

「だめだ！　あいつらには近づくな！」

デミはひどく慌てたような父の声に驚いて手を離した。「どうしたの？」

「あいつらと話すんじゃない」父の顔は汗で光っていた。「この場にふさわしいことじゃないからな。見苦しい騒ぎはごめんだ」

エリックが愉快そうに目を細め、目のまわりにしわが寄った。「冗談だろう？　よければおれが追い出そう。喜んでやるよ」

「ここで乱闘など言語道断だ」

エリックは肩をすくめた。「乱闘というのは双方が殴りあったりものを壊したりすることだ。そんなことにはならない。やつらは頭にこぶをこしらえて側溝で目を覚まし、何が起きたかはっきり覚えてもいないだろう」エリックはデミの目を見つめた。

「ガス抜きは大歓迎だ。ひと言やれと言って、あとは見物していてくれ」

デミは口を開きかけた。だが、エリックの笑みを見ると言葉が出なくなった。口の脇のあの美しいくぼみを見ると、何も言えなくなる。いやだわ。こんな反応はしちゃいけないのに。絶対にしてはいけないのに。

「デメトラ」父の声でわれに返った。「そんなこと考えもしていないだろう？　していないと言ってくれ」

「黙ってて、パパ」デミは言った。「エリック、やめて。気持ちはありがたいけれど、自分の店のことで人の手を借りる気はないわ。それに助けてもらう必要もないし」

エリックの笑みが消えた。「きみに迷惑をかけるつもりじゃなかった。会の礼を言いたかっただけだ。ほんとうにいいのか？　会の費用も、あの連中のことも」

「ええ、大丈夫よ。ありがとう」

だがエリックはそこから動かず、デミの父の不満げなつぶやきを無視してデミの目を見つめた。あろうことか、あの感覚がふたたび訪れた。彼の周波数に合っているという感覚。彼の悲しみを感じ、喉を締めつけられるような痛みを覚えた。目に涙が浮かぶ。だめよ、いまはだめ。

手を伸ばし、ぎこちなく彼の肩に置いた。「オーティスのこと、本当に残念だわ」声が震えて、自分の声ではないような気がする。「あなたにとってどれだけ大事な存在だったたか」

エリックはデミの手を、そこにあるのが信じられないといった顔で見つめた。

「なんてことだ」父が小さくつぶやいた。「まったく学習しないな。見ていられない」

「なら帰って。そのほうがいいわ」

父はビュッフェテーブルにワイングラスを置くと、人の波をかき分けて去っていった。人々は彼に道を開けたが、すぐにまた集まった。みなデミとエリックのやりとりに興味津々で、ドアから出ていくベネディクト・ヴォーンを振り返るどころではなかった。

どうかしている。彼に触れているなんて。それも自分から。あんなことがあったというのに。あれだけのことをされたのに。彼のせいで心が張り裂け、人生を棒に振ったのに。

スーツの上着に包まれた体はがっしりしていて、熱く、はりつめていた。

エリックはデミの手に手を重ねた。その温かい感触がデミの体を駆け抜けた。彼はそのまま手を動かさなかった。ゆっくりと力を込める。

デミはぞくぞくした。デミを見る彼のまなざしと、彼の手の温かさとそこに込められた力だけから生まれた、なんとも説明のつかない快感。これまで手の甲が性感帯になったことはなかったが、いまは熱い興奮が脈を打ちながら、手の甲を起点に全身に広がっていく。まるで、彼にしかできない、息をするように自然なやり方で巧みに脚の間を触れられているかのようだ。

デミがいきなり手を引いたので、エリックはわずかにのけぞった。頬が赤くなっている。

「ありがとう」と彼は言った。「オーティスを助けてくれて。それからパイを届けてくれて」

「いいのよ」デミは突然あふれだした涙を拭いた。「もっと助けられればよかったんだけど」

「会が終わったら絵を取りに来るよ。町を出るまえに。たぶんあした、遅くてもあさってには来る」

「わかった。エリサにあなたが来ること伝えておくわ」

デミは、店のドアから出ていく彼の広い背中と引き締まったウエスト、形のいいお尻を見つめた。彼は窓に沿って歩き、角を曲がってデミの視界から消えた。

走ってドアに向かいたい。衝動に体が震えた。ドアから顔を突き出して、せめて目でだけでも彼を追いたい。目が彼を欲している。わずかな一瞬をも無駄にしたくなかった。

さんざん恥をかかされ捨てられてみじめな思いをしたのに。憐れみと軽蔑の目で見られてきたのに。もうやめよう。

なにがなんでも威厳を保つ。そう自分に言い聞かせた。

# 3

エリックは車に向かって歩道を歩いていたが、一ブロックほど先にベネディクト・ヴォーンの姿を認めて歩みを緩《ゆる》めた。ヴォーンははっとしたように足を止め、エリックの黒光りするポルシェ991 GT3を見つめた。

ヴォーンの罵《のの》り声は、一ブロック先からでも聞こえた。彼は罵りながらタイヤを蹴った。

そのあいだにエリックは、古い醸造所を改造した最先端のバーの、少し奥まったレンガの入口の陰に身をひそめた。隠れているわけではない。ただ、騒ぎを引き起こさないためだ。それが大人の行動だ。

ヴォーンは酒に酔い、敵意に満ち、いらだっている。彼に声をかければひと騒ぎ起きるのは間違いない。声をかけたからといって何かの役に立ったり、変化をもたらしたりするものでもない。双方とも真実を知っているが、それが明らかになるわけではない。ベネディクト・ヴォーンは自分の悪事をけっして認めないだろう。認める理由がない。彼が勝利し、エリックが負けたのだから。それで話は終わりだ。もうあきらめなければならない。騒ぎを避けてこんなふうに身をひそめるのが、いまどきのあきらめ方だ。

行って帰るだけ。騒ぎはなし。たぶん、たぶんだが、エリックも兄と弟も、〝預言者の呪い〟がふたたび騒ぎだして自分たちを悩ますまえにこの町をあとにすることができるだろう。

エリックは、ヴォーンがキーで車体に傷をつけないことを祈った。もっとも、そうなったとしても自業自得だ。ほかでもないあの車で町に乗り込むのは、ヴォーンに真正面からジャブを食らわすようなもの。あからさまな挑発だ。あの車は、七年まえの出来事をエリックがどう思っているかを如実に語っている。いまも、あの狡猾で嘘のうまい男に罰を与えたくてたまらない。

深呼吸をして、待て。ばかなことはせずにほうっておけ。自分の人生を生きるのだ。もう騒ぎを起こすな。

前方から、車のドアが閉まる乾いた音がした。エンジンがかかる。アスファルトの上でタイヤがきしむ音が聞こえた。ヴォーンが怒りもあらわに走り去っていった。

これで解放された。息を吐いて歩道に戻ろうとしたそのとき、小さな話し声が近づいてきた。

「……町なかで逆上しやがって。とんでもない間抜け野郎だ。そのうち、酔いに任せてよけいなことをしゃべりはじめて何もかもぶち壊しにするぞ」低くざらついた男の声だった。

「震えあがるのも無理はないがね」こちらの声はやわらかくてねばっこかった。「あの男もたいしたもんだ。あのポルシェでここに乗りつける度胸があるとはな。ベニーの顔に唾を吐きかけるようなものだ」

「ああ。やつの自業自得だな」ふたりは笑った。

「あの男が彼女を見つめる顔を見たか？　おれはおまえをファックする、おまえも気に入るはずだ。そう言ってるみたいだった。見事だったよ。彼女ときたら、親父さんの目のまえでぶるぶる震えて濡れてやがった。そこへもってきてポルシェだ。あわれなベニーのやつ、いまごろ血管がブチ切れてるだろう」

エリックは奥まった入口から滑り出て、壁の陰からのぞいた。ひと目で自分の疑いが間違っていなかったことがわかった。会話の主はあの葬式荒らしだった。生え際のはげかかった黒髪の男と、その相棒の、厚板のような顔に髭を生やした首のない男だ。

首なしが言った。「あの男を責めるわけにはいかないな。おれも彼女から目が離せなかった。ちょっとかわいがってやってもいいなと思ったよ」

「順番だ」黒髪の声は鋭かった。「誰かが彼女をやるとしたらこのおれだ。おれのほうが上だからな。だがボスがまだうんと言わないだろう。だから忘れろ。いまはふたりともおとなしくしておこう」

「いまのところはな」首なしが言った。「そのときが来たら、おれはあんたが先でもかまわない。女を分け合うのは別にかまわない。見物できるならな」

ふたりは下劣な笑い声をあげた。

「あの兄弟が帰ってきて、ボスは腹をたてるだろうな」

「ああ」と黒髪が言った。「ありがたいことに、ボスに真っ先にどやされるのはおれたちじゃなくてベンのやつだ。運転を頼むよ。おれはボスにメールを送るから」

キーがじゃらじゃらと音をたてて、手から手へと渡された。「行先は?」と首なしが尋ねた。

「どこだと思う？　ベニーをいらつかせてやるんだよ。活を入れに行こう」

車のドアが閉まり、エンジンがかかった。レンガの柱の影から、エリックは黒い大型のSUVが走り去るのを見た。

体が危険を察知していた。ゆっくり考えたり、意味するところを突き止めたりしている暇はない。彼らがデミのことを話していた以上、もっと探らなければならない。いますぐに。

歩道に出ると、SUVのテールライトが見えた。ちょうど角を曲がるところだった。これからベネディクト・ヴォーンを脅《おど》しにいくのだ。

手を引け。関わるな。絶対に。

理性の声がそう戒《いまし》める。だが、あの男たちはデミを侮辱した。ボスが手綱《たづな》を緩めた瞬間に彼女を凌辱《りょうじょく》するなどと言い放った。いったいどういうことだ？

ひとつはっきりしていることがある。デミに危険が迫っている。負け犬である父親のせいで。なんということだ。

動け。自分の車に向かって走りながら、ポルシェで乗り込んできた自滅的な行為を後悔していた。この町の人間に何かを証明する必要などない――そう考えようとしてきたが、それが本心とは違うことをポルシェが表わしている。あまりにもあからさまだった。エリックの悲惨な過去を知らない人でもわかってしまうだろう。

後悔してももう遅い。ヴォーンの邸宅までの行き方は知っているが、たとえ知らなくても問題ない。あの黒いSUVが、オズボーン・グレード通りをヴォーン邸方面に向かって走るのが見えていた。

エリックはあとを追った。シーダ・クレスト・ドライヴの入口を少し過ぎたところで、通りからちょっと入った、森のなかに向かう細い道に車を止めた。車は、見ようと思えば通りから見えるが、エリックは見ようと思う人が現われないことを祈った。そこは七年まえのあの運命の晩、エリックがかつての愛車、〈モンスター〉を止めた場所だった。あの晩のことはいま振り返るべきことではない。

だが、森のなかを歩きながら振り返らずにはいられなかった。ヴォーン家の監視カメラの場所はすべて覚えている。デミの両親が留守だからとそこで過ごしたあの晩、画面に映る監視カメラの映像を見たから。

罠にかけられ、はめられ、殺されかけたあの晩。

あのときのことは考えるな。そう自分に強く言い聞かせた。いま起きていることとは関係ない。いま問題なのは、デミの身の安全と、彼女を傷つけようとしている男たちのことだ。それだけを考えるのだ。

自身の過去やヴォーンとの確執のことはいっさい関わりない。

豪華な邸宅三軒の裏庭を通りすぎた先がヴォーン家の敷地の裏だった。家はどこよりも大きく、芝生はどこよりも広く、太陽の光をさえぎる木々はどこよりも立派だった。

デミは、監視カメラに検知されないルートを教えてくれた。それが、はっきりとよみがえった。何年ものあいだ忘れようとしてきたというのに。

黒のSUVは家の正面に止まっていた。男たちは玄関ドアを叩いたあと、家の横側のポーチに移動していた。

「ベニー！」黒髪が叫んでいた。「なかにいるのはわかってるぞ。あんたが家に向かうのを見たし、ガレージに車があるからな。出てきて話そうぜ。でなきゃ、おれたちがなかに入る。どっちがいいかあんたが決めろ」

黒髪はあたりをはばかりもしなかった。あの声の大きさならすべて近所の住人に筒抜けだろう。

ポーチのドアが開いた。エリックはかがみこみ、モミの若枝に顔を隠すようにしてポーチに近づいた。戸口に立っているベネディクト・ヴォーンの姿が見えた。慢性の痛みに苦しむ病人のように口角が下がっている。

「声を抑えろ」彼は小声で言った。「話があるときは車をまえに止めずに裏から来いと言ってあるだろ！」

「やあ、ベニー。おれも会えてうれしいよ」と黒髪が言った。「料理を楽しませてもらった。葬儀のあとで腹ぺこだったもんでね。あんたの娘は最高の料理を出すじゃないか。そのうえセクシーときた。おれと結婚させてくれるか？」

ベネディクトは顔をしかめた。「なんの用だ？」

「おいおい、ベニー。愛想が悪いな。あんたの家族にしてくれって言ってるんだぞ」

「ここには来るな。誰かが通りかかったら見られるじゃないか！」

「おれたちのことを見られるのが恥ずかしいのか、ベニー？」そう言ったのは首なしだった。「フェリックス、どうやらベニーはおれたちのことが恥ずかしいらしいぜ」

「おまえの言うとおりらしいな、ロッコ」フェリックスはわざと悲しげな声で言った。

「ベニー、あんたのその態度には傷つくな。長いつきあいだっていうのに。いろんなことがあったじゃないか」

「ふざけてないで、彼が何を求めているか言ってくれ」ベネディクトがうなるように言った。

フェリックスとロッコが目くばせし、不吉な沈黙が流れた。

「まえから求めていることだ。一番はじめからな」フェリックスの声からは、わざとらしい親しさが消えていた。「そのために、タコマでの騒動のとき金を使ってあんたを救った。あんたは自分の仕事をわかっているはずだ。どんな手段を使ってでも、おれたちにプライバシーを提供するのだ。あんたは約束を果たしていない。ボスは喜んでないぞ」

「すべてをわたしの思いどおりにすることはできない」ベネディクトは追いつめられたように言った。「何年ものあいだ、あの土地を買い取ろうと努力してきた。牧草地にすらならない、なんの役にも立たない土地だ。あの頑固者は、わたしを困らせるためだけにノーと言いつづけてきたんだ」

「ああ、知ってるよ。あんたはさりげなくやってるつもりでも、向こうは気づいていた」

「彼がなぜあんなに頑《かたく》なだったのか、わたしにはさっぱり――」

「あんたのことをうさんくさいと思ったからさ、ベニー。実際そうだろ？　そしてあんたはしくじった。すべての失敗はあんたのせいだ。負け犬だよ」

「わたしのせいじゃない、あれは――」

「言い訳なんぞ聞きたくない。誰よりもボスがそう思ってる。あんたは間抜けだ。やるべきことができないなら、ただのお荷物だ」

ベネディクトは避難場所を求めるかのように、家のなかに一歩あとずさりした。

「わたしを脅しているのか？」

フェリックスとロッコはにやりと笑みを交わした。

「さあ、どうだろう」フェリックスが静かに言った。「脅さなきゃならないのか？」

ベネディクトはあわてて両手を上げてふたりをなだめた。「いやいや、何もしなくていい。わたしがちゃんとやるから」

「あんたがやれ。でなきゃおれたちがやる。あんたの気に入らないやり方でな」

ふたりはゆっくりと家を離れた。ベネディクトはドア枠で体を支えていたが、車のエンジンがかかるとポーチに出て、車が走り去っていくのを目で確かめた。

それから、ポーチの手すりから身を乗り出して薔薇《ばら》の茂みに向かって吐いた。ぼろきれのように手すりにおおいかぶさり、唾をはいたり咳込んだりした。ひとしきり終えると、体を起こして口をぬぐい、悪態をつきながら家のなかに入っていった。

エリックは動けなかった。闘争本能で体がうずうずしたが、戦う相手がいなかった。アドレナリンを放出するところがない。頭に血がのぼって、燃えるように熱かった。

ベネディクト・ヴォーンは窮地に陥《おちい》り追いつめられている。それはしかたがない。自業自得だ。デミのことさえなければ放っておくところだ。

だが、彼女に対する脅しはどんなものでも受け入れられない。

ヴォーンは何をさせられているのだろう？　いや、考えるのはやめよう。知ったことじゃない。詳しいことを知ってもしかたがない。土地だのプライバシーだのどうでもいい。すべて身から出た錆《さび》だ。勝手に泥沼に沈めばいい。

だが、デミを一緒に引きずり込むことは許さない。

問題は、エリックがデミにとって誰よりも信用できない相手だという点だ。盗人で嘘つき、そして彼女を利用したと思われている。そのうえ、彼女の父に対して恨みを抱いて当然だという状況でもある。どこから見ても、信用などないに等しい。

さらに、いまこうしてヴォーンの家まで来て茂みの陰から盗み見していること。それ自体がアウトだ。差し止め命令を食らってもおかしくない。

だがたとえ彼女に信じてもらえなくても、警告せずにはいられない。彼女がその警告を切り捨てたとしても、少なくとも情報は頭に残るだろう。用心するはずだ。

いま見たことを彼女に伝えなければならない。伝えてから、首をへし折られないうちに逃げればいい。あるいはまた逮捕されないうちに。

どう転んでもいま以上彼女に悪く思われることはない。それが唯一の慰めだった。

# 4

「すみません、今日は貸し切りなんです」店のドアにつけたベルが鳴り、応対しているターシャの声が聞こえる。デミはキッチンから耳をそばだてた。

「わかってる。デミと話しに来たんだ」

エリックだった。低くかすれているがよく通る、いい声だ。覚えてはいけない興奮が体のなかではじけた。その興奮を静めてからキッチンを出た。キッチンで、ビュッフェの残りをデリバリー用に小分けにしているところだったのだ。

エリックはドアの横で待っていた。ターシャは問いかけるような目でデミを見た。

「いいのよ、ターシャ。配達に出かけてくれていいわ。配達先のリストはちゃんとある？　住所もわかる？」デミは料理を入れた厚紙のトレイをすべて箱に詰めてダイニングエリアに運んだ。

「携帯に入っているわ」ターシャは言った。「ドロシー・ピルチャー、ロドリゴ・サンチャゴ、ジョージア・ヴィサー、ロドニー・ベローズ、アン・フォガティー、ベティ・トランボール。合ってる？」

「完璧」デミはターシャに箱を渡した。「最後に入れたふたつはあなたとご家族用よ。それから青い大きなステッカーがついているのはベティのだからね。ベティも娘さんも糖尿病だから、甘いものを入れていないの」

「わかったわ。青いステッカーはベティね。ママとスーザンの分までありがとう」

「車まで運ぼうか？」エリックがターシャに言った。

「いいえ大丈夫。でもありがとう。じゃあ、行くわね」ターシャは探るような目でデミを見てから、今度はもっと長く、値踏みするようにエリックを見ながらお尻でドアを押し開けて箱を運び出した。

デミとエリックは、店のまえに止めてあったマツダのトランクに箱を入れるターシャを見守った。ターシャは車に乗り込むと、クラクションを鳴らしてから走り去っていった。

先に沈黙を破ったのはエリックだった。「さっき彼女が言っていた名前は全部覚えている。みんな老人で、裕福ではない人たちだ。オーティスにパイを届けていたのと同じことか？」

デミはなぜかむきになって言った。「みんな、葬儀や偲ぶ会に来たかったに違いないけれど、なにか理由があって来られなかった人たちばかりよ。その人たちにも会に参加してほしかったの。ところであなたは何をしに来たの？　肖像画を取りに来るのはあしたかあさってだったんじゃない？」

「いまもらうことにしたんだ。できればだけど」

「わかった。ちょっと待ってね。エリサ！」

エリサがエプロンで手を拭きながらキッチンから出てきた。「はい？」彼女はエリックに気づくと微笑みかけた。

「コーティング剤、いまかけられる？」とデミは尋ねた。「すぐできるものなの？それとも時間がかかる？」

「すぐできるわ。上に持っていってやってくるから待ってて。すぐに戻るから」

彼女は屋根付きの通路に通じるドアの向こうに消え、店にはデミとエリックがふたりきりで残された。息のつまるような沈黙がふたりをとらえた。

エリックがポケットから札束を出してカウンターに置いた。「ＡＴＭに寄って、彼女に払う金を下ろしてきたんだ」

「彼女、断わるわよ」

「誰かにあげてもいいし、寄付してもいい。好きにすればいい」

「あなたって頑固な人ね」

「ああ、そうなんだ」

また沈黙が流れた。デミは、母に教わったみたいに沈黙を埋める愛想のいいおしゃべりをしたいという衝動に駆られた。それを我慢するには相当の精神力が必要だった。彼に気をもませるのよ。気まずい思いをさせるの。それだけのことをしたのだから。

「家に閉じこもっている人たちに残った料理を届けるのはいいことだね」沈黙を破ってエリックが言った。

「いい商売になるから」デミはぴしゃりと言った。

「きみがそう言うならそうなんだろう」

「あなたとアントンとメースにも用意するわ。そうするのがふさわしいと思わない？」

「いや、おかまいなく」エリックは即座に言った。

「あらまあ。でもおあいにくさま。好きなだけ抵抗すればいいわ」デミは紙製の大きな容器を広げると、ローストビーフのスライスを並べた。「誰かにあげてもいいし、寄付してもいい。とにかく持って行って。これが、偲ぶ会に顔を出さなかったアントンとメースに罪悪感を持たせるための遠回しな仕返しなの」

「罪悪感を持たせるなんて不可能だよ。あのふたりはそういうことを感じないんだから」

「そうなのね。あなたはどうなの？」言葉が口から飛び出してから、彼の返事を聞く心の準備ができていないことに気づいた。

エリックは長い間《ま》を置いてから答えた。「おれは、あのふたりと比べれば罪悪感を覚えるほうだ」

デミは鼻を鳴らした。「それは気の毒ね」

「ああ」

顔が熱くなるのを感じながら、デミは料理を適当に容器に詰めていった。「さて」しばらくしてから言った。「キッチンでやらなきゃならないことが山ほどあるから失礼するわ。エリサが来るまでここで待ってて」料理の容器をエリックの隣に置いた。「帰るとき持って行ってね。アントンとメースによろしく伝えて。じゃあ、すてきな夜を」そしてすてきな人生を。二度と現われないで。デミは彼に背を向けて歩きだした。

「デミ、話があるんだ」

デミは背を向けたまま足を止めた。キッチンにいるスタッフの明るい話し声と、鍋や食器類のぶつかりあう音が急に耳に入るようになった。

「いいえ、エリック。わたしたちのあいだで話すようなことは何もないわ」

「大事な話だ。緊急の。聞いてくれ」

「なんの話？」デミはまだ動けなかった。彼の返事に身構えて、全身の筋肉が石のようにかたまってしまったようだ。

「誰にも聞かれたくない」エリックが近づいてきた。静かだが低く通る声がデミの体のなかで響いた。まるで自分がベルになって彼に鳴らされたみたいだった。

いや、いまも鳴りつづけている。

彼は触れられるほど近づいた。彼の発する熱や、彼を取り巻くエネルギーが感じられる。

「あっちで話せるかな？」バースデイパーティーなどを開くための個室のほうを指して彼は言った。「個人的な話なんだ」

デミはあとずさりした。「いいえ、エリック」怒りで声が震えた。「個室はだめ。わたしたちのあいだで個人的な話はなしよ。言うことがあるならいますぐ言って。忙しいんだから」

「さっきここにいた葬式荒らしのことだ。おれが追い出そうとした連中だよ」

「なんなの？　結局たいした問題じゃなかった。あなたのほうがずっと問題だわ。あなたが帰ったあとすぐに出ていったわよ」

「知ってる。外で見たからな。ふたりの会話も聞こえた」

デミはいらだって言った。「それで？」

「きみのお父さんのことを話していた。お父さんを脅しに行くと。連中の言葉をそのまま繰り返すと、いらつかせてやる、活を入れる。そう言っていた」

全身の血が凍るような気がした。心がずしんと重くなり、耳鳴りがしてきた。「なんで？」

「そこはよく聞こえなかった。どうやら彼らのボスのためにお父さんが何かやることになっていたらしい。土地を買うとか、プライバシーをどうとか言っていた。なんらかの理由で、お父さんは求められている仕事をしなかったみたいだ」

「なるほど」デミは唇をかみながらうなずいた。「それで、それがあなたに関係ある理由は？」

「きみのことが話題にのぼったからだ」

鋭く息を吸って尋ねた。「わたしのことが？　なんて言ってたの？　会ったこともない人たちなのに」

「はっきりとは言わなかったが、彼に話しているのを聞いた感じでは、連中の言うとおりにしないときみに危害を加えるといったことだと思う」

「彼に話していた？　父にってこと？」

エリックはうなずいた。

デミは目を細めた。「ちょっと整理させて。つまりあなたは、ふたりのならず者がわたしの父を脅していたと言うのね？　それも路上で。あなたや、多くの人の目のまえで」

エリックは覚悟を決めたかのように顔をこわばらせ、ためらいながら言った。「いや。路上じゃない。それに、彼らはおれを見ていない。連中がきみのことを話しながら車に乗るのが聞こえたんで気になった。だから……あとをつけたんだ」

「そうなの。どこまで?」

つらそうな沈黙のあと、エリックは明かした。「お父さんの家だ」

デミは思わずぽかんと開けた口をあわてて閉じた。「わたしの父の家に行って、父とあのふたりの会話を盗み聞きしたってことね」

エリックはうなずいた。

「どこで聞いたの? ドアに耳を押しつけたの?」

「裏だよ。木立のなかのプール小屋の裏だ。彼らは裏庭にいた。お父さんは横のポーチにいた。話は全部聞こえたよ」

「わかったわ」冷めた平坦な声になった。「つまりあなたは、監視カメラに映らないところに隠れていたってことね。昔わたしが教えてあげた場所に」

「ああ」

デミは動揺が顔に出るのを抑えられなかった。それをかろうじて感じて、彼に背を向けた。「これがどんなに不気味で異常なことかわかってくれるといいんだけど。父の家のまわりをこそこそして様子をうかがうなんて。通報しなきゃならないわ」

「頼むからやめてくれ。あいつらの口からきみの名前が出たんだ。ああせずにはいられなかった」

「それでもやっぱりあなたには関係ないわ」怒りで声が震える。「たとえ彼らがわたしを殺す計画をたてているとしてもあなたには関係ない。あなたはとっくの昔にわたしの身を心配する権利を放棄したのよ。あなたに心配されるのは迷惑なの」

「きみがそう言うのはわかってた」

「じゃあ、どうしてわざわざわたしに話すの?」

「知っておいてほしかったからだ」断固とした顔で彼は言った。「用心してほしいから」

「用心ならしてるわ」熱のこもった声でデミは言った。「あの父の娘として生きてきたうえに、あなたと忘れられない三日間を過ごしたんだもの。つねに用心していると思ってくれていいわ。死ぬ日まで用心しつづけるわよ」

「あのふたりには特に用心してくれ。甘く見ると――」

「わたしを心配するふりなんかしないで。それから、それを理由にわたしや父に近づくのはやめてちょうだい。この邪悪な人でなし」

エリックはうなずいた。「わかった」締めつけられたような声で言った。

「ひとつ理解できないんだけど」とデミは言った。「あなたは自分からわざとまたトラブルに巻き込まれようとしているの？　ひねくれ者なの？」

「そうせずにはいられなかった。正しいことをするのがおれの信条だ。たとえ痛みをともなうことでも」

デミは胸を殴られたような痛みを覚えた。「出ていって」

「デミ、おれはただ――」

「行って！」

エリックはドアのほうにあとずさりした。「いやな思いをさせて悪かった。とにかく警戒してくれ」

「ええ。あなたと関わったおかげで警戒することを覚えたわ。一生の贈り物よ。いつも警戒しているから心配しないで。さあ。出ていってちょうだい」

エリックがドアから出ようとしたそのとき、黒板を持ったエリサがドアを開けた。

とまどったようにデミからエリックへと視線を移して言った。「待たせてごめんなさい。コーティングが乾くのを待たなきゃならなかったの。もう大丈夫だと思うけれど、念のため、もうしばらくは表面に触らないように気をつけて」妙な空気を感じとり、声が次第に小さくなった。彼女はエリックに尋ねた。「これ、ほんとうにいる？」

デミはため息をつき、エリサから絵を受け取った。「受け取って。早くしてね」

エリックはエリサをエリックを手振りで促した。「ありがとう」と重々しく言った。「バーカウンターに金を置いておいた」

エリサは困ったように言った。「さっきも言ったけど売る気はないの。お願いだから――」

「早く持って出ていって！」

デミがいらだって叫ぶと、そのあとに沈黙が流れた。キッチンも静まり返った。水の音も鍋のぶつかり合う音も、おしゃべりも笑い声も聞こえない。誰もが息をひそめていた。

エリサが驚いて目を丸くしている。

「すまない」エリックが静かに言った。「悪かった、何もかも」

彼は黒板の端をそっと持って出ていき、暗がりのなかに消えた。

デミは両手で顔をおおって自制心を取り戻そうとした。エリサの細い手が肩にかかるのを感じた。

「デミ。気の毒に」

「ごめんなさい、大声を出すつもりはなかったの。ただ……ちょっと時間をちょうだい」

エリサは何も言わずに、温かい手の重みをデミの肩に置いたまま待った。デミはひきつった息を一回、そしてもう一回、胸に吸い込んだ。

「誰かのことをわかっているつもりだったのに、実は思っていたのとまったく違う人だったっていう経験ある？」デミの声はかたく、震えていた。「それも、天と地ほど違うのよ」

エリサはデミの肩をぎゅっと握った。「あるわ」

その口調に、デミは振り向いた。エリサの目は濡れていた。ふたりは互いの体に腕をまわした。

しばらくそうしてから、デミは体を離した。デミの顔も濡れており、いますぐティッシュが必要だった。先に鼻をかんでから、ティッシュのパックとエリックが置いていった五十ドル札の束を一緒にエリサに渡した。「受け取って」

「デミ、これは――」

「何も言わずに受け取ってくれたらほんとうにありがたいわ。お願い」キッチンの入口から、最近雇ったキッチンスタッフのゴメスとアルバが心配そうにのぞいていた。デミはそちらにエプロンを振って言った。「あなたたち三人に戸締りを頼んでいいかしら？　帰ってひとりになりたいの」

「もちろんよ」とエリサが言った。

「問題ないわ」アルバも言った。「帰ってちょうだい。あとはやっておくから。またあしたね」

デミはジャケットとバッグをつかむと外に出た。冷たい風に枯葉が舞い上がる。周囲を見まわして、エリックが潜んでいないのを確かめた。

車のヘッドライトが近づいてきた。恐怖でみぞおちが重く冷たくなったが、運転席を見てほっとした。運転しているのは縮れ毛の年配の女性で、葬式荒らしではなかった。

ふたたび息ができるようになり、膝の震えがおさまった。

けっこうなことじゃないの。神経過敏になって被害妄想に陥るような新たな出来事が起きるなんて。

エリック・トラスクはいつも何かをもたらす。

# 5

エリックがオーティスの家のまえに車を止めると、ちょうどアントンが、額装されたオーティスの写真の入った箱をメルセデスの後部に積み込んでいるところだった。兄弟三人で話しあい、オーティスの遺したもののうち野生生物の写真と機材だけ残し、残りはすべて町のリサイクルショップに寄付することに決めてあった。昨夜、くじ引きで順番を決め、それぞれ欲しい写真、カメラ、レンズを選び、三つの山に分けた。

暗くなってきた空に重い雲が垂れこめていた。山腹の木々が風に揺れる。エリックは車のなかから、アントンがSUVの後部ドアを閉め、車に寄りかかって腕を組むのを見つめた。トップが長く、サイドを短く刈った茶色い髪が風に吹かれる。オーティスはあの髪型を嫌っていた。チンピラみたいだと言っていたが、アントンは自分のファッションに対するオーティスの小言を黙って受け流した。

アントンの革の黒いロングコートに雨粒がついている。顔は険しく、黒い目は疲労で陰っている。みんな、まったく眠れていない。

エリックはポルシェから降りた。メースが玄関ドアのガラスが割れた部分にダクトテープで厚紙を張っている。オーティスを助けるためにデミが割ったのだ。

張り終えると、メースはポーチの階段を下りてきた。人差し指にダクトテープのロールをかけてくるくる回し、誰もだまされないようなわざとらしい笑みを浮かべている。手の甲は節くれだち、全面をおおう火傷《やけど》の痕《あと》が光っている。

「で？」と彼は言った。「どうだった？　ショウズ・クロッシングはやさしく抱きしめてくれたか？　海老のパイやソーセージパイは出たか？　小切手は切ってきたのか？　何か変わった事件はなかったか？」

「〈コーナー・カフェ〉はデミ・ヴォーンのものになっていた」

アントンとメースは驚いたように顔を見あわせた。

アントンが小さく口笛を吹いた。「驚きだ。まさに事件だな。おれも行けばよかったよ。面白いショーを見そびれた。見る価値があっただろうに」

「それで？」メースが尋ねた。「何があった？　ベネディクト・ヴォーンと偉大なるショウじいさんが、また兄さんを刑務所に放り込もうとしたのか？」

「ヴォーンは何か言いたそうだったが、もっと大きな問題を抱えているらしい」

「どうせ父親にもじいさんにも気づきもしなかったんだろう？　料理のトレイを差し出すデミ・ヴォーンの胸の谷間が気になって」

「彼女は胸の谷間なんか見せていない」エリックは食いしばった歯のあいだから言った。

「まあいいさ」とメースは明るく言った。「隠れたところは旺盛な想像力で補えばいい」

「やめたらどうだ？」

エリックの口調に、メースは驚いたようだった。「そんなにむきになると思わなかった。すっかり立ち直ったと思ってたから。自分でもそう言ってたし」

「オーティスを見つけたのはデミだ」とエリックは言った。

メースの顔から笑みが消えた。

「彼女はここで何をしてたんだ？」アントンが尋ねた。

「オーティスにパイを届けにきたんだ。床に倒れているオーティスを窓の外から見つけ、ガラスを割り、救急車を呼んだ。そして、ICUで最期《さいご》まで付き添った。ウェイドから聞いたんだ」

「そうか」メースがごくりと唾をのみながら言った。「それならよかった。ひとりで死んでいったんじゃないんだな」

沈黙のなかで、松の枝が音をたてて風に揺れた。枯葉が三人の足元のぬかるんだ道を舞う。

「その情報がどうしておれたちに関係あるんだ？」アントンが沈黙を破った。

「わかってるだろ、関係はないさ。ただ、自分だけじゃなくてふたりにも知っててほしかったんだ」

「そりゃあどうも」メースが苦々しげに言った。

「どういたしまして。だけど、今日のショウズ・クロッシングでの冒険はこれで終わりじゃない。葬式荒らしを覚えてるだろ？」

「おい」アントンは身構えるように言った。「おまえ、何をしたんだ？」

「偲ぶ会にも来てたんだよ。ベネディクト・ヴォーンは怪しい連中と関わっていて、どうやら借りがあるらしい。脅されている。連中がデミのことでよからぬ話をしているのが聞こえたんだ」

驚きのあまり、アントンとメースの顔から表情が消えた。

先にわれに返ったのはアントンだった。「ちょっと待て。なんでわかったんだ？」

「連中がヴォーンの家で彼に話しているのが聞こえたんだ。通りでデミのことを話していたんで、何をたくらんでるのか突き止めようとあとをつけたんだ。行き着いたのがそこだった」

「ベネディクト・ヴォーンの家か」メースが信じられないといった面持ちで言った。「葬式荒らしのあとをつけてベネディクト・ヴォーンの家に行き、やつを探ったっていうのか？　ほんの数時間おれたちが目を離したすきに！　どうかしちまったんじゃないのか？」

「知りたかったんだ」エリックは言い訳がましく言った。「ヴォーンが炎に包まれようと知ったことじゃない。だけどデミを道連れにはさせたくない」

「ばかか」アントンが重々しく言った。「まだ町の人間と関わるとはな。結局はおまえひとりが炎に包まれることになるぞ」

「関わるつもりはない。何もしないさ。ただ、店に寄ってデミに警告しただけだ。もしあいつらが――」

「父親にこっそり近づいたことを彼女に話しただって？」メースが髪に手をやった。「死にたいのか？　今度こそほんとうに刑務所にぶち込まれるぞ。そうなっても文句は言えないな」

「それが正しいおこないだった」エリックは頑なに言った。「彼女に話さないわけにはいかなかった」

「デミは、自分の父親がいかに情けない男か、知りたくなかったかもしれない。そうは思わなかったのか？」とメースが言った。「何も知らないほうが幸せだったかもしれないのに、兄さんはそれを知らせることで重荷を背負わせた。なんとも他人思いなプリンスだ」

「彼女に危険が迫っているんだ」エリックは冷たい声で強調した。「警告しなきゃならなかった。いずれにしても、もうすんだ話だ。忘れてくれ。彼女もいまさらおれを責めたりしないだろう」

メースが耳障りな笑い声をあげた。「ショウズ・クロッシングに関することは、いつも最悪の事態を予想しておかなきゃならない。ここは有害だ。すぐに出よう。おかしなことにならないうちに」

「あしたはここにいなきゃならない」とエリックは言った。「リサイクルショップがオーティスの荷物を取りに来ることになっているだろう？　それに、弁護士と不動産業者との約束もある。昨日葬儀場で不動産屋のテリー・キャトラルに会ったんだが、あしたは〈ゴッドエーカー〉、あさっての朝はオーティスの土地を見てくれると言っていた。それでどっちも売りに出せる。さっさとけりをつけよう」

アントンは目を細めてエリックを見た。「おまえが一番ここから出ていきたいはずなのに、ぐずぐずしている。いったい何を考えてる？　何がしたいんだ？」

「何も」エリックはいらだちを覚えながら言った。「そんなに大げさに受け取らないでくれ。おれはただ、最後まで見届けて、二度とここに関わらないですむようにしたいだけだ」

「リサイクルショップの人間には鍵を渡しておけばいい」とメースが言った。「おれたちがいなくたってかまわないだろう。おれたちは欲しいものはもうもらった。兄さんも自分の分の写真を車に積んで出ていく。これでおしまいだ」

「もし、不動産屋なり弁護士なりと今後もやり取りしなきゃならないなら、彼らのシアトルまでの飛行機代を出そう」とアントンが言った。「食事代もホテル代も全部おれ持ちだ。それでいいだろう?」

エリックは首を振った。「何かを感じるんだ。斧が振り下ろされようとしているみたいな。おれは息をこらしてそれを待っている気がする」

「呪いだな」メースがこわばった声で言った。

「オーティスの留守電が気にかかっているせいもあるんだろう」アントンが言った。「何を話そうとしていたのか、もう知ることはできない。忘れるしかないんだ」

「そうだ。そしてデミ・ヴォーンのこともな」メースがつぶやいた。

「彼女に執着しているわけじゃない!」エリックはかみついた。

アントンが髪をかき上げ、黒い髪がふぞろいに立った。「おまえが心配だよ。だけどおれはここに残れない。たとえおまえのお守りをするためだとしてもな。この町にいると息がつまるんだ。おれがここにいたのはオーティスがいたから。それだけだ。そのオーティスもいなくなった。だからもういいじゃないか、この町とは縁を切ろうぜ」

「そうだ」メースが言った。「兄さんはすでに呪いにとらわれている。ここに長居したら食いつくされるぞ」

「同感だな」とアントンが言った。「おれたち三人とも逃げなきゃならないが、真っ先に逃げるべきなのはおまえだよ」

「脱兎《だっと》のごとく逃げろっていうのか？　無理だよ。逃げるなと訓練されてきたんだから」

雨が音をたてて落ちてきていたが、三人はその場から動かなかった。エリックの言葉が宙に残った。

「おれたちが受けた訓練は、実際にいま生きているのとは別の現実に備えたものだった」沈黙の末にメースが言った。「脱兎と呼びたければ呼んでくれ。おれは逃げることを恥と思わない」

「おれはここを離れない」エリックは兄と弟に宣言した。「すべてが片付くまでは」

アントンは首を振った。「おれたちは背を向けているっていうのに、おまえひとりがばかなことをしようとしている。一番ここを離れなきゃならないのがおまえなのに」

「ふたりとも、どこかに埋めちまった勇気ってやつを掘り出しておれと一緒に残らないか？　ほんの二日だ。二日だけ我慢すれば永遠に報われる。他人に託せば、そのぶん時間がかかってしまう。痛みを恐れるな、そうすれば無敵になれる。覚えてるか？　よくジェレマイアが言ってたじゃないか。そうしよう」

だがメースはすでに首を横に振っていた。「痛みにはもううんざりだよ」その声には疲れがにじみ出ていた。「少し休ませてくれ。おれは行くよ」

「おれもだ」とアントンも言った。「悪いな。行かなきゃならないんだ」

「好きにしろ」エリックは歯を食いしばったまま言った。

メースは肩を引き、空を見上げた。「もう遅い。雨もひどくなってきた。早く出発しないとな。荷物を取ってくるよ」

「チキン野郎」

「コー、コケコッコー」そう言いながら、メースは家のなかに入っていった。

アントンが手のなかで鍵をじゃらじゃらと鳴らした。「メールで知らせてくれ。テリー・キャトラルとの話がどうなったか、それから弁護士との話も」

「ああ。知らせるよ」

アントンは、きまり悪そうな顔をするだけのたしなみは持ち合わせていた。「そう頑固になるなよ。おまえこそここに残るべきじゃないのは、自分でもわかっているはずだ」

「ああ。気をつけて帰ってくれ」

「いいか、絶対にデミ・ヴォーンに近づくな」

「早く行けよ。兄さんの顔を見てると腹がたってくる」

アントンはさっさと車を出した。黒のメルセデスGLSはわだちのついた道を跳ねながら走りだし、速度をあげてカーブを曲がっていった。

メースがダッフルバッグを肩から下げ、写真の入った箱を抱えて出てきたが、エリックと目を合わせるような失敗は犯さなかった。

レンタカーのトランクに荷物を収めて言った。「明日の朝、ポートランドを発つ便を押さえてるんだ。アフリカに戻る。長い夜になりそうだ。じゃあな」

エリックは、アフリカで何をしているのかは尋ねなかった。弟は小規模の傭兵《ようへい》隊を率いており、仕事の依頼が引きも切らないらしい。だが具体的に何をしているのかは、あまり深く探らないほうがよさそうだ。「あっちでも気をつけろよ」エリックはぶっきらぼうに言った。

「いつもそうしてるよ。兄さんもな。危ないことはするな。呪いなんてくそくらえだ」

「ああ、呪いなんかくそくらえだな」

メースは車に乗った。エンジン音とともに、メースの車は砂利と泥を蹴散《けち》らしながら曲がりくねった道を勢いよく走り去り、やがて視界から消えた。

風が強まり、いきりたったように木々を揺らす。

家のなかに入ると、軒に吹きつける風の音が嘆きの声に聞こえた。古い家はみしみしと音をたてながらうなっていた。風は、ドアの窓枠にメースが張りつけた厚紙を揺らした。エリックは持ってきた電子機器のケースを開けてラップトップとルーターを起動し、現実から逃避するために深く集中しようとした。うまく集中できると、頭のなかの平和な場所に漂うことができる。アプリのデザインを考え、コーディングし、データを選別する。問題を解決し、新たな問題に備える。

ハイテク起業家としての仕事が好きだった。オーティスは三人が選んだ仕事にいい顔をしなかった。もともとが、職業というものに対して凝り固まった考えの持ち主なのだ。農業、建築、エンジニアリング、警察、軍以外はすべて、オーティスから見れば、たかり体質のろくでもないホワイトカラーの仕事だった。医師は別だ。弁護士はとりわけ軽蔑していた。

傭兵というメースの仕事は、道義的にどうかという点ではオーティスがよしとする範囲を若干逸脱していたものの、多少の理解は得ていた。アントンのＤＪとしての名声と彼が経営する享楽的なナイトクラブチェーンは、オーティスの理解を越えていた。エリックのアプリ開発会社、エレボス社も同じだ。

三人とも大金を稼ぎ、それを見てオーティスも受け入れるようにはなった。それでも、オーティスから見ればエリックの仕事はうわついた怪しいものだった。実体のないものを売って人を欺《あざむ》いているというのだ。そのとおりなのかもしれない。だが、エリックは自分が作りあげたビジネスが好きだった。さらにありがたいのは、そちらが忙しくてトラブルに巻き込まれる暇がないことだった。

暇な人間は悪魔の仕事をするものだ――怠けているのを見つかると、よくジェレマイアにそう言われた。言われた時期は、ジェレマイアが地獄の業火《ごうか》と疫病《えきびょう》に怯えだした最後の一年に集中している。母が死んでから、その傾向が一気に強まった。

レッド・キンボールが現われてジェレマイアをけしかけるようになってからはさら

にひどくなった。

ワクチンの接種が始まったのもそのときだ。毎日、キンボールの注射を受けるために並ばされた。毎日針を刺されて、わけのわからないものを注入された。まるでピンクッションだ。

何を注射されたのかは考えないようにしている。過去のことは過去のこと。いままで生き延びてきたのだ。

もともとふつうではなかった〈ゴッドエーカー〉だが、レッド・キンボールが現われてから、それまでは違った暗い雰囲気をまとうものに変わってしまった。そのまえから人里離れた退屈なところだったのは確かだが、メースやアントンと山のなかを駆けまわるのは楽しかった。狩りや釣りも好きだったし、泳ぐのも好きだった。母に連れられて〈ゴッドエーカー〉に移り住んだのはエリックが四歳のときだった。アントンは五歳、メースはまだ二歳だった。それ以前の記憶はほとんどない。〈ゴッドエーカー〉がすべてだった。

母が亡くなりキンボールが現われると、〈ゴッドエーカー〉は暗黒の捕虜収容所と化した。ジェレマイアの長ったらしい説教は一貫性を失い、何者とも知れぬ邪悪な

〝やつら〟に向けた終わりのない支離滅裂な暴言となった。

それから、〈ゴッドエーカー〉から急速に人が減りはじめた。百人を超えていたのが、最終的には四十一人にまで減った。

火事のまえに逃げた人々は幸運だった。

エリックたちは間一髪のところでフィオナを救った。ジェレマイアが、まだ十五歳だった彼女をキンボールと結婚させようとしたためだ。メースとアントンとエリックはそれを阻止した。そして呪いが強大な力を持って現実となり、瞬《また》く間に滅亡が訪れた。

思い出したくない過去が襲ってきた。火と苦痛。煙と死。メースとアントンが逃げた理由がわかる。彼らも思い出したくないのだ。

純粋な心だけが浄化の火を免れるとジェレマイアは言っていた。〈ゴッドエーカー〉の火事で生き残ったのがエリックたち三人だけだったのはなんとも皮肉なことだ。純粋なところなどかけらもないのだから。身勝手で罪深く、快楽を求めるろくでなし。そんな三人だ。アントンは自分のナイトクラブのチェーンを〈ヘルバウンド（地獄行き）〉と名付けている。エリックもメースもその理由がわかる。

ジェレマイアが間違っていたことを証明する名にしたかったのだ。

エリックは家のなかを落ち着きなく歩きまわった。箱に入れた写真をひとつずつ見ていった。鳥や動物の写真、兄弟三人の写真。オーティスお気に入りの野生生物。彼はよく冗談で三人のことをそう言っていた。エリックは手を止めて、メースの写真を見つめた。上半身裸で木を切っている。アカオノスリ（鷹の仲間）。アフリカワシミミズク。川に飛び込むアントン。丸太の横を歩くクーガー。オーティスの振り子時計《グランドファーザー・クロック》がチクタクと大きな音でゆっくりと時を刻み、その音がエリックをいらだたせた。

過去のことは考えたくなかった。灰にして風に飛ばそう。もう過去には悩まされまい。もうごめんだ。

コート掛けからジャケットを取った。尾根を越えると、谷をくだってショウズ・クロッシングに続く高速道路に出られる。道路沿いに〈ハイウェイ・ハウス〉というバーがある。歩いて行くつもりだ。暗くても道はわかる。夜の森のなかでも方向感覚を失わないよう、ジェレマイアから叩き込まれている。正義の軍の前衛隊にとって、闇、雨、雪、そのほかどんな悪条件も、道に迷う言い訳にはならないのだ。

それに、今夜は思い切り飲むつもりだ。飲んだときは絶対にハンドルを握らない。どのみち、〈ハイウェイ・ハウス〉はポルシェを止めておけるような店ではない。

歩けば、ありあまったエネルギーを発散させることもできるだろう。セックスならなおいいが、いまのエリックが興味を引かれる女性は世界でただひとりしかおらず、そのひとりは徹底的にエリックを嫌っている。

〈ハイウェイ・ハウス〉は上等とはいえない店だが、テキーラぐらい置いているだろう。やかましい曲が流れるなかで、長髪の悪ぶったバイク乗りたちが喧嘩をしたくてうずうずしているかもしれない。世のなかには人をいらだたせる技術というものが存在しており、その気になればエリックもなかなかの腕を発揮できる。

一度にかなり発揮できるかもしれない。ちょっと運動して毒を排出しよう。期待できそうだ。

# 6

〝用心してほしい〟

〝正しいことをするのがおれの信条だ。たとえ痛みをともなうことでも〟

〝鎖を断ち切ったんだな〟

エリックの言葉は一日中デミの頭のなかに響いていた。いま、邪魔するもののない静かなタウンハウスに帰ってくると、彼の言葉はピンボールのように頭のなかのあちこちを跳ねまわりはじめた。どの言葉に一番腹をたてるべきかわからない。腹をたてるべき言葉が多すぎる。

正しいことをする？　よくもそんなことが言えたものだ。鎖がどうのと言っていたが、そもそもその鎖を作ったのは彼なのだ。

エリックに関する事実を受け入れるのは簡単ではなかった。砕いて小さなかけらにし、一度にひとつずつ飲み込むしかなかった。何年もかかった。その苦労と決意が、感情を押し殺した彼のまなざしひとつで一瞬のうちに無になってしまうとは。魅力的で高慢な彼に腹がたってしかたがない。

七年まえの彼の行動はまったく理解できず、デミはひどく混乱した。彼は賢く、勤勉で野心家だった。

その彼が、ガールフレンドの父親の自慢の車を盗み、なかで酒をがぶ飲みし、山の狭いハイウェイでスピードを出し過ぎて崖から落ちるとは。愚かな行為だ。どうかしている。

事実については、疑問を差しはさむ余地はない。公的な記録に残っている。エリックは瀕死の状態でケトル・リヴァーから発見された。父の盗まれたポルシェが途中の木に引っ掛かっており、エリックが見つかったのは、そこから急な斜面を数百フィート落ちたところだった。彼の体からはアルコールが検出された。彼もポルシェもテキーラのにおいがしていた。

行動は言葉より多くを語る。エリックの行動は怒りに満ちた叫び声だった。

彼が父のポルシェのキーを手に入れたとしたらその機会はただ一度、両親が週末旅行に出かけているあいだに、ふたりきりで過ごすためにデミが家に招き入れたときだ。あの至福のひとときのことはこと細かに覚えている。あらゆる瞬間も、あらゆるキスも。

そのあと、激しい喧嘩をした。デミはかっとなって彼を追い出した。エリックは、出ていくときにキッチンの壁にかけてあったキーを持っていったに違いない。だがデミはその場面を見ていない。喧嘩でひどく傷つき、階段の踊り場で泣きわめいていた。かわいそうなデミ。

母は、エリックの脳の発達に問題があるのだろうと言った。過去のトラウマが原因で衝動を抑えられないのだろうと。悲惨な過去を抱える彼を母は気の毒がったが、それでも彼が自分の行動の結果と向き合わなければならないのは変わらない。深入りするまえにエリック・トラスクの人となりを知ることができたのは幸運だったのだ、ほんとうに。

ほんとうに？

最終的に、エリックのしでかしたことの代償を払ったのはデミだった。昔から策略家の父はすぐさま、その状況を利用する方法を思いついた。父はエリックに対する訴えを取り下げてもいいと言った。その代わり、デミの今後の身の処し方については父の言うことを聞く。それが、父の出した条件だった。

父の言うことを聞く――つまり、シアトルでもっとも人気のレストラン、〈ペッカティ・ディ・ゴーラ〉でのインターンシップをあきらめること。カリナリー・インスティテュート（ニューヨークにある料理学校）で学ぶのもあきらめること。家族の経営するショウ製紙会社で懸命に働き、トップになるべく訓練を受けること。そして、どんな理由があろうとも二度とエリック・トラスクと接触しないこと。デミがこれらの条件に従うなら、エリックは自由の身になる。父はそう言った。

エリックと接触しないというのは簡単だった。嘘つきの負け犬とまた会うぐらいだったら死んだほうがましだった。だがそれ以外は……。

なかなか受け入れられなかった。

いま考えると、ノーと言うべきだったと思う。最初からそう言えばよかったのだ。お断わりだと。そして夢を追い、振り返らなければよかった。あのろくでなしは、当然の報いとして朽ちるまで刑務所に閉じ込めておけばよかったのだ。そうしていれば、世間のためにもなっただろう。

だが、彼を解放できるという選択肢があるのに檻《おり》のなかに閉じ込めておくことはできなかった。

デミは降参した。そして、それ以来自分に腹をたてつづけている。

ああ、もうたくさん。昔々の話だ。いまさら考えても意味がない。マスカラをつけ足し、窓に顔を近づけて目の下の汚れをぬぐった。目のまえにいなくても、エリック・トラスクの魔力はすさまじい。彼がその辺にいると思うだけで、自分が女だということを体がより強く意識してしまう。男を誘うような服の着方になり、歩くときも腰を振ったセクシーな歩き方になる。

ワードローブから引っ張り出してきた服を見ればそれが顕著に現われている。体にぴったりしたシャツ、胸を高く見せるブラ、ヒップを強調するジーンズ。いったいどうしたっていうの？　髪もふんわりと下ろしている。このところまったくしていなかったスタイルだ。さらに、手持ちの靴のなかで一番ヒールの高いブーツを履《は》いている。それというのも、エリック・トラスクを見上げてばかりで首が痛くなったから。

ショウズ・クロッシングでセクシーな服を来たことはない。レストランの経営が忙しくて、社交の暇がなかった。寝る間もなかった。それに、この界隈でデートする相手の選択肢は少なかったし、デミ自身が、男性のこととなるとひねくれていて疑い深く、いつも守りの姿勢に入っている。少なくとも、エリックとの一件以降そう言われる。それも一度や二度ではない。

つねに用心していることの副作用だ。残念だがしかたない。

だが今夜はでかけるつもりだ。外の世界の空気とお酒と喧騒を求めて。いまの気分にぴったりなのは怒りをぶつけるようなヘヴィメタの生演奏だが、ショウズ・クロッシングでそんなものは望めない。道路沿いの酒場で聞く、鼻にかかったような声のカントリーロックでよしとしよう。

〈ハイウェイ・ハウス〉の駐車場はいつになく混んでいた。今夜は地元で人気のバンドが演奏するのだ。デミは人の波をかきわけてバーカウンターまでたどりつくと、スツールに座って大声でビールを注文した。店内には酒のにおいと古い揚げ油のにおいが漂っていた。ステージのある部屋から鳴り響くバンドの演奏は、音がこもって何がなんだかわからなかった。誰かがこぼしたのかテキーラのにおいがした。

それをかぐと、鮮やかな記憶が次々によみがえってきた。あの晩エリックは、密会にテキーラを持ってきた。ふたりはお決まりの手順でそれを飲んだ。塩をなめ、ショットグラスのテキーラを飲み、ライムをかじる。デミは強くて苦いテキーラの味が好きではなかったが、エリック・トラスクのむさぼるような熱いキスにテキーラの味を感じたときは、まるであらゆる味がそこに集約されたような気がした。苦くてしょっぱくて酸っぱい味。エリックのキスの甘い味。炎の熱、危険と隣り合わせの刺激。彼の見事な体は、そのあいだ、デミのなかで執拗に動き、デミを強烈な悦びに導いた。

あの晩、デミはテキーラというものを知った。

あれ以来テキーラには触れていないし、カクテルもテキーラの入ったものは避けている。

ビールを飲み、青っぽい光が明滅するダンスフロアでくるくると踊る人々を見ながら考えた。わたしはここに来て何を成し遂げるつもりだったのだろう？

そのとき店の扉が開き、デミの問いに答えるかのようにエリック・トラスクが入ってきた。

一瞬にして目が合った。磁石がくっつきあうように。彼に気づかれずに逃げ出す余裕はまったくなかった。

そして、あれがまた起きた。体がかっと熱くなる。頭のなかで花火がはじける。考えることも動くことも息をすることもできず、目に入るのは彼だけだった。

ああ、いやだ。こんな気持ちになりたくない。止めなければ。

彼は近づいてきた。運悪く、デミの隣に座っていた女性がスツールから下りて、友達と笑いながらダンスフロアに向かった。

エリックが空いたスツールの脇に立った。革のジャケットは湿って冷たく、髪は濡れていた。エリックは風と雨と彼自身のにおいがした。

「運命みたいだな。今日は、きみはおれから逃げられないらしい」

「そんなことないわ。わたしは自分のしたいことをする。もう誰かに強制されたりしないわ。運命にもね」

「それはいいね。おれはここに座る。きみはしたいことをすればいい。だけどおれは、きみが席を立ってどこかに行かないことを心から願ってる」

デミは彼の目を見つめた。「あなたが今日父の家でしたことについてひと言でも何か言ったら、その瞬間に帰るからね」

「わかった。言わないよ。何もなかったかのように」

エリックはスツールに座り、デミのほうに体を向けた。

「ここで会うとは思わなかったわ」

まわりがうるさいので、エリックはデミの声を聞くために体を近づけてきた。石鹼とアフターシェーブローション、そして革のコートにまとわりついている冷たい外気のにおいがした。「おれもだよ。きみが来るような店じゃないと思うんだが」

「この町では選択肢が少ないのよ。長い一日だったでしょ？　だから考え事をしなくてすむように、お酒と喧騒がほしかったの。いまは何も考えたくないから」

「おれも同じだった。さっきまでは」エリックの視線を意識して体がこわばった。強烈な、そしてありがたくない感覚だった。エリックはバーテンダーに合図した。「テキーラを。極上のやつを二杯頼む」

バーテンダーはショットグラスをふたつカウンターに置き、テキーラを注いだ。そしてライムのスライスと塩をふたりのまえに出した。

エリックはひとつを飲み干し、もう一方をデミのほうに押しやった。

デミはグラスを見つめた。鼓動が早まり、音楽をかき消すほどの大きさで耳のなかに響く。もう何年もまえなのに、実家の寝室での出来事が細部に至るまでありありと頭のなかによみがえる。エリックも同じかしら?

「冗談でしょう?」

デミがそむけた顔をエリックはじっと見つめた。しばらくそうしてから二杯めも自分が飲み干した。「おれの自業自得だったんだな」

「やめて」デミは鋭く言った。「蓋を開けないで」

指の関節が白くなるほど強くビール壜《びん》の首をつかみ、彼と目を合わさないようにしてひと口飲んだ。冷静なふりをするのよ。どうでもいいこと。彼はいつでも好きなときに席を立ってどこかへ行けばいい。どうぞご自由に。わたしは気づきもしないだろうから。

だが沈黙が長引くと、デミは落ち着かない気分になってきた。「まったく……」ついに耐えきれなくなって言った。「どうしたっていうのよ?」

「危険な領域に及ばない話をきみとするには、何を言えばいいのか考えてるんだ」とエリックは答えた。「だけど何も考えつかない」

「もっと一生懸命考えたら? たいした話じゃなくていいのよ。わたしのことを、何年かぶりに会う高校のクラスメートだと思えばいいわ。どこにいたの? 何をしてるの？　そんな他愛もないおしゃべりよ。それならできるはずよ」

「おしゃべり？　おれたちがか？」

「わたしたちだからよ」

エリックはため息をついた。「じゃあ試してみるよ」また長いことデミの顔を見つめてから彼は言った。「久しぶりだな」

「そうね」

「きみがこの町に落ち着くとは思わなかったよ。おれみたいにここを出たんだと思ってた」

デミはなんと答えようかと考えながらビールを飲んだ。「出たわよ」

「だけど料理学校には行かなかったんだな。目指してたのはそれだったよね？」

デミは首を振った。「それはあきらめたの。結局、数年はショウ製紙で働いた。あなたが聞いたとおり、スポケーンのセンターで」

「家族は、きみを従わせるのに成功したわけか」エリックはためらってから言い足した。「しばらくは」

「ショウ製紙で頑張ってみたけれど、最後には逃げ出したわ。死ぬほど耐えられないというわけじゃなかったけれど、合わなかった。母が亡くなったあと、祖父を説得して製紙会社の仕事が好きになれないことをわかってもらったの」

「そしてレストランを開いたのか。最初の計画に戻って」

「完全に計画どおりってわけじゃないけれど」デミは言葉をにごした。「〈デミのコーナー・カフェ〉はわたしが夢見ていた高級レストランではないけれど、気に入ってるわ。おいしい料理を出しているし、自分で好きなようにできるし。経営も順調よ」

「きみが〈ベーカリー・カフェ〉で出していた絶品のサンドイッチを覚えてるよ。またきみの料理を食べてみたいな」

「チャンスはあったわ。今日の会においしい料理を山ほど用意してあったでしょ。あなたは手をつけなかったけど」

エリックは一瞬微笑んだ。「きみのお父さんがものすごい顔でにらんでいるのに、喉を通るわけがない」

「臆病なのね。わたしはあんなふうににらまれながら日々暮らすことに慣れたわ。そうやっても暮らしていけるという生きた見本よ」

「よかったね。本心だよ。おめでとう、逆境のなかで自分の夢をかなえられて」

返してやりたい言葉はいくつもあったが、デミはなんとか抑え込んだ。重く受けとめないこと。深く考えてはだめ。

「ありがとう。あなたのほうもね」つまったような声が出た。

エリックはうなずいてから、バーテンダーに合図してふたつのショットグラスを上げて見せ、紙幣を二枚そちらに滑らせた。

「あなたはどうなの？　その……あのあと、どうした？　海兵隊に戻ったの？」

「いや、軍はもうたくさんだと思った。しばらくはラスヴェガスにいたんだ。カジノの警備の仕事をしながら、二年ほどかけてアプリの開発を完成させた。それから、アプリを売り出して会社を作ったんだ」

デミはバーテンダーがグラスに酒を注いで皿にライムを乗せるまで待ってから口を開いた。「会社を作った」とゆっくり繰り返した。「それだけじゃわからないわ。何をする会社なの？」

「問題を解決する」

デミは笑った。「あなたはなんなの？　調停人？」

エリックは目を細めた。「調停人に見えるのか？」

デミは謎めいた笑みを見せた。彼を困惑させるのはある意味愉快だった。「もっと具体的に言ってくれなきゃわからないわよ。問題を解決？　なんだか不吉な響き。いろんな意味にとれるもの」

「そんなんじゃない。そのままの意味だよ」

「そうなの？　教えて」

「七年まえ、効率化アプリを作っていただろ？　それが主力製品だ。アイオンっていうんだ。それ以降、たくさんのアプリを発売している。おれは起業家なんだよ。退屈で合法的なビジネスだよ。商品開発、発売、スプレッドシート、データベース、税金――そういうものに関わる毎日だ。大物マフィアの取り立て屋じゃない」

あらら、怒らせてしまったわ。「わかった。ちゃんとした仕事みたいね」

「そうだ、完全に」

そのとき、さっきの彼の言葉にピンと来て、驚いて彼を振り返った。「ちょっと待って。アイオンって言った？　あのアイオンを開発した会社なの？」

「いいや、アイオンは誰の力も借りずにおれがひとりで開発した。それを売りだすために、あとから会社を作ったんだ。それからは、仲間と一緒にヘリオス、イオス、パラスを作った。一番新しいのはニクスで、二カ月ほどまえに発売したばかりだけど好調だ。聞いたことある？」

「もちろん聞いたことあるわよ。特にアイオンはね。ショウ製紙会社でも、わたしが辞める直前からアイオンを使いはじめたの。話題になってたのを覚えてるわ。画期的だって言われてたわよね。誰もが使ってる人気のアプリばかりね」

「誰もがってわけじゃないよ。おれたちはまだ成長の余地はあると思ってる」

「でも……それにしてもすごいわ。で、おれたちって誰？」

「おれのチーム。おれの会社だよ」彼はポケットから名刺を出して渡した。

シンプルな名刺だった。クリーム色の厚手の紙にエンボス加工されたロゴ。エレボス社オーナー兼ＣＥＯ、エリック・トラスク。電話番号、メールアドレス、ＱＲコード。

「オーナー兼ＣＥＯ」デミはつぶやいた。「エレボスの。成功したのね」

「ネットで調べてごらん。おれの写真がトップで出てくるから。スーツにネクタイ姿でね。その気になればちゃんとした身なりができるんだ。見たら驚くぞ」

「驚いたりしないわよ。あなたがいつまでも落ちたままでいるわけないのわかってたもの」

エリックはしばらく探るようにデミの顔を見つめてから言った。「ありがとう」

「何が？」

「そう思ってくれたこと。ここには、そう思ってくれる人はあまりいない。それから、いまおれとふつうに話してくれていることも。いろいろあったのに……ありがたいよ」

デミは言いたいことをなんとかのみ込んで愛想よく答えた。「オーティスの期待も大きかったでしょうね。あなたたち三人をとても自慢にしてたわ」

エリックは目をそらした。顎の筋肉が脈を打っている。目のまえのバーに置かれたふたつめのショットグラスを手に取って上げた。「オーティスに献杯《けんぱい》」

「オーティスに」デミはビールを飲み、エリックはテキーラを飲んだ。

「おやおや。どこの誰かと思ったら」背後からばかにしたような声が聞こえてきた。

「エリック・ペイリーじゃないか、預言者の息子の。石の下から這い出して飲みに出てきたのか」

エリックはスツールを回転させてうしろを見た。ボイド・ネヴィンスが立っていた。

「トラスクだ」とエリックが言った。

ボイドはデミの二歳年上で、高校時代エリックのクラスメートだった。デミと同時期にショウ製紙のスポケーン・センターで働いており、いまではグレンジャー・ヴァレーにある配送センターの所長になっている。スポケーン時代、すきあらばちょっかいを出してきたボイドは、こちらに戻ってきてからもまだデミに気があることを隠そうともしない。だがデミは相手にしなかった。ボイドは見た目がよく頭が切れて野心家だが、デミはその気になれなかった。まったく興味を持てなかった。

たぶん、両親や祖父がデミの相手として心に描く理想像にぴったりだったからだろう。それでうんざりしたのだ。ボイドからすれば不公平な話かもしれないが、どうしろというのだ?

「あら、ボイド、どうかした?」

「そいつに迷惑してるのかい、ハニー?」ボイドはエリックから目を離さずに言った。

デミの腕に鳥肌が立った。「わたしはあなたのハニーじゃないわよ。それから、迷惑していないから気にしないでくれていいわ」

ボイドはデミの言葉を無視してエリックに話しかけた。「さっきおまえの兄弟がガソリンを入れてるのを見たよ。おまえも一緒にしっぽ巻いて出ていくのかと思った。ところがどうだ、まだここにいて酔っ払いの負け犬らしく大酒を飲んでいる。やっぱりテキーラか。ぴったりだ」

エリックは黙ったまま彼を見つめた。

ボイドは不意にエリックに突っかかるそぶりを見せた。エリックはひるみもしなかった。

「なんだ？」ボイドは吠えるように言った。「そのアホ面をやめろ」

「よく恥ずかしくないなと思ってな」エリックは言った。「自分のしたことを正当化するのに苦しんだだろう？　たぶんおまえは弱くて、誰かに無理やりやらされたんだ。それとも、金に目がくらんだか。あるいは社会病質者《ソシオパス》で気にもしていないのか。わからないが、まあ、おまえのことなんかあれこれ考える価値もないな」

ボイドの目がぎらついた。「出ていけ、預言者の息子。席から立って歩けよ。右足からほら、一、二、一、二……」

「本気か？　本気で言ってるのか？」スツールから下りて立ち、四インチは高い位置からボイドを見下ろした。「こっちはなんの異論もないぞ。だがおまえには無理だろうな。おれも、おまえみたいな臆病者を相手にして時間を無駄にしたくない」

デミは恐怖に駆られてふたりを見比べた。「ちょっと！　なんのこと？　落ち着いてよ、ふたりとも！」

「おまえにはわからないだろうが――」とボイドはエリックに向かって言った。「町の住民の多くがおれと同じ考えだ。この店にも大勢いるがな。この町から出ていってもらいたい。ちょうどいい、いますぐ出ていけ」

「ボイド、何を言ってるの？　お父さんを埋葬したばかりなのよ！　やめなさいよ！」

エリックは微動だにせず、それがデミを不安にさせた。「おまえは町の人たちを知ってるんだから、いますぐ呼び集めてくれ。みんなが聞きたいことにいっぺんに答えてやる。お互い時間の節約になるだろう」

ボイドは口をねじ曲げた。「おまえの相手はおれひとりで充分だ」

「そっちがお望みなら」エリックの目は混みあった店内を見まわした。「外に出よう」それからデミに言った。「すぐに終わるから、席はこのまま取っておいてくれ」彼はボイドに身振りとともに言った「先に行け」

ふたりはドアに向かった。いったい何をしに？　駐車場で殴り合いをするため？　そんなことがあってはいけない。「エリック！　冗談でしょ？」デミはふたりのほうに向かって叫んだ。

だがふたりはもういなかった。

ばかげている。やめておけ。自分に酔うな。ばかな真似はよせ。理性の声が頭のなかで響く。オーティスの声によく似ているが、今夜ばかりはエリックを止める力はない。自分のなかにひそむ野獣にひと暴れさせないとエリック自身が壊れてしまいそうだ。

ボイドがこうなるのは当然の報いだ。何年もまえからこうなる運命だった。とんでもない嘘つき野郎だ。いつか殴られるべきで、今夜がそのいつかだ。しかもやつは、自分から仕掛けてきた。

そのうえ、わずかに残っていたエリックの自制心は、すでにデミ・ヴォーンを見つめることで徹底的に崩壊していた。あの明るくてまっすぐな目。ふっくらしたセクシーな唇が描く曲線。胸にぴったりはりついたシャツ。ハスキーな声。下腹部が欲望にうずいていた。

そこへあのボイドがやってきて身を差し出したのだ。貸しを返してもらう格好のチャンスを逃す手はない。

エリックとボイドは向きあい、相手の様子をうかがいながら動きまわった。駐車場の電灯が投げかけるぎらぎらしたオレンジの光のなかに野次馬が集まって叫びだした。

ボイドが声をあげながら向かってきた。その動きは遅くて予測可能だった。エリックは横に飛びのき、ボイドをつまずかせてひっくり返した。

ボイドは背中からぬかるみに落ち、泥水が野次馬にはねかえった。彼らは、立ち上がってもう一度行けと、大声でボイドをけしかけた。

ボイドは軽くよろめきながら立ち上がり、顔の泥を拭いた。

「ならず者が。のこのこ帰ってきやがって」ボイドはそう言ってまたかかってきた。

エリックは興奮して殴りかかる彼の手をいとも簡単に食い止めた。そして鼻を一発殴ってから股間に膝蹴りを食らわせた。

ボイドはうめきながらあとずさりし、止まっていた車にぶつかった。

くそっ。いくらやっても満足することはないだろう。怒りを発散しきれない。気休めにしかならなくて、よけい怒りが増すだけだった。

またただまされた気分だ。

ボイドは荒い息を吐きながらにらんだ。エリックは手招きした。さっさと片をつけるのがいい。頭に血がのぼって本気でボイドを傷つけてしまわないうちに。

ボイドが目をむいて叫びながら飛びかかってきた。エリックは身をかわし、相手の手首と腕をつかんでひねると、ボイドの勢いをそのまま利用して投げ飛ばした。

彼は音をたてて誰かの車のボンネットにぶつかってから地面に滑り落ちた。ボンネットにはへこみと、折れた鼻から飛んだ鮮血のあとが残った。ボイドは水たまりにうつぶせに落ちた。

まわりの人々が駆け寄って彼の顔を水から引き上げ、正気を取り戻させようとした。エリックにはありがたいことだった。ろくでなしであろうがなかろうが、ボイドに水たまりでおぼれ死にされては困る。そんなことで人生がややこしくなるのはごめんだ。

発散しきれない怒りを抱え、自分の選択に翻弄《ほんろう》されている——それがおれだ。まわりを取り巻いている人々を見た。「おれの尻を蹴とばしたいやつはほかにいないか？」手招きして言った。「かかって来いよ」

とたんに人々は目をそらし、ひそひそと何か言いあいながら散らばった。まったく役立たずだ。どいつもこいつも。

人々が消えると、そのうしろに立っていたデミの姿が現われた。あきれているようだった。

戦闘意欲が一気に消えた。残ったのは悲しみと自己嫌悪だけだった。

ここから逃げた兄と弟を非難するのは間違いだった。自衛本能が正常に働いたふたりはラッキーだったのだ。ここにいるとばかなことをしてしまう。

エリックはデミに背を向けて、暗いハイウェイに向かって歩きだした。

# 7

エリックは、駐車場の明かりの外に出ていった。

デミは自分の車に走った。ハイウェイに出ると、道路から山の斜面をおおう深い森に入っていこうとするエリックをヘッドライトがとらえた。

デミは車を止めて窓を下ろすと声をかけた。「ちょっと！　エリック！」

彼の姿はすでに木々のなかに消えていた。「ほうっておいてくれ、デミ」彼の声が聞こえた。

駐車場で怒りを爆発させておいて不機嫌になるとは。デミは車から降りて彼のほうに向かって叫んだ。「いますぐここに戻ってきて、エリック！」

「おれに近づくな。みんながきみにそう言った。それが正しいよ」

「何言ってるのよ。本気？　あなたは逃げている。自分を憐れんで。オーティス・トラスクの息子がそんな意気地なしだなんて、誰が予想してたかしら？」

「言っておくがな、今夜のおれは一緒にいても不愉快なだけだ」

「わたしがやるわ。いい？　あなたはされたくてたまらないみたいだから」

とまどったような沈黙。「やるって……何を？」

「さっき言ってたじゃないの、おれの尻を蹴とばしたいやつはいないかって。蹴とばされたくてたまらないんでしょ？　その願いをかなえてあげようっていうのはわたしだけみたいよ。お尻を出してよ、蹴とばしてあげるから」

木の葉が揺れる音がして、エリックが森から出てきた。

「きみが？　きみがおれの尻を蹴とばすっていうのか？」

「喜んでそうするわ。あなたは罰を受けたいのよ。ちょうどいいじゃないの。わたしが思いっきり蹴とばしてあげる」

用心深い控えめな笑みがエリックの顔に浮かんだ。彼は一瞬ためらってから、斜面を下りてきた。「わかった。きみがそう言うなら」

ふたりは車に乗った。デミは窓を閉めて冷たい風と雨を閉め出し、走りだした。

ハンドルを握るデミをエリックがちらちらと盗み見し、デミはついに耐えきれなくなった。「さっきからなんなの？　気になるんだけど」

「どんなふうに蹴られるのかと思って。どんなふうに、どんな強さで。少し怖いな」

「怖がっていらっしゃい。とっても厳しくするからね。わたしがあなたの罪に見合うお仕置きを考えつくまで、座って汗をかいてればいいわ」

エリックはうめいた。「うまくいくといいな」

彼がどういう意味で言ったのかわからず、デミは聞き流すことにした。雨が強くなった。重い沈黙のなかでワイパーのゴムが音をたてる。

「運転は大丈夫か？　おれが行くまえ、どのくらいあの店にいたんだ？」

デミは目を細めて彼を見た。「酒酔い運転をしていると思ってるの？　あなたにそんなこと言われるなんて」

「気になっただけだ」

「店に着いたのはあなたが来るほんの数分まえ。ビールは三分の二は残っていたでしょ？　あれが一杯めよ。あなたに言われるとは心外だわ」

「責めるつもりで言ったわけじゃない。とにかくスピードを落とせ。走りやすい道でもないからな」

「わたしにお説教しないで」

彼はいらだったように言った。「デミ、頼むから、思っていることをなんでも言ってくれ」

「わからないの？」

「わかるさ、もちろん。ただ、はっきりわかるように言ってほしいんだ」

デミはなんと返事をしようか考えながらきついカーブを曲がり、ケトル・キャニオン・ロードへの入口となっている橋で速度を落とした。「蓋を開けないでって言ったはずよ」

「おれの尻を蹴とばしたいというなら、そういうわけにはいかないだろう。七年まえはゆっくり話す機会を一度も持てなかった。いま話そう」

デミはがたがたする木の橋を越えると右折してヴェンセル通りに入った。車は急斜面をのぼりはじめた。「話を始めるのがいいことなのかもわからないわ」

「いいも何も、もう始めたんだから話してくれ」

黙りこくったままこぶだらけの道を数分走った末に、デミはうなずいた。「忘れないで。あなたのほうから頼んできたんだからね」

「わかってる」

「じゃあ始めるわよ。このくそったれ。わたしの信頼を裏切って。わたしを利用してだまして、笑いものにしたわね。わたしはあなたを家に招き入れた。あなたは帰り際にポルシェのキーを盗み、父の車を盗み、ぺちゃんこにした。おまけに自分も死にかけた。自滅的でどうしようもないばかだわ。やってることが何から何までむちゃくちゃよ。いまだに腹がたってしかたないわ」

「そうじゃないんだ」

「もうたくさん。あなたは現場で見つかったのよ。谷底で、つぶれた車の二百フィート真下で。血中アルコール濃度を調べられた。ポルシェもあなたもテキーラのにおいをぷんぷんさせていた。車のキーも持っていた。シートとハンドルにはあなたの血がついていた。どういうことよ?」

「おれの手紙を受け取ってないんだな?」

「郵便局から来るほんものの手紙ってこと? もらってないわ。あなたがまだ刑務所にいるあいだにショウズ・クロッシングを出て、その後何年も帰ってこなかったから」

「刑務所にいるあいだにきみに宛てて書いたんだ。出たあとも。メールは送信不可で返ってくるし、電話は不通だし、SNSはブロックされた。だから、唯一わかっていたきみの住所宛てに手紙を出したんだ。きみの両親が握りつぶしたんだな」

「そうじゃなかったとしてもわたしは読まなかったわ」

エリックはうなずいた。「じゃあ、おれの側からの説明はいっさい聞いていないんだね？」

「あなたの側？　そんなものないわ。事実がすべてを語っているわよ。それ以上あなたに何が言えるの？」喉がつまって痛かった。

「事実がすべてじゃない。きみが見せられた事実には欠けているところがあるんだ」

デミは速度を落とし、がたがたと騒々しい家畜脱出防止用の溝《みぞ》の上を走った。「なら、その欠けているところを埋めて。わたしを楽しませてちょうだいよ、あなたの側の話で。まずはあの晩、わたしの家でのことから。喧嘩のあと、キッチンのドアの横の有孔ボードから車のキーを取ったところから」

「キーは取っていない。おれは泥棒じゃないし、ばかでもないからな」

デミは歯を食いしばってゆっくり息を吐いた。「ほら始まった」

「最後まで聞いてくれ、頼むから」

「聞くわ。続けて」

「おれははめられた。全部仕組まれていたんだ」

デミは彼を見た。とまどっていた。「待って。仕組まれていたって、誰に？」

「まず話を聞いてくれ。それから結論を出してほしい」

「わかった。どうぞ」

「きみと過ごしたあと、自分の車に戻った。だがタイヤが四本とも切られていた。兄弟に電話をかければよかったんだがまだ朝の四時だったし、笑われるのがいやでためらった」

デミはうなずいた。「それで？」

「そのときうしろから黒いポルシェが走ってきた。きみのお父さんのにそっくりなやつだ。車は止まった。乗ってたのはボイド・ネヴィンスで、途中まで乗せてくれると言ったんだ」

「ボイド・ネヴィンス？」デミは驚いてエリックを見た。「なんで？」

「おれもおかしいと思ったよ。高校のころにあれだけおれたちをいびっていたあいつが乗せてくれるなんて。だけどおれは疲れていたし、みじめな気分になっていた。アントンとメースに何か言われるのも避けたかった。どうかしていたんだな。それともうひとつ、きみの両親が帰ってくるまえに〈モンスター〉をどこかに動かしたかった。きみによけいなトラブルを引き起こしたくなかったから」

「それで飲んだの？　車のなかで。なかはテキーラまみれだったって聞いたけど」

「飲んでない。アルコールが検出されたのは、きみと一緒に飲んだのがまだ抜けていなかったからだ。とにかく、そこから一気におかしなことになった。ボイドは電話を貸してくれと言ってどこかにかけたあと、ダウンタウンを猛スピードで走りはじめた。交差点では信号を無視し、時速九十八マイル（約百五十八キロ）でナロー・ブリッジを抜けながら、おれの電話を川に投げ捨てた」

デミは頭が真っ白になった。こんな話を聞かされるとは夢にも思っていなかった。どう受け止めていいのかわからない。

「なるほど」とゆっくり言った。「それで？」

「降ろしてくれと言ったんだが、ボイドはさらにスピードを上げた。車に乗ったときにおれが渡したテキーラを一気飲みして高笑いをしながら。コカインか覚せい剤でもやっているんじゃないかと思ったよ。そんな感じだった」

「エリック、ばかげているわ」

「ああ、ばかげているのはわかってる。あの速度では、ハンドルを奪おうとすればふたりとも死んでしまうと思った。百十マイルまで上げていたからな。そのときやつの手袋に気づいた」

「手袋をしていたの？　七月なのに？」

「ラテックスの手袋だ」エリックは苦い顔で言った。

デミは何度も首を振った。彼の話が頭に入ってこなかった。頭が処理できない。支離滅裂な情報の断片が一斉に押し寄せてきたかのようだった。

彼の話すべてが、意味のないことに感じられた。

「結局ペイトン州立公園のハイキングコースの入口まで行った。ボイドは駐車場に車を止めて降りると、テキーラの壜をポルシェのドアに叩きつけた。それから、駐車場に止まっていたピックアップに乗り換え、テキーラまみれのおれを残して走り去っていった。こっちは電話もないまま、きみのお父さんのポルシェと一緒に残された」

デミは、パンドラの箱を開けてしまったことを心から後悔した。でも、あんな過去のあるエリックに何を期待していたというの？　誠実さ？　謝罪？　ありえない。たわごとだわ。彼は自分以外のすべての人を責めている。歩み寄りも許容もない。愚かで意味のない嘘を重ねるだけだ。

「車を盗んだと言われるのはわかっていた」とエリックは続けた。「電話はかけられなかったし、キーを残してそこから離れるのも怖かった。歩いて町まで戻るのに何時間とかかるから。あの車を運転しているところを捕まるのはもっと怖かった」そこで言葉を切ってデミを見つめた。「デミ、聞いてるか？」

「最後まで話して」

「おれは危険を承知で車で町に近づくほうを選んだ。せめて一番近い電話までたどり着けば、そこから警察に電話できると思った。ガソリンスタンドから通報して、ブリストル署長にすがるつもりだった。だから、ポルシェでハイウェイに出たんだ」

長い沈黙が続き、デミは待ちきれずに彼を見た。「それで？」

「ハマーがうしろについて、ぶつかってきたんだ」

「ちょっと待って。いまなんて言った？」

「聞こえただろ。おれはできるかぎり速度を上げた。だが、ついに道路から押し出されてしまった。車は崖の斜面の木立に引っ掛かった。それで命が助かったんだ。逆さまに宙づりになっていると、ハマーの男たちがこっちに向かって下りてきた。とどめを刺すと話してるのが聞こえたから、おれは車のドアを開けて下に落ちたんだ。目が覚めたらグレンジャー・ヴァレー病院にいた。傷だらけで、しかも逮捕されていた」

今度はデミが何か言う番だったが、言うことがなかった。

最初に頭に浮かんだ言葉をもごもごと口にした。「エリック、わたしをばかだと思ってるの？」

彼はゆっくり首を振った。「ばかなはずがない」

「それなのに、わたしが信じると期待してるの？　誰かが……誰かがあなたを殺そうとしたって」

「期待なんてしていない」うんざりしたように彼は言った。「信じられない話なのはわかるよ。だけど、一度はおれの口からきみに真実を伝えたかったんだ。誰も信じなかった。ブリストル署長も判事も、おれの公選弁護人も。オーティスでさえもだ。あのあと三年間、口をきいてくれなかった。信じてくれたのはメースとアントンだけだ。ボイドには確かなアリバイがあったし、連中には現場から証拠を消す時間が山ほどあったし——」

「連中って誰？」

エリックは肩をすくめた。「知らないが、ボイドに命じた連中だ」

デミは深く息を吸った。「わたしの父だって言いたいみたいね」

エリックはしばらく黙ってから言った。「やり方、動機、タイミング。罠は完璧だった。おれはキーが保管されている家にいた。帰る直前にきみと喧嘩した。きみのお父さんに腹をたてる相応の理由があった。旗色が悪い」

「エリック、あなたと父がいがみあっているのはわかるけれど、ここまでやるとは思えない」

「おれだってやりすぎだと思ったよ。おれがきみと親しくなるのをどれだけ嫌ってたにしても。でも実際に起きた話だ」

「父が追突を画策したっていうのね。自分の車をダメにするような計画をたて、あなたを道路から押し出すよう誰かを雇ったというわけね。あなたは死んだかもしれない。もう少しで死ぬところだった。そうなったら父は殺人犯になっていたわ」

「ありえない話なのはわかってるよ」

「ありえないどころじゃないわよ。ばかげているし攻撃的だし、正気とは思えない。口を慎んでちょうだい」

「信じたくないだろうが——」

「父に対して幻想は抱いていないわ。さっきあなたが店で話してくれたことにもそんなに驚かなかった。父は以前もよからぬことにからんでいたから。でも、いくらなんでも殺人まではしないわ。父が好きなのはお金と権力と地位よ。殺しではない。二度とこんな話しないで」

「わかったよ」エリックはデミから顔をそむけた。「すまない、話さなきゃよかった。何年も経ってからきみを動揺させても意味がなかった」

苦い笑いがこみあげた。「本気なの？」

「もちろん。本気すぎるぐらい本気だ。おれは嘘をつくべきときでもつかない。自分が犯していない罪を認めるわけにはいかない。たとえ刑期を短くすると言われても。考えてはみたが、それに応じれば自分が壊れると思った」

「あなたの人生は壊れなかったわ」

「ああ。きみのお父さんが起訴を取りさげたときは、信じられなかったよ。気が変わることなんて絶対にない人だと思ってたから」

「気が変わったわけじゃないわ」デミは冷ややかに言った。「父は喜んであなたを刑務所にとどめておいたでしょうね。わたしなの」

エリックはすばやく振り返り、デミを見つめた。「きみ？　どういう意味だ？」

「父と取引をしたの。父は起訴の取りさげに応じた。わたしがインターンシップと料理学校をあきらめてショウ製紙で働くことを受け入れれば、あなたを自由の身にするって」

エリックはあっけにとられたようだった。「まさか。デミ……まったく知らなかった」

「当然よ。あなたには関係ないことなんだから。それにしても、今日は思い出をたどりすぎたわ。もう忘れましょう、いい？　わたしはあのとき、大事なことを学んだ。たぶんあなたもそうでしょう。話はおしまい」

「なぜだ？　なぜおれのためにそんなことをした？　おれにそれだけの価値があるかどうかわからないのに」

デミは首を横に振った。「知らないわ。あれ以来、わたし自身も自問している。でもうぃいのよ。わたしは自分の店も家も、この町も好き。人生に満足している。後悔はしていないわ」

「きみがそう言うならそうなんだろう。それでもありがとう、救ってくれて。きみがそれほどの犠牲を払ったとは知らなかった」

「そんなに感謝しないで。一生の苦行に追いやられたわけじゃないんだから」

エリックは口をつぐんだ。あまりに沈黙が続くので彼のほうを見やると、記憶に焼き付けようとするかのように真剣にデミの顔を見つめていた。

「今度は何？」

「きみの髪。いまも長いままでよかった。記憶のままだ。背中にかかるウェーブした茶色い髪と、カールした毛先が」

デミは咳ばらいをしてささやいた。「エリック。やめて」

「ごめん。やめるよ」

「実を言うと、短く切ろうかと思ってるの。ベリーショートに。そのほうが仕事に都合いいから」

エリックは微笑んだ。「おれへのお仕置きか？」

「なんでも自分に関連づける癖は相変わらずね。身を整えるのにあなたの好みを考えたりしないわ」

「そりゃそうだね」デミの嫌味を面白がっているようだった。

車は最後の角を曲がっており、あとは直進するだけだった。デミは、脳が溶けるような熱くうっとうしい沈黙のなかで話題を変えようとしたが、何も思いつかなかった。思いが顔に出ないような無難な話題は何ひとつ。

オーティスの地所であることを示すフェンスが見えてきた。そこでやっと話題が見つかった。「そう言えば、話したいことがあったの。忘れないうちに言っておくわ」

「なんだい？」

「あの朝オーティスを見つけたとき、救急車が来るまえに一瞬彼の意識が戻ったの。彼、わたしの手を握って何度も同じことを繰り返したのよ。錠、錠って。わたしにわかってほしいみたいだった。なんのことだかわかる？」

エリックはしばらく考えてから首を振った。「思いつかないな。その場にいればよかったよ」

「わたしはいられてよかったわ」

「きみは殉教者を演じるのが好きなのか？」

デミはむっとした。「どういうこと？」

「きみの信条みたいだからさ。夢を犠牲にしておれを刑務所から出す。悪路を何マイルも走って孤独な老人にパイを届ける。親戚でもないのにＩＣＵまで付き添う。自費でオーティスを偲ぶ会を開き、おれが費用を払うと言っても断わる。おれたち兄弟がやらないからやったのか？」

怒りに背筋がこわばった。「非難されているように感じるの？」

エリックは肩をすくめた。「たぶん」

「お気の毒さま。あなたがどう感じようと、わたしは自分のするべきことをするわ。義務感とか罪悪感を持たなくていいわよ。わたしは忙しいの。あなたが何を感じようと気づきもしないわ」

「厳しいな」

「大都市に戻ればすぐに忘れるわよ。ところであなたはどこに落ち着いたの？」

「いろいろな街にアパートメントを持っている。仕事で動きまわっているからね。サンフランシスコ、シアトル、ニューヨーク、ロサンゼルス。ホームベースはサンフランシスコと言えるかな」

デミは口笛を吹いた。「すごいわね」

「あちこち行く機会が多いんだ」言い訳のように彼は言った。「ホテルは好きじゃなくてね。プライバシーがあまりないから」

「わたしに言い訳することないわよ。じゃあ、すぐにこの町を出るのね？」

「ああ、たぶんあすの午後、遅くともあさってには。弁護士と不動産業者と約束があるんだ。それが終わったら発つよ。ここにいると——」彼は首を振った。「ばかなことばかりしてしまう」

「バーで喧嘩とか？」

彼の視線がデミの体を滑るように動いた。「それだけじゃないけど」

ふたりはすでにオーティスの私道に入っており、止めてある車の後部にヘッドライトが当たった。デミはブレーキを踏み、つややかな黒いポルシェを信じられない思いで見つめた。

「これ、あなたの？」

「ただの車だよ」そう言いながらも彼はデミを見ようとしなかった。

「ほんとうにそう思ってる？　車の種類はいくらでもあるのに、父とまったく同じポルシェを選んでおいて？　あの車で死にかけたのに？　色まで同じじゃないの！」

「ああ。だがおれのは内装が黒革だ。クリーム色じゃない」

「やめてよ。なぜ、自分の人生をめちゃくちゃにした車を買うの？　屈折しているわ」

「なぜだろう。鎧みたいな気がするからだと思う。この町に戦車で乗り込んでくるみたいな。他人の車を盗む必要なんかないことを町の人たちにはっきりさせたい。自分で買えるんだってね」

「でしょうね。あの車、三十万ドルぐらいするでしょう？」

「オプションをつけて三十五万近かった」

デミはたじろいだ。「お金持ちなのね。そりゃそうね、アイオン、イオス、ニクスを開発したんだもの。四つの街に家を持っていて、あの車も買えて。同じようなのをあと十台でも買えるんでしょうね」

「おかげさまで」

デミは目玉をまわした。「あのポルシェはあなたにとって怒りの象徴になっているのね。すいぶん大きくて高価だけど」

「そうみたいだ。おれにはどうにもできない」

デミはいまわしい車のまえに自分の車を止め、バックミラーを見ないようにしながらエンジンを切った。これからやろうと思っていることを成功させるには、ポルシェを完全に意識の外に追いやる必要がある。そしていまの会話。

たわごとを聞かされたあとだが、やめるつもりはなかった。慎重に、理性をもったうえで進めるのだ。この嘘つきで妄想癖のある男性がどういう人なのかわかっている。彼に何ができるかも。デミはいまでも、彼とベッドをともにしたいと思っていた。最後に一度だけ。わたしの条件に従って。彼がわたしを利用したように、彼を利用するのだ。そのあとまえに進む。彼とはそれでおしまいだ。

それでわたしも忘れられる。

ふたりは暗い車内に座っていた。車内の空気は、デミが言うことを彼に禁じた言葉で満ちていた。だが彼はそれを口にしようとはしなかった。

ふたりのあいだに性的な緊張がみなぎるのが感じられた。デミは、彼のことを自分本位でチャンスに乗じて女をものにしようとする男性だと思っていた。当然のように誘ってくるだろうと。それは間違いなかったはずだ。

それなのに、また彼を容赦なく非難してしまった。妄想癖のある嘘つきだとさんざん罵ってしまった。わたしをとんでもないトラブルのもとだと思ったとしても彼を責められない。

いや、その結論に達するのは彼が最初でないかもしれない。

あるいはもっと単純なことなのかも。七年経ったいま、与えられた特権を利用しようとしまいと彼の自由だ。そして彼は、利用しないことに決めたのだ。

自分を大事にしなさい。こんなしょうもないろくでなし、いなくてもやっていける。

「降りて」だしぬけに言った。

エリックは動かなかった。「おれが何をした?」

「何も。それだけで、わたしの知りたいことは充分わかるから。あなたにわたしを口説く勇気がないなら、わたしがここにいても意味がない。さっさと降りてよ、エリック。贅沢な暮らしに戻って、もう二度と――」

エリックのキスでデミの言葉は途切れた。

# 8

デミのしなやかな体が感情の波に震えた。エリックが彼女の後頭部の豊かでつややかな髪に指を差し入れると、シルクのような髪は指のあいだを滑った。信じられないやわらかさだ。甘く謎めいた香り。体の奥から伝わる震え。

彼女はこれを求めていたのだ。おれを嫌っているのに。さまざまな出来事があったというのに。

甘くて温かい彼女の口を味わい、ゆっくりと唇を動かして次の合図を待つ。暗がりのなかでは彼女の表情は見えなかった。彼女の後頭部を支える手に力を込めたが、自分のほうに引き寄せはしなかった。まだだめだ。

慎重に進めなければならない。あらゆる言葉、あらゆる動きが危険をはらんでいる。欲望に満ちている。危険度はこのうえなく高い。

何よりも困るのは、彼女がエリックを嫌っていることだ。これ以上ないほど悪く思っている。エリックはなんとか、彼女のその思いに対して身構えている。

だが、彼女と寝るならいつまでもそうしつづけることはできない。

エリックは何も言わなかった。今夜の状況を考えれば、黙ったままでいて、言いたいことはふたりのあいだにいまも脈打つ満たされない欲望に語らせたほうがいいだろう。

ふたりは見つめあった。エリックは息もできなかった。

デミはほとんど動かなかったが、エネルギーのかすかな変化で、言葉にならない深い衝動が彼女を突き動かしたのがエリックにもわかった。ゆっくり……ゆっくり彼女が体を寄せてくる。もっと寄せてくれ。

ああ、なんでもいい。どうでもいいから彼女が欲しい。

開いたジャケットのなかのぬくもりに手を滑りこませ、彼女のウエストを抱き寄せる。彼女はそれに応じて、センターコンソールを乗り越え、エリックと向きあって脚にまたがった。セクシーなぬくもりを、痛いほどかたくなった下腹部に押しつける。

純粋で苦しい喜びが訪れる。

彼女はとてもいいにおいがする。生気あふれる花のような甘さに酔い、エリックはわれを忘れた。豊かで官能的な唇が開き、舌が踊るようにエリックの舌に触れる。落ちた髪が、かぐわしいケープのようにふたりを包む。彼女の服を引き裂きたかった。彼女のあらゆる部分に手と舌で触れたかった。この七年間、夢に現われてきたあらゆる部分を。

デミはエリックの革ジャケットをつかもうとしたが、分厚くて湿った革の上で何度も手が滑った。エリックは彼女の手につかまれたかった。ジャケットを脱ぐと、デミがすぐさま短い髪に指を差し入れてうなじをとらえ、ふたりはむさぼるようにキスをした。

いま口を離したら死んでしまいそうだ。

彼女のからだはなめらかだった。しなやかでほてっている。やわらかく豊かな胸がエリックの顔のすぐ下にあった。彼女が動いて、エリックのかたいふくらみの上にヒップをこすりつける。恐れを知らぬ挑発的なまなざしで目をのぞき込まれ、エリックは燃えた。

「あなたの体、熱くて汗まみれだわ。あんな野蛮な取っ組み合いをするから」

「そうだな」

「ほんと、ばかね」

「ああ、たしかに」デミに何を言われても同意してしまいそうだ。こんなふうに上に乗られてむさぼりつくすようにキスをされたら。

エリックは、彼女のヒップの曲線に手を滑らせ、その手を腿の上部で止めた。逃したチャンスと見込みのない望みを取り戻そうと焦りすぎていないか、気になってしかたなかった。

彼女は身を引かなかった。膝立ちになり、エリックの首に腕をかけ、背中に手をまわして爪を立てながら、狂おしいまでの激しいキスを続けた。腰をまわすように動かす。彼女の口から漏れる切れ切れのあえぎ声に、エリックはのぼりつめてしまいそうだった。

体を離し、息を吸って言った。「ちょっと待って。ペースを落とそう。爆発しそうだ」

「いやよ」デミはジャケットを脱いでうしろに放り、シャツを上げた。なめらかなカーブを描くおなかと熱くほてる彼女の香りがあらわになる。「待つのはいや」

「どうにかなりそうだ」彼女の腰の官能的な動きにあえぎながら、エリックは絞り出すように言った。

「苦しみなさい」デミは、レースで縁どりされた胸元の深いブラジャーの上までシャツを上げた。見事な胸が現われた。かたい乳首が薄い布地を押し上げている。「耐えるのよ」

エリックは彼女の全身に手と唇を走らせた。重みのある乳房を手で包む。温かいベルベットのような感触に圧倒された。肌の味わいに圧倒された。

エリックは伸縮性のあるブラを引き下ろして乳首をあらわにし、貪欲に舌を走らせ鼻をつけた。デミは息を切らしながらしなやかに体を動かした。

甘く熱い感触。彼女の巻き毛がエリックの胸や顔に当たる。

震える指で彼女のベルトをはずす。続いてジーンズのボタンも。エリックにまたがっているせいで、ジーンズは黒いレースのパンティーが見えるところまでしか下ろせないが、そのなかに手を滑りこませ、脚のあいだのふくらみを、円を描くように愛撫した。

デミはその手に向かって踊るように体を押しつけながらジーンズを下ろした。エリックは彼女の胸に顔をつけてなめたり吸ったりしながら、指で熱くなめらかな下の唇のなかを探り、やわらかいひだをなぞった。デミはエリックの手首をつかむと、言葉にならないうめき声をあげながら体を押しつけてもっととせがんだ。

エリックはその求めに応じて、引き締まってまとわりついてくる楽園にゆっくりと指を差し入れた。胸から鎖骨、肩へと唇を移動させて吸いながら、指で愛撫を続けた。彼女の爪がエリックに食い込む。彼女の欲望を示すその痛みがいとおしかった。

彼女が欲しいものはなんでも差し出そう。拒絶することなどできない。彼女は敏感に反応した。あえぎ声とため息、愛撫のたびに背中をそらせながら悦びに震えるさま、そして彼女の熱い秘所が指に湿ったキスをするさまに、エリックは頭がどうにかなりそうだった。親指でクリトリスをさすった。ゆっくり、ゆっくり、円を描く。そう、ここだ。念入りにその場所を責め、全身の細胞で彼女の体の声を聞きながらそのときを待つ。そう、その調子、もう少しだ。

デミが激しくあえぎながら体をこわばらせた。高く鋭い声だった。エリックの指をがっちりとらえ、快感に震えた。

ああ、なんていいんだ。いつまでも続けられる。

やがて快感の波がおさまると、デミは震える体をぐったりとエリックに預けた。汗だくだった。エリックは彼女が目を上げるまで辛抱強く待った。そして、彼女の脚のあいだからそっと手を引き抜き、指を口に入れ、彼女の液を残らずなめとった。すばらしい味だった。豊かで甘くてセクシーで。完璧だ。おれのためにあるかのようだ。

「頼む」エリックは低い声で言った。「きみをなめさせてくれ。やらせてくれ。あと十回きみをいかさせてくれ。あるいは百回。頼むよ」

デミは震える息を吸うと、ジーンズを引っ張り上げてボタンを閉めた。ベルトを締め、シャツを下ろし、髪をうしろに払った。

「まだよ。簡単すぎるわ」彼女は言った。

もっと続けてほしくてたまらないのにそこで止めるのは、これまで経験したことのないほどの意志の力が必要だった。服をすべて脱ぎ捨てて彼の上にまたがり、冷たい夜風にお尻をなでられるのは簡単だ。シャツをまくり上げ、彼の顔のまえで胸をはずませ、太くかたい彼自身のうえに乗って汗だくになりながら叫びたくてたまらない。この車のなかで。

自制心を失う一歩手前だった。窓はすべて曇り、デミの手も体も震えている。悔しいがいまにも涙が出そうだった。思いも寄らないことだが。

彼には用心しなければならない。しっかりと研究し、段階を踏んだ計画を練らなければならない。最後の最後まで演出するのだ。ほんとうの自分を隠しながら、欲しいものだけを手に入れるのには注意を要する。

彼に弱いところを見せてはいけない。ほんの一瞬でも。優しい感情はいっさい持たないこと。

彼の罠に引き込まれるわけにはいかない。引き込まれないようにするのには努力を要する。

エリックが喉の奥からうめき声を出した。「簡単すぎる？　おれをもてあそんでいるのか？」

「もてあそぶなんて」ジーンズのなかにとらわれたままの、石のようにかたくなった彼自身をゆっくり指でなぞりながら言った。「まだ始めてもいないわよ」

「リンジー・フォールズに行ったあと、おれの車のなかで愛しあったのを覚えてるか？」

「昔のことは話したくない」

エリックはうなずいた。「忘れてたよ、ごめん」

だがもう遅かった。パンドラの箱は開けられ、記憶が鮮やかによみがえった。彼がはじめて、愛してると言ったときだ。

デミはコンソールを越えて運転席に戻った。彼を見ないよう注意しながら、考えをまとめて言うべき言葉を考えた。

「あなたはもうすぐここを出ていって、もう戻ってこない」ゆっくり言った。

「行動を起こすのをためらったのはそのせいだ。きみは、一夜かぎりの関係をよしとするようなタイプじゃないから――」

「それは違うわ」

エリックは眉をひそめた。「違う？」

「わたしがどういうタイプか、あなたは知らない。まえもそうだったわ。何も知らなかったのよ」

「そうか……きみが言うならそうなんだろう」

「わたしが言わなきゃ、あなたはわたしが何を求めているかわからない」冷ややかな声でデミは言った。

「聞くよ」

全身が感情にうずいた。あらゆる箇所が震えている。指からつま先、唇、目、胸。どこもかしこもだ。

「わたしたちのあいだにはまだ終わっていないことがある」

エリックは低く笑った。「そうか?」

「終わらせましょう」

「この週末だけで?」

「週末じゃないわ。ひと晩だけでよ。わたしは二度とあなたの顔を見ない。それは間違いないわよね? そうでなきゃ、こんなばかなことをしようなんて考えないんだけど」

エリックは暗い車内に座ったまま何も言わなかった。

「どうなの?」きつい口調で尋ねた。「間違いないんでしょう?」

長い沈黙の末、彼はためらいがちにうなずいた。「ああ、おれはここを出て、もう戻ってこない。きみがおれの顔を見ることはもうないだろう。これで満足か？」

「ルールを言うわね。セックスだけで、昔の話はなし。ふたりのあいだに起きたことについてはいっさい話さない。あなたがしたこと、しなかったこと。ボイドのこと、父のこと、父のポルシェのこと、あなたのポルシェのこと、事故のこと。いっさい話さない」

「だが、そのすべてを話さないなんて――」

「貸し借りを清算するためのひと晩よ。お互い、それ以上のことは期待しないし考えもしない。誓ってちょうだい」

「デミ、それはちょっと――」

「誓うか車から降りるか、どっちかにして」

エリックは鋭く息を吐いた。「わかったよ。それ以上は求めない。家のなかに入ってくれるか？」

デミは暗いオーティスの家を見てためらった。「ここはいや。今夜はいや。まだ早すぎるし、簡単すぎるわ」

「おれは簡単でもかまわないが」

「どういう意味？　わたしが簡単な女だってこと？　あなたの上に乗って、手だけでいってしまったこと？」

「あの瞬間はおれの人生のなかでも特別な瞬間のひとつになると思う」エリックは真剣に言った。

「いい返事ね。でもだめよ。ここはいや。簡単すぎる」

エリックは短く笑った。「今日一日の出来事で簡単だったことって何がある？」

「ボイドをぬかるみに投げ飛ばしたのは？　難しいことじゃなかったみたいに見えたけど？」

エリックは鼻で笑った。「思い出させないでくれ。あの嘘つき野郎のことは、ずっと憎んでたんだ。復讐を夢見てきたが、その夢のなかではもうちょっと互角に戦っていた。実際は濡れた紙袋みたいにちょろかった。まったくの期待はずれだったね」

「触れちゃいけない話題に近づきつつあるわ。わたしのせいね。先に彼の名前を出したんだから」

「そうだ。ボイドの話はやめよう」エリックはオーティスの家を示して言った。「なぜここじゃだめなんだ？　寝心地のいいベッドに清潔なシーツ。誰にも邪魔されない。おれたちはもうここにいるんだし、前戯も始めてる。最高じゃないか。何が足りないっていうんだ？」

デミは首を振った。「わたしはあなたを送ってきただけ。ここでお手軽にセックスをする気はないわ」

エリックはしばらく考えてから言った。「満足させてあげるから」

「すでに満足させてもらってるわよ。それでもだめ」

「きみの家にする？」

「だめに決まってるでしょ。あのすごい車がうちの外に止まってるところなんて、誰にも見られたくない。こんなに愚かで自滅的なことをしてるなんて、人に知られたら恥ずかしいもの」

「そう言われると傷つくな」

「勝手に傷つけばいいわ。わたしには関係ない。このことはふたりだけの秘密にしておかなければだめよ」

「うしろめたさをともなう喜び。以前と同じだな」

「そうね。いやだったらやめてもいいわよ」

「とんでもない。知る人のいないところがいいなら、グレンジャー・ヴァレーのショッピングセンターに〈サヴォイ・スイート〉っていうモーテルがある。一ドルショップの一ブロック先だ。古い煙草千本分ぐらいにおうけど、おれは気にしない」

「なんだか暗くて背徳的な感じがするわね」

「それが悪いことだと言いたげだな」

デミは思わず笑みを浮かべかけた。

「おれはどこだろうとかまわない。きみの条件を言ってくれ。おれを引っ張りまわせ。とほうもない要求をしておれをもてあそび、償いをさせろ。なんでも好きなようにすればいい。ただ、きみが叫び声をあげるまでファックさせてくれ」

デミは顎を上げて無慈悲な魔性の女を気取ろうとしたが、声が震えそうになった。なんとか震えを抑えて言った。「あなたはそれでいいの?」

「ああ。きみがいいならおれもそれでいい」

しばらくのあいだ、デミはフロントガラスを流れ落ちる雨粒を眺めた。「あすの晩。スプルース・ティップ・アイランドで会いましょう」

エリックは困惑顔になった。「今夜じゃないのか?」

「計画をたてる時間がいるの」

「なんの?」

デミは肩をすくめた。これがいかに心の平穏を乱すことか、彼に説明する義務はない。「あしたは朝早くから仕事があるから。あすの夜のほうがありがたいのよ」

「スプルース・ティップ。湖の向こう岸に近い、きみの家族のコテージがある島だな? 車では島まで行けない」

「ボートを見つけて」

「オーティスのがあるけど、モーターが動くかは疑問だな。相当古いものだから」

「来るのが大変だったら来なきゃいいわ」軽い調子を崩さずに言った。「わたしはあしたの夜七時ごろに行くから。それより早くは来ないで」

「わかった、七時にスプルース・ティップ・アイランドだな。念のためきみの電話番号を——」

「だめよ。あなたの番号を電話に残したくない。わたしの電話は現実世界で使う道具だから。あなたとのことは虚構の世界。現実とは関わりのない世界よ」

「オーティスの穴あきボートに乗るときは現実を思い知るだろうな」エリックはうらめしそうに言った。

「それはあなたの問題でわたしのじゃないわ。じゃあ、いい夢を」

デミは振り返りたいのを我慢して車を走らせた。

# 9

「すみません、ミスター・トラスク。今日だけで両方の土地を査定するのは無理です」テリー・キャトラルは申し訳なさそうに言った。「〈ゴッドエーカー〉はケトル・リヴァー渓谷《けいこく》からかなり高いところにありますし、道路の状況はご存じのとおりです。それに、今夜はちょっと用があって……」

「いいんだ。それから、エリックと呼んでくれ」そう言うのはこれで三度めだった。テリーはずんぐりした丸顔の男で、神経質そうな色の薄い眉をしていて、小さな縁なし眼鏡をかけている。高校のころの彼をなんとなく覚えている。エリックより少し下で、デミと同じクラスだった。「オーティスの土地にはあすの朝入ってもらえるようにしよう」

テリーはほっとしたようだった。「よかった。葬儀での様子だと、今日にでもここを発ちたいんじゃないかと思っていたもので。だけど、昨日はどうしても予定が空かなくて――」

「あしたまでいるよ。でもあまり早い時間は困る。そうだな、十時半でどうだい？」

「いいですよ。じゃあ、これから〈ゴッドエーカー〉に行きましょうか。わたしのジープにしましょう。あそこの道はそのほうがいいでしょう、あの車より」テリーは、マッケイブ不動産の正面に止まっているポルシェを恭しく示しながら言った。

「おれは〈ゴッドエーカー〉には行かない」

テリーは驚いた顔になった。「でも、地所内を案内してくれないんですか？」

「見取り図がある。別に、鍵のかかった建物内を案内しなきゃならないわけじゃない。建物はないんだから。見るものは地面以外何もないんだ。おれがいなくても見てまわれるさ。何も残っていないんだ」

「そうですか」テリーは瞬きをした。眉間にしわが寄る。「それなら……まあ、大丈夫でしょう」

「道に迷うことはない。ケトル・キャニオン・ロードには脇道がないからね。ほとんどが崖の斜面に沿った道だ。ナロー・ブリッジで走行距離計をセットして、十二・五マイル進んだら、道路の左側の、狭い峡谷に向かう道を探すんだ。ひとりで行かせてしまって申し訳ないが、おれは行かない。何があってもだ」

テリーの顔が赤くなった。「そりゃあそうですね。すみません」ともごもご言った。

「いいんだ。着いて何か訊きたいことがあったら電話してくれ。喜んで答えるし、電話越しに案内するよ」

「そうします。ただわかっていただきたいんですが、広さのわりには高い値はつかないかもしれません。場所が離れているし、火事で焼けているし、道路の状態もよくない。それにもちろん、悲劇が起きたわけですから――」

「わかってる。簡単に売れるとは思っていないよ。ただ、誰かに押しつけてしまいたいんだ」

「できるだけのことをします。チャンスがあったときにオーティスが売らなかったのが残念です」

「チャンス？」エリックは相手を見つめた。「なんのチャンスだ？」

テリーは当惑した様子で言った。「あれ、申し出があったのを知らなかったんですか？」

「ええと……オーティスが話したんだと思ってました。ここでよけいなことを言って問題を起こすのは——」

「いつのことだ?」

「その申し出のことを話してくれ、テリー」

テリーは追いつめられたような顔になった。「わたしが直接知っているのは三年まえの一回だけです。ここで働くようになって一年経ったころでした。ボブ・ネギーの担当で、この話を受けないなんてどうかしていると、ボブがオーティスに言っているのを聞いたことがあります。あの土地は狩りと代採ぐらいしか用途がないから、こんな額を提示されることは二度とないと言ってました。ボブは、あなたがた三人があそこに関わりたくないと思っているのを知ってましたから、売って終わりにすることをオーティスに勧めたんです。だけどどういうわけか、オーティスは話に乗りませんでした」

「申し出っていうのは誰からだったんだ?」

「正直なところ、お話しできないんです。昨日葬儀であなたと話したあと、ここに戻って記録を調べたんですが、キャビネットにもコンピューターにも見つからないんです。全部どこかに行ってしまって。おかしな話です。だけどもちろん、探しつづけます。わたしがここで働くまえもいくつか申し出があったがオーティスは全部断わったとボブがぼやいていたのを覚えてます」

「オーティスはおれたちには何も言わなかった」

「きっと彼なりの理由があったんでしょう」テリーは遠慮がちに言った。

「そうだろうな。ボブと話せないだろうか？」

「残念ながら無理です。ボブは三年ほどまえに心臓麻痺で亡くなりました。あの申し出からまもなくです。退職直前でした。ほんとうに突然のことで、心臓病の既往歴もなかったんですが、まあ、そういうこともあるんでしょうね。奥さんのアグネスは去年、娘さんのいるサンタフェに引っ越しました」

恐怖で背筋が凍りついたが、エリックはその恐怖を追いやった。〝預言者の呪い〟なんていうのはただの迷信だ。そんな考えに引きずり込まれて翻弄されると、おかしくなってしまう。そんなものに負けるつもりはない。そんなゴミみたいな考えはとっくに捨てたはずだ。

「それじゃあ――」テリーは誠実さのにじむ口調で言った。「行きますね。遅くとも四時には戻ってこなきゃならないんで。今夜は妻のデボラと〈クーパーズ・コーナー〉で食事をするんです。五回めの結婚記念日なのでね」

「おめでとう。それは遅れるわけにはいかないな。訊きたいことがあったら電話してくれ」

「そうします」とテリーは言った。

ふたりは外に出た。テリーは最新型の青いジープに乗り、軽くクラクションを鳴らして走り去っていった。秋の冷たい風が耳に痛く、空気は霜のにおいがした。

エリックは通りの先を見た。数ブロック先のデミの店が見える。コーヒーを飲みに行きたかった。オーティスが気に入っていたというパイも食べたい。だがこちらから近づけば、彼女が決めた境界線を破ったと見なされるだろう。

台なしにしたくなかった。

デミのことを考えても、心にのしかかる冷たい恐怖は消えなかった。迫りくる影。だがその正体はわからない。

その影に向け、テリー・キャトラルをひとりで送り出してしまった。

大丈夫、ただの見捨てられた土地だ。テリーに害を及ぼすようなものは何もない。

テリーは仕事を終えて無事帰ってくる。それでおしまいだ。

だが、いったい誰がそんな申し出をしたのだろう？　理由は？〈ゴッドエーカー〉は問題だらけで、あそこを欲しがる人はそういない。

それなのにどうしたわけか、オーティスはすべての申し出を断わった。オーティスと話がしたかった。謎を解きたいからだけではない。オーティスの顔を見て安心したかった。生真面目なしゃがれ声が聞きたかった。

ポルシェに乗りながら、町まで出てくるのにオーティスの四輪駆動のピックアップにすればよかったと思った。だが、ピックアップにはすでに、古いファイバーグラスのボートを積んであった。これでショウ湖の船着き場まで運ぶのだ。

湖の先端にあるスプルース・ティップ・アイランドまでは、その船着き場からだいぶ距離がある。

古くて機嫌《きげん》の悪い二ストローク船外機がついたあのぼろのボートだと、今夜はほんものの冒険になりそうだ。だが気にするな。最悪の場合、自分で漕《こ》げばいい。あるいは泳ぐか。

マリーナで、もっと大きくて洗練されて速いボートを借りることもできたが、人目について詮索《せんさく》されてしまう。そんな危険は冒せない。

デミがおれのことを人に言えない秘密にしたいなら、それでいい。彼女に合わせよう。

この日は、古い船外機と格闘するうちに一日が過ぎた。船外機の動作にそこそこ満足すると、身だしなみを整えるためにバスルームに行った。シャワーを浴び、ひげを剃り、コロンをつけて清潔な服を着た。

オーティスのピックアップのキーを手に家を出ようとしたそのとき、キッチンの電話が鳴りだした。

町の住民はみなオーティスが亡くなったことを知っているから、オーティスの地元の知り合いからの電話ではない。アントンとメースは、連絡をとりたいときはメールを送ってくる。テリーと弁護士には携帯の番号を教えてある。ほかに話す理由がある相手といえばデミだけだが、彼女は電話はなしとはっきり言っていた。

好奇心に引きずられてキッチンに戻ったとき、いまも健在な、一九八〇年代の遺物とでも呼ぶべきオーティスの留守番電話が応答した。

ピッという音とテープのまわる音のあと、興奮した甲高い女性の声が言った。「もしもし。エリック・トラスクさんですか？　そこにいらっしゃるといいんですけど。デボラ・キャトラルです。テリーの妻の」

エリックは電話を取った。「もしもし、デボラ。エリックだ。要件は？」

「お話しできてよかった」デボラの声は緊張してこわばっている。「携帯にかけたかったんですけど番号がわからなかったので、オーティスの番号を電話帳で調べたんです」

「電話してくれてよかった。それで、要件を聞かせてほしい」

「テリーから連絡があったか知りたくて」不安から、彼女はとめどなく話した。「オフィスに電話したら、あなたと会ったあと査定のために〈ゴッドエーカー〉に行ったって言われました。もうとっくにうちに帰ってるはずなんです。二時間まえに。でもまだ帰ってなくて、携帯にかけても出ないんです。いつも出るのに」

「ちょっと待って」エリックはスマートフォンを取り出して調べた。「おれのところには電話もメールも来ていない」

「結婚記念日のデートをすることになってたんです。まだ帰ってこないのも、電話に出ないのもテリーらしくないわ。もうレストランの予約に間に合いません。電話に出ないなんておかしいでしょう?」デボラはしばらくためらってから続けた。「テリーの電話には位置情報検索機能がついていて、それによると〈ゴッドエーカー〉のそばの道路にあるみたいなんです。動いていません」

「どのあたりだ?」エリックの内部の恐怖は警戒に変わっていた。

「よくわからないけれど、アッパー・フォールズの下です。そこまで行ってみようと思ってるんです。車か、電話にトラブルが起きたのか」しばらく間を置いてから言った。「その両方なのか」声が震えている。

「もうすぐ暗くなるし、道は悪路だ。行くのはいい考えとはいえないな。おれが行って見てこよう」自分の声がそう言うのが聞こえた。セックスに飢えた体のほかの部分は、身勝手にもスプルース・ティップ・アイランドに行きたいと無言の抵抗をしていたが。

デボラはおびえているようだった。そんな彼女に暗い悪路を走らせることはできない。自分だっていやな予感が腹のなかで冷たいかたまりを作っているというのに。

デボラまであの暗い穴に投げ入れることはできない。

「助かります」と震える声でデボラが言った。「お手間をかけて申し訳ないけれど、わたしの小型車であの道をのぼっていけるかわからないので」

「気にしないで。おれは慣れているし、オーティスの四駆がある。携帯電話の番号を教えてくれ。見てくるから」

デボラは番号を教えた。エリックは何度も礼を言われながら電話を切ったあと、厳しい顔でキッチンの窓から外を見つめた。

自分を追い込んでしまった。たとえスプルース・ティップ・アイランドでのワイルドで見境のない熱いデートの予定がなかったとしても、本当のところ、何があろうと〈ゴッドエーカー〉に近づくのは避けたかった。そのためならどんなに愚かで自暴自棄なことでもするだろう。

火事のあと、一度もあの場所を訪れていない。あそこには死にゆく者たちの悲鳴がいまも残っている。そこへ行くことを考えるだけで気分が悪くなった。

だがテリーが結婚記念日のディナーをすっぽかすとは思えない。彼の電話はケトル・キャニオン・ロードにとどまっている。そして、彼をひとりで不吉なあの場所に送り込んだのは、身勝手で愚かなこのおれなのだ。

ほかに生き残った者がなく、また当時ジェレマイア・ペイリーの姓を名乗っていたという理由で、自分たち兄弟が〈ゴッドエーカー〉の土地を引き継ぐことになったのは大いなる皮肉だ――兄弟はかねがねそう思っていた。彼らの思いはおかまいなしに、あの焼け焦げた廃墟《はいきょ》と土地は三人のものなのだ。

ありがたいことにオーティスが土地の管理をしてくれていたおかげで、これまで関わらずにいられた。

それがいま、秋の夕暮れのなかでわびしく薄気味悪い〈ゴッドエーカー〉の廃墟を目にすることになるのだ。昼に食べたものを吐かずいられるのを祈りたいところだ。痛みを恐れるな。ジェレマイアの言葉を頭のなかに聞きながら、オーティスの四駆に乗り、ヴェンセル通りに向かった。ガソリンは三分の一残っている。行って帰ってくるのに充分だろう。

ケトル・キャニオン・ロードとの角まで来ると、最後にもう一度ためらった。最後にこの道を走ったのは、デミとリンジー・フォールズに行って熱いひと時を過ごしたときだ。感情を揺さぶる記憶がさらによみがえる。

エリックは角を曲がりアクセルを踏んだ。砂利が跳ね飛んだ。

ケトル・キャニオン・ロードはエリックの記憶以上に荒れていた。進むにつれて腹のあたりが重く冷たくなっていく。車が坂をのぼっていくと、うしろに積んであるオーティスのボートが滑って音をたてた。

車はどんどんのぼっていく。延々と続くかと思われる切り返しの連続。木々は次第に低くなり、道は狭くなる。冬が近づきつつあるしるしがそこかしこに見られる。子どものころ、何カ月も雪で閉じ込められることがあった。標高が高いので、八フィートから十フィートの高さまで積もることがよくある。そうなると、実際にこの世の終わりが来たような生活になる。彼らにとってはほんとうにこの世の終わりのようなものだった。ジェレマイアは食料、燃料、薬、太陽光パネル、機械、医療器具を蓄えていた。キンボールが来ると、ジェレマイアは金をかけて完全装備の研究室を洞窟に作った。その金がどこから出ていたのかはわからないが、あれだけのものを作ってさまざまな品を集めるには相当かかっただろう。

アッパー・フォールズのあたりまでのぼると、エリックはスピードを落とした。ヘアピンカーブを曲がったところで目が何かをとらえ、厚い泥の上で車を止めた。

土の道とその下の岩だらけの急斜面を隔てている松の若木の一部が折れ、歯が抜けたようになっていた。中央の三本が半分に折れている。

あふれてくるつらい記憶を抑え込みながら車から降りた。七年まえ、エリックが乗ったヴォーンのポルシェはハマーに追突されて崖から落ちた。

木々を折り、急斜面の中腹の木立に引っ掛かった。

その木立がかろうじて車が落下するのを止めてくれた。間一髪だった。

泥の上に新しいタイヤ痕が残っていた。それは道の端、ちょうど木が折れている箇所に続いていた。ブレーキを踏んだりハンドルを切ったりした痕跡は見られない。きれいにまっすぐ伸びている。崖の縁に対して直角に伸び……そのまま消えている。

三本の木の折れたところから生木が顔を出している。冷たい空気のなかに新鮮な松の樹液のにおいがする。エリックは激しい鼓動を感じながら崖の下をのぞき込んだ。

急斜面に割れたガラスが光っているのが見えた。そしてはるか眼下の谷で、ケトル・リヴァーの川べりにテリーの青いジープが逆さまになってつぶれていた。

この斜面には、テリーに車を食い止められるだけの大きな木は生えていなかった。

エリックは電話を取り出して緊急番号にかけた。

「どうしましたか?」オペレーターが尋ねた。

「エリック・トラスクだ。ケトル・キャニオン・ロードの、アッパー・ケトル・

フォールズから二マイルほどくだったところからかけている。事故を見つけた。車が道路を飛び出して崖下に落ちている。ひどいありさまだ」

「治療が必要な人はいますか？」

「これから確認のために下りるところだ。運転者が生きていれば間違いなく治療が必要だろうから、急いで駆けつけるよう言ってくれ。赤いフォードの四駆が道路に止まっている。それを目印にしてくれ」

「電話を切らないでください、そうすれば——」

「だめだ。両手を使わないといけないから」エリックは電話を切り、夕日を見てから車に戻ってオーティスがいつもグローブボックスに入れていた懐中電灯を見つけ出した。なかば這い、なかば転がるようにして斜面をくだる。落ちないよう気持ちを集中させなければならないことがありがたかった。

そちらに気持ちを向けていられるほうがよかった。テリーとデボラの結婚記念日のディナーのことや、ポルシェを押し出したハマーのことを考えたくなかった。折れる木、宙づりになった自分の横を落ちていく枝を思い出したくなかった。ショウズ・クロッシング墓地の棺桶のなかで冷たくこわばっているオーティスのこと、夜の闇のなかでうなりながら木々をなめる炎のこと。

そして悲鳴。けっしてやむことのない悲鳴。考えることがなくなったとき、いつも頭によみがえる。呪いは忠犬のようにエリックから離れない。

ほんとうにすまない、デボラ。彼をあの呪われた場所にひとりで行かせるべきではなかった。

「テリー！」と叫んだ。「テリー、聞こえるか？」

返事はない。あったとしても、渓谷からケトル・リヴァーに注ぎ込む水の音にかき消されていただろう。

ジープに近づくにつれ望みは薄くなっていった。テリーの車は何度も転がった末に、平らにつぶれてねじれ、窓は全部粉々に割れていた。

エリックは川に転がる丸太や枝や大きな石をまたいで、やっとジープにたどりついた。勇気をかき集めてなかをのぞき込んだ。

ああ、神さま。エリックは顔をそむけた。脚の力が一気に抜け、岩の上に尻もちをついた。

テリーは明らかに死んでいた。シートベルトを締めたまま逆さまになっており、首が折れ、頭は半分つぶれ、顔には筋状に血がついている。うつろな目を見開き、驚いた顔をしている。

無駄と知りながら、エリックは彼の喉に手を当てて脈を確かめた。脈はなかった。血はねばついていて乾きかけていた。あちこち血だらけだった。

日が暮れて暗さを増すなか、ほかにすることもなくテリーの横に座った。川音が耳のなかで大きく響く。

またひとり亡くなった。若い妻が残された。そしておれは、この気の毒な男をここに送り込んで死なせたばか野郎だ。七年まえ、おれもまったく同じような死を遂げかけた。おれは呪いを欺いて生き延びた。呪いは代わりにテリーの命を奪ったのだ。だめだ。こんなふうに考えているとおかしくなってしまう。ジェレマイアのように。うなるような川の音も、頭のなかの悲鳴や炎のはじける音を消してはくれなかった。周囲に火などあがっていないのに、煙のにおいが感じられ、エリックはむせた。大声をあげながら手当たりしだいものを壊したかった。だがそんなことをしても意味がない。

すでに何もかも壊れているのだから。

赤と青の点滅灯がゆっくり山道をのぼってくるのが見えたのは、あたりが闇に包まれたあとだった。ピックアップを止めたところのそばで点滅灯の動きが止まるのを待ってから、懐中電灯をつけて合図した。警官たちが強力なサーチライトを斜面の下に向け、テリーのジープを照らした。

エリックはそちらに向けて手を振り、目のくらむような光の輪の外にでて斜面をのぼりはじめた。

のぼり終えるまでのことはぼんやりとしか覚えていない。まるで、自分ではないほかの誰かがぬかるんだ急な斜面をよじのぼるところを遠くから見ていたかのようだ。のぼり終えると、男女ふたりの警官と話した。どちらも名前を知っているはずだが今夜は思い出せなかった。

自分が理路整然と話しているのか支離滅裂なことを言っているのかわからなかった。救急車が来たが、テリーには遅すぎた。救急隊員はエリックのことも調べようとしたが、エリックは手で追い払った。誰も見ていないすきに、オーティスのピックアップに乗ってその場を去った。誰かが止まれと叫びながら追いかけてくるのがバックミラーに映った。

エリックはそのまま車を走らせた。

# 10

ヴァンのうしろからベネディクト・ヴォーンが現われて、マリーナのゲートをふさぐようにしてデミのまえに立った。デミは驚きのあまり、料理を詰め込んだショッピングバッグを落としそうになった。ぎこちなくあとずさりして言った。「パパ！ こんなところで何してるの？」

父は道路の反対側に止めてあるデミの車を指した。「おまえの家に行ったら、ちょうど出かけるところが見えたんでね。話があったんだ」

デミの警報装置が大きな音で鳴る。わたしに会いに来た？ そんなことしたことなかったくせに。

昨日の葬式でも気になっていたのだが、父は汗をかき、目は腫《は》れて赤かった。「大丈夫？」

「ああ」いらだったように父は答えた。「心配なのはおまえのほうだ」

デミは眉をひそめた。「心配しないで。わたしは大丈夫だから」

「ほんとうか？　ゆうべ、飲んでいたと聞いたが。あの……あの男と」

「人にとやかく言われることじゃないわ」努めておだやかに言った。「噂話《うわさ》に耳を貸さないで」

「あいつは店で喧嘩をしたっていうじゃないか。そのせいでボイド・ネヴィンスは救急に運ばれた。そんな男とパーティーをしようというのか？」

「ボイドからしかけてきたのよ。わたしもそこにいたわ。先に挑発したのはボイドだった」

「そりゃあおまえはやつの肩を持つだろうな。当然だ」

デミは深く息を吸い、ゆっくり吐いてから冷静に言った。「パパ、お願いだからやめましょう」

「わたしだってやめたいさ。だがデメトラ、おまえがやめさせてくれないのだ。いつもそうだ」

デミは首を振った。いつもの議論を始めても意味がないが、どうしても訊きたいことがあった。父にしか答えられないことだ。それがいま、口をついて出た。

「ボイドといえば、パパに訊きたいことがある。エリックは、ポルシェのキーを持っていってないと言ってるわ。あの朝、ボイドが運転していたって。ボイドがエリックを車に乗せてペイトン州立公園まで連れて行き、そこに置き去りにしたって。それから、ポルシェに乗って帰る途中、ハマーに道路から押し出されたとも。なぜわたしは彼の言い分をいっさい聞かされなかったの？」

父の目が怒りで見開かれた。「ばかげているからだ！」唾を飛ばしながら言った。「あいつはおまえの同情を買うためならなんでも言うだろう。そんな荒唐無稽《こうとうむけい》な話は聞いたことがない。そのときボイドが別の場所にいたことは証明されている。あの男は頭がいいはずじゃないのか？　もう少しもっともらしい話をするかと思っていた。おまえが耳を貸すとは驚きだ！」

「ボイドがポルシェを運転していたと彼が主張してること、わたしに話してくれなかったわね」

「あたりまえだ。話すわけがない。あまりにばかばかしいからな。すぐに作り話だとわかった。おまえに話すほどのことじゃない」

父の顔はゆでだこのようになっている。危険領域に達したようだ。デミはバッグをしっかりつかんで、少しずつ父から離れた。「わかったわ。訊きたかっただけ。ところで、今夜スプルース・ティップにボートで行くから」

「今夜？　ひとりでか？　安全とは思えないが」

「ここ数日緊張が続いたから。あの島だとリラックスできるの。夕日がきれいよ。湖に映る色がすばらしくて、これまでも何度も行ってる。慣れてるわ」

「それは真夏の話だろう！」

「いまでも大丈夫よ」デミは安心させるように言った。「湖は穏やかだし、最近は携帯の電波も届くから、何も心配することはないわ」

父に話したことをすでに後悔していた。黙ってボートで出かければ知られずにすんだだろうに。止められるかもしれない。そうなるとややこしい。

「わかったよ、ハニー。そうだな、島に行くといい。だが気をつけるんだぞ、いいな？」

突然の変わりようにとまどいながら、デミは父を見つめた。

「ああ……ええ……そうね」口ごもりながら言った。「ありがとう。じゃあ、あしたね」

「じゃあな、ハニー」

ハニー？　いったいいつから父はわたしをそう呼ぶようになったのかしら？　この一分で二回呼ばれたのがはじめてだ。

作り笑顔でうなずき、バッグを持ち上げると木の通路を進んだ。船着き場に着いて振り返ると、父はまだそこにいた。

ボイドのこと、ポルシェのこと、いろいろ言っていた。けれどもはっきりと、エリックの話がほんとうではないとは言わなかった。ばかげていると言っただけだ。

父は、うつろな目で見つめてきた。ここ数年、ときおりあんな目で見られてきた。この距離から見ても、ぞっとした。あれは、恐ろしい予感がすべて現実となった人間の目だ。

絶望しているが、驚いていない目だった。

ベネディクト・ヴォーンは、視界から消えるまでボートを見つめつづけた。それから車に乗り、座ったまま凍りついたように動かなかったが、やがて周囲の人に見られているのに気づいた。

電話を耳に当てた。このほうがいい。

たったいま、デメトラが助け舟を出してくれた。だがそれには犠牲をともなう。

かつて、エレインがまだ生きていたころに一度、この罠から抜け出そうと試みたことがある。だがエレインは、自分たちが陥っている危険を受け入れることができなかった。脱出の計画を打ち明けたときの恐怖に満ちた彼女の目はいまでも忘れない。たしかに行き過ぎだし危険も大きかった。だがエレインはそこまで考えることもせず、警察に駆け込み、新聞社に連絡すると言った。すべてを公表するというのだ。彼女は、自分たちが何を相手にしているのかわかっていなかった。

彼女は気づいてしまったのだ。

デメトラがまだ幼く、ショウ製紙が急成長を続けていたころ、エレインは娘に誘拐《ゆうかい》保険をかけたいと言い張った。ベネディクトは被害妄想が過ぎると思ったが、義父が保険料を払うと思えば、反対する理由もなかった。ヘンリーの金だ。彼にはその財力があった。デメトラを溺愛《できあい》していて、どんなわがままも聞いてやった。

孫娘を取り戻すためなら、ヘンリーはいくらでも払うだろう。契約書に書かれていた上限額は六百万ドルだった。最終的には保険会社が払うから、盗むことにはならない。少なくとも義父からは。義父には保険会社から払い戻しがある。その後デメトラは無事に帰ってくる。危害を加えられるようなことはない。

六百万あれば、このいまいましい町から遠く離れたところで一からやり直すことができる。いまのところ、ベネディクトが生き残る道はそれだけだ。

こんなはずではなかった。七年まえ、デメトラに惹《ひ》かれなければ、エリック・トラスクは自分からここを出ていったはずだ。トラスク兄弟がショウズ・クロッシングにいられないようにする――それが、ベネディクトが受けた指示だった。エリック以外のふたりは、高校を卒業すると予定どおりさっさと出ていった。だがエリックは違った。海兵隊での任務を終えると戻ってきて、デメトラと親しくなった。

大きな誤算だったが、ベネディクトはうまく処理した。少なくともそう思っていた。〝エフェリックスからの最近の電話は、いまだにベネディクトを動揺させていた。〝エリック・トラスクは事故にあいやすい。みんなが知ってることだ、あんたのおかげでね。若くてきれいな女性がやつと一緒に事故に巻き込まれるのは実に残念なことだ〟

デメトラのためでもあるのだ。あの子の身を守るためだ。背に腹は代えられない。

まだつながるだろうかと思いながら、電話をかけた。電話はつながった。湿ったような荒い息遣いがかすかに聞こえた。

「もしもし？　セイヤーと話したいんだが——」

「誰だ？」鼻にかかった高い声はセイヤーのものではなかった。

「ベンだ。三年ほどまえに連絡したことがある。わたしは——」

「覚えてる。最後の最後でおじけづいた野郎だな？」

「おじけづいたわけじゃない。妻ともめたんだが、彼女は——」

「このまま待ってろ。彼があんたと話したがるか確かめてくる」

カチリという音に続き、カントリーミュージックが流れた。

六分が過ぎた。車のエンジンをかけようとしたとき、電話の向こうからまた声が聞こえてきた。「ここにかけろ」早口で電話番号を言った。

「待ってくれ。ペンを出すから、もう一度——」

「書くな、ばかめが！」

「わかった、わかった」ベネディクトはなだめるように言った。聞いた番号を入力し、四回間違えたすえにやっと電話がつながった。

相手が出た。「またあんたなんだな」記憶に残っている、ざらついた声だった。「気が変わったのか？　また？」

「ああ。昔の取り決めを復活させられないかと思ってな」

「おれをコケにしたくせに、また同じことを依頼するってのか？　こりゃ面白い」

「すまなかった。あのときはどうしようもなかったんだ。今回はちゃんとやる。責任を持つ。それにわたしを止めようとする者はいない。ただし、今夜じゃなきゃだめだ。スプルース・ティップ・アイランドだ。今夜が絶好の機会なんだ」

「今夜だと？　あんたの都合に合わせてすぐに動けると思ってるのか？」

「いや、そういうつもりは――」

「まえの額の四倍だ。急ぎだし、そっちの都合に合わせるわけだからな。前金でな」

ベネディクトは頭のなかで計算した。「二倍だ。前金は三分の一、残りは彼女がわたしの手に渡ったときに払う」

「現金か？」

「前回用意した金だ。シュリンク包装されている。あれから手を触れてもいない。だが、残りの金を集めるのに時間がいる」

「今夜というなら――」セイヤーは舌を鳴らした。「三倍。これで最後だ」

「それでいい」ベネディクトは答えた。「彼女は湖の端にあるスプルース・ティップ・アイランドのコテージにいる。監視カメラはないし車もない。何もない」

セイヤーは低い声で言った。「わかった。ボートを調達しなきゃならんな?」

「もうひとつ。今夜男が一緒かもしれない。エリック・トラスクだ」

セイヤーは口笛を吹いた。「おれがあんたの指示で道路から押し出したやつだな? あいつのこと相当憎んでるんだな」

ベネディクトは歯ぎしりした。「やつがいるかどうかははっきりしていない。だがもしいたら、あいつを……その……頼む」

セイヤーはしばらく沈黙してから言った。「ベン、殺しはちょっとした追加オプションってわけにはいかない。わかってるだろ? まったく話が変わってくる。報酬もまったく違う」

「なら殺さないでくれ」ベネディクトはすがりつくように言った。「ただ……痛めつけてくれればいい。動きを封じるんだ。縛っておいてくれ。覆面《ふくめん》をつけろ。しっかり縛ってくれよ。ダクトテープとかロープとかで」

セイヤーは考え込むように言った。「やつは厄介か？」

「武器は持っていないだろう。持つ理由がない。何も気づいてないだろうから」

「軍事訓練は？」

「たしか、しばらく海兵隊にいた」

「くそっ。最初の額の六倍だ。半分が前金だ」

「そんな金は――」

「必要な人数が増えるし、そいつらに報酬を払わなきゃならん。話は決まりか？」

「決まりだ」ベネディクトはぼんやり言った。「それから、彼女を傷つけないでくれよ。あまり怖がらせないでくれ。暴力をふるう必要はないし――」

「おじけづいてきたのか？　彼女をベッドに入れて子守唄を歌えっていうのか？」

セイヤーのいやらしい口調に総毛立った。「ただ、言っておきたかったんだ。彼女には――」

「黙れ。こっちはプロだ。金を引き渡しの場所まで持ってこい。おじけづくな。おれからのメールを見落とすなよ」電話は切れた。

ベネディクトは車のシートにもたれた。体が震えていた。もしエリック・トラスクがほんとうに今夜スプルース・ティップに行ったら……連中がうまい具合にトラスクを痛めつけて縛りあげることができたら……もしかしたら、もしかしたらだが、この手で始末をつけられるかもしれない。

ショウズ・クロッシングで起きていることをこれ以上エリック・トラスクに探られないよう、自分でなんとかしよう。これでおしまいにしてやる。

そうなれば、フェリックスとそのボスから罰を受ける理由もなくなる。姿を消しても追われることもないだろう。わたしはただしっかりすればいいのだ。そして自分の手でとどめを刺せばいいのだ。

ナイフか岩か何かで。

自分をこんな立場に追い込んだデメトラに腹がたってしかたがなかった。これほどの苦しみと恐怖と暴力に満ちたことをわたしにさせるとは。

だがこれも、もとはといえばあの子が引き起こしたことだ。いつものように。

# 11

エリックが現われて夢を――彼とのセックスに限定された夢だが――現実にしてくれるのを期待するなんて、間違いだった。

どうやら現実にならないようだ。

今日はあらゆる感情を味わった。まずはティーンエイジャーのようにそわそわしながらシャワーを浴び、ムダ毛を処理し、ローションを塗り、香水をつけ、髪をブローし、セクシーな下着を選んだ。

それから夕焼けのなか、湖を渡って島まで来た。そのときは、生きていること、彼とつながっていることを強く感じた。際限ない可能性に体がうずいた。持ってきた料理を準備し、建物内の湿気と寒さを追い出すために薪《まき》ストーブに火を入れた。ベッドには、ラベンダーの香りがする清潔でぱりっとしたシーツを敷いた。

あんな条件を出したあとだというのに。

まあいいわ。わたしだって人間なのだし、相手はエリック・トラスクなのだ。デミは自分を許した。

少なくとも次の段階に入るまではそうだった。次の段階——それは時計をちらちら見るようになったときに始まった。

この段階は狂おしいほどゆっくりと形を変え、いつしかデミは次第に重くなる心を抱えながら静かな湖面に映る月を見つめていた。はじめは分針がのろのろと進むのを見つめ、やがて見つめるのは時針に変わった。何度も見つめた。

それでもボートは現われない。

さらに新たな感情が生まれた。またしても自分をばかにした彼に対する怒り。それにだまされた自分に対するさらに大きな怒り。彼を求めたこと、自分の誇りを傷つけたこと。彼がどういう人間かはわかっていたが気にしていなかった。ばかげた夢を現実にしてくれるならとそれでいいと。

ここまで愚かなのだから、父にうるさく言われるのもしかたない。父の言い方が妙だったせいもあり、ボイドが父のポルシェを運転していたなんて話まで信じるところだった。

エリックにはとにかく真実を話してほしい。それで、思いもよらなかった別の黒い可能性が持ち上がるとしても。

でも真実は真実だ。わたしが何を望もうと関係ない。

そして、わたしが直面しなければならない真実はこれだ。静寂のなか、時計の針が進む音だけが響いている。それが真実だ。

そして最後の段階が訪れた。不愉快な現実をまたしても受け入れる段階。あらゆる拒絶と失敗と不足、自分を愚かだと未熟だとか感じてきたあらゆる瞬間。それが束となって現実を受け入れろと詰めよってくる。

こんな浅はかなことをするほど世間知らずではないはずなのに。

エリックなんか地獄に堕ちればいい。人生はまだまだ続く。今夜は月を見ながら瞑《めい》想《そう》しよう。月が沈んだら星に、夜明けがきたら朝焼けに向かって瞑想しよう。

湖は美しかった。ひとりだろうと誰かと一緒だろうと、美しいものを見るとほっとする。

あしたはこのまま仕事に戻ろう。選ばれず、変わらず、抱かれないわたしのままで。

いやならやめてもいいと彼に言った。彼はやめることにした。まえと同じように。驚いたり傷ついたりする必要なんかないじゃないの。

大人になりなさい。威厳を持ちなさい。もっと悪いこともあるが、それについて思い悩む気はなかった。やっぱり電話番号を聞いておけばよかった。そうしておけば、着信拒否にして満足感を得られたのに。

湖に向いたデッキではなく、裏のパティオに座った。木製の屋外家具はひんやりと湿っていて、月の明かりも、セックスへの興奮が消えたいまは、ただ冷たく不気味に感じられた。

月が沈んだ。星が見えてきた。寒さが骨身にしみ、歯ががたがた鳴る気がした。もうやめよう。なかに戻る時間だ。ストーブの火とホットチョコレートで自分を慰めよう。なんでもいいから自分を甘やかそう。そんなときいつも役に立つのはブラウニーだ。

キッチンでホットチョコレートを飲もうとしたそのとき、ドアをノックする音がした。喜びに思わず飛び上がり、その拍子に熱いチョコが手にかかった。

ノックは続いた。「デミ？　いるか？」

デミは時計を見上げた。夜中の〇時二十分を過ぎたあたりで自分に禁じた行為だった。時刻は一時十五分になっていた。じんじんする手をジーンズで拭いたが、その場に立ちつくしたまま迷った。

ほんとうに来た。

ただし何時間も遅れて。侮辱された気分だった。わたしとワイルドで自由なひと晩を過ごすのが価値あることだという結論に達するのにそんなに時間がかかるの？

もうたくさん。

「帰って、エリック。遅すぎるわ。あした仕事だから。じゃあね」

「デミ、ドアを開けてくれ。遅れて悪かった。だけど――」

「悪かった？　六時間よ。わたしの招待に応じると決めるのにそんなに時間がかかったの？　そういえばわたしったら、つきあってる人がいるかとか婚約しているかと、結婚してるかとか訊かなかったわね。うっかりしてたわ」

「結婚はしてないし誰ともつきあっていない。ドアを開けてくれ、説明するから」

「だめよ。来るべきじゃないって、直感的に思ったんでしょ？　それに従って。帰ってちょうだい」

沈黙が流れた。デミは息もできなかった。

バタン。ドアが突然開き、エリック・トラスクが入ってきた。彼はキッチンにいるデミを見た。ふらふらしながら立っている。体は泥まみれだ。

その目つきは尋常でなかった。

「エリック？　どうしたの？　何かあった？　怪我をしてるの？」

「おれは大丈夫だ」かすれた声は疲弊《ひへい》しきっている。「〈ゴッドエーカー〉のほうに行ってたんだ、テリー・キャトラルを探しに。テリーはあそこの土地を査定しにいったが、奥さんとのデートの時間に戻らなかった。だから様子を見にいったんだ。テリーのジープが崖から落ちているのを見つけて、そこまで下りた。生きているか確かめに」

「それで？」

エリックは答えようとしたが声がつまった。彼は首を振った。

「ああ、エリック」デミはカップをテーブルに置いた。

「デボラは自分で探しに行こうとしていた。だが、それは無茶だからおれが行くことにしたんだ」

それが彼にとってどういうことか、デミにはわかっていた。〈ゴッドエーカー〉のことを考えるだけで、歯を食いしばって耐えなければならないほどつらいのだ。デミはうなずいてその先を待った。

「上から見た瞬間、もうだめなのはわかった。ジープがつぶれていたから。それでもとにかく確かめるために下りたんだ」彼は首を振った。「それからデボラに伝えに行った」

悲しげな顔を見るうちにデミの視界はぼやけた。「ああ、エリック」

「おれじゃなくても最終的にはブリストル署長が伝えることになっただろうが、それだと、デボラは何も知らないまま最悪の事態を恐れて寝ずに待つことになる。電話で伝えることもできなかった。それじゃいけない気がしたんだ」

デミは手で口をおおった。手は震えていた。

「彼女になんと言えばいいかわからなかった。でも、何も言う必要はなかったよ。おれの顔を見た瞬間、彼女は悟ったんだ。そのあともひとりにしておけなくて、グレンジャー・ヴァレーから母親と姉が来るまで待っていた。おい、デミ、泣かないでくれ。頼むから」

「無理よ」鼻をすすりながら言った。「涙を止められない。あなたにも止めることはできないわ」

「罵倒してくれよ、まえみたいに」エリックは言った。「叱ってくれ。男を食う魔性の女になってくれ。それならおれも向かい合うことができる。でも涙はだめだ。今夜はやめてくれ」

悲しみをたたえた目を見ると胸が張り裂けそうになった。エリックは、見られるのに耐えられないかのようにデミの視線を避けた。

苦しい沈黙が続いた。まったく思ってもいなかった方向に物事が進んでいる。デミが今夜の計画の舞台として想定していたのはもっと気軽な雰囲気だった。それが、衝撃的な現実に変わってしまった。

熱いセックスを楽しむのと、心の底から寄り添うのとではまったく別のものだ。

「電話をかけたかったんだが。すまない、こんなに遅れて」

「いいのよ。座って。倒れちゃうわ」デミは椅子をテーブルから引き出した。「ここに座って。顔色が悪いわよ」

エリックは椅子に腰を下ろした。デミは湯気のたっているホットチョコレートのカップを彼のほうに押しやった。「飲んで」カウンターに置かれた壜をつかみながら言った。

「いや――」彼は断わりかけたが、デミがカップにたっぷりバーボンを注ぎ入れるのを見て気が変わったようだ。「ああ、それならもらうよ」ひと口飲んで言った。「ありがとう」

ひどく落ち込んでいる様子だった。もうどうでもいい。デミは衝動に任せて彼の膝に座り、首に腕をまわした。

彼はびくりと身を引き、ココアがテーブルにこぼれた。「やめてくれ」

デミは床に下りてあとずさった。傷つき、困惑していた。「なに？　おれに触るなって？　じゃあ、いったいここに何しにきたのよ？」

「知るか。来るべきじゃなかったんだ。また始まったんだ。きみを巻き込みたくない」

「何が始まったの？　なんの話？」

「呪いだよ」うつろな声だった。「おれに近づいてきているのがわかる。おれが触れるものをすべてを傷つける。きみを呪いに傷つけられたくない」

彼の言葉に、心の奥に潜んでいた恐怖が呼び起こされ、デミはいらだった。「〝預言者の呪い〟のこと？　本気じゃないでしょ？」

エリックはデミと目を合わさずに顔をこすった。「おれが〈ゴッドエーカー〉に行ってくれと頼んだ直後にテリーが死んだ。オーティスは、〈ゴッドエーカー〉について話したいことがあると夜中におれたちの電話にメッセージを残し、翌日死んだ。三年まえ、ボブ・ネギーが〈ゴッドエーカー〉の購入希望者との仲介をしたがオーティスは断わった。その直後、ボブは突然の心臓発作で死んだ。はっきりとはわからないが、この調子だからきみはおれと距離をおいたほうがいい」

「それは言うまでもないわね」デミは皮肉を込めて言った。「でも、ばかげた呪いのせいじゃないわよ。冗談はやめてよ。恥ずかしくないの？」

「おれだって論理的な話だとは思ってない。十三年まえだってそうだった。だが人が死んだのは事実だ。それも大勢が。おれはただ、きみを傷つけたくないんだ」

デミは短く笑った。「もう遅いわ、エリック。船は港を出たのよ」

重苦しい沈黙のなかでふたりは見つめあった。

「少なくともきみはまだ生きている。おれにとってありがたいことに」

「ばかなこと言わないで。あなたのせいじゃないわ。人々の身に無差別に起きた災難の発端が自分ですって？　世界はあなたを中心にまわっているわけじゃないのよ。あなたにはそんな力はない。その頑固な頭に叩き込んでちょうだい」

エリックの唇に笑いが浮かびかけた。「そこまでタフでいることに疲れたりしないのか？」

「疲れないわよ、けっして」マスカラなんかつけなければよかったと思いながら、手の甲で目を拭き、唇を結んで彼をにらんだ。「ほんとうのことを言って。真夜中に古いボートでショウ湖の果てまで来たのは、自分と距離をおけと伝えるためだけじゃないでしょ？　あした話したっていいわけだし、黙って町を出ることだってできたはず。でもそうしなかった」

エリックはごくりと唾をのみ、首を横に振った。

「あなたは、いまでもわたしと寝たいと思っていることに罪悪感を持っている。大変なことが起きたあとなのにって。自分が身勝手で軽薄に思えるんでしょう。だからためらっているのよ」

エリックは何か言いかけたが、デミは手で制した。「テリーはほんとうに気の毒だったと思うわ。でもそれとこれとは別よ」

「そう思うのか？」

「ええ。あなたがここに来た目的はひとつ」彼の手からカップを取り、テーブルに置いた。彼の脚にまたがり、両手で彼の顔を包んだ。「それを果たして」


ゲームは始まった。

エリックは彼女をつかみ、しなやかな体をうずく下腹部に引き寄せ、性急なキスをした。彼女の口が開き、ふたりの舌が触れあい、からみあった。勃起する下腹部に彼女が体を揺らしながら体を押しつけて吐息をもらすと、エリックは小さくうめいた。もっと近くに。エリックは彼女のヒップを片手で包み、もう一方の親指で円を描くようにクリトリスをさすった。さすりながら、もっとも敏感な場所を探し当てる。彼女の呼吸が乱れ、鋭くなった。抑えきれないあえぎ声。ここだ。まえに彼女に触れたときと同じだ。ただし、もっとじっくり触れる。

正しい場所をさする。何度も何度も。触れるごとに正しさが増す。脈が強くなり、ペースが速まる。デミはエリックの肩にしがみつき、頭をうしろにのけぞらせ、下唇をかんで、快感にわれを忘れている。

おれがなかにはいればそういうことになる。いい気持ちにさせてやる。ゆっくりでも速くでも、下でもうしろでも上でも、いつまででも。きみがいきつづけるかぎり。

だが、そんな思いを口にすることはできなかった。今夜は、誘惑の言葉はなしだ。ただ彼女の足元にひれ伏す。何も言わず、あえぎ、ただ彼女を求める。彼女のなかでわれを忘れたかった。今日起きたことを忘れたかった。

そうやって苦しみが消えるのを待つのだ。彼女の腕に抱かれながら。

彼女の太腿がエリックを締めつける。エリックは彼女のヒップをつかんで引き寄せ、彼女が最初のクライマックスに向かうのを感じた。デミにはまずこうしてやりたかった。服を脱がせるまえにいかせたい。これまでで最高のセックスにするのだ。比類ないものに。

今後一生こんな機会は得られないというなら、悔いの残らないものにしなければならない。

エリックは命がかかっているかのように彼女にキスをした。彼女こそが命そのものだった。熱く、濡れている彼女の秘所。塩辛さを含んだ甘い唇。その温かいやわらかさ。細い体に秘められた力強さ。温かい肌と重みのある胸の、ベルベットのようなやわらかさ。身もだえする彼女の下で、エリックは彼女を高みに向かって押し上げ……。

そして彼女は頂点に達した。背中を弓なりにそらして声をあげる。

彼女のオルガスムの振動が我慢を強いられているエリック自身に伝わる。遠くから焦らすように伝わってくる振動に、エリックも刺激されていまにもわれを忘れそうになる。

抑えろ。目を開けるな。動くな。筋肉ひとつ動かすな。

よし。冷静になった。思い切って、ゆっくり目を開けた。

彼女が目に入ったとたんに欲望が高まった。頭をのけぞらせ、ほてった顔にうっすらと汗をかき、目を閉じている。彼女が唇をなめ、その豊かでやわらかい唇が光った。あの唇に触れたいと、エリックのペニスがうずく。

デミがゆっくり頭を起こしてまえに倒し、エリックの額にそっと額を当てた。ほんの一部が触れあっているだけだが、急に額が性感帯になったみたいで、触れている部分がひりつき、それが次第に広がっていくような気がした。全身が熱く、光を放っているようだ。

「よかったかい？」

「ええ」彼女の唇が官能的な笑みを作った。「最高よ」

エリックはセクシーな下唇を見つめた。彼女がまたなめたため、さらに官能的に光っている。赤くて豊かな唇。彼女のあらゆるところに触れたかった。彼女の骨格を端から端まで探りたかった。唇と舌で、温かくなめらかなくぼみとふくらみ、すき間と曲線をすべて味わいたかった。指にまとわりつくシルクのような彼女の秘所の感触がいまも感じられる。まるで、指がペニスで、彼女がそれを受け入れているみたいだった。心から望んで、奥の奥まで受け入れているかのようだ。

敏感に反応し、エリックを求めている。エリックは頭が吹き飛ぶかと思うほど興奮し、自分を恥じた。

「で、次はどうする？」とデミがささやいた。

「スタートとしては上々だ。ここからきみの好きな方向に進もう」

彼女の瞳孔が大きくなった。目を半ば閉じ、微笑む。「たとえば？」

「きみが決めてくれ。従うよ」

彼女は息の切れたような笑い声をあげた。「詳しく説明しろって言ってるの？　それとも、いくつかセットメニューが用意してあって、そこから選べばいいの？」

「セットがいいならもちろんそれでいい。アラカルトでもいい。欲しいものを具体的に言ってくれ。どんな要求でも、どんな夢でもかなえてあげよう」彼女のジーンズのウエストのなかに手を滑り込ませてすべすべしたお尻をなでてから、彼女を引き寄せてすばやくキスをした。「それとも選ぶのが難しかったら本日のスペシャルメニューを試してもいいぞ」

頬に当たっている彼女の唇が微笑むのがわかった。「スペシャルメニューってどんなの？」

「スペシャルでは、おれを信じてすべてを任せる。どこか平らな場所を示して、おれに服を脱がさせてくれ。あとはひと晩じゅうきみをいかせてやる。手で、舌で、ペニスで。全身をキスでおおって、なめて、吸って、ファックする。きみが望むまで、きみがやめろと言えばやめるし、やれと言えば再開する」

デミが震えるのが感じられた。「スペシャルメニューのセールストークとしてはなかなかのものね」

「信じてくれていい。きみをいかせると、自分が神になった気がする。きみをいい気持ちにさせたくてたまらないんだ。おれの決意がどれだけかたいか、信じられないだろうけど」

デミは自分の脚のあいだに手をおろし、少し体を引いてうずくエリックのペニスを握った。「かたいわね。そそられるわ」感心したように軽く叩いてからエリックの膝から下りた。そして彼の手を取り、引っ張った。「来て」

彼女に導かれるままドアを抜け、白く塗られた急な階段をのぼった。のぼった先には、ふたつのドアが向きあっていた。

デミは一方を開いた。屋根裏の寝室は薄暗かった。小さなランプが、火のような赤い光を放っている。ダブルベッドに、古風なキルトとレースの縁取りの白いシーツがかかっている。カバーが開いていていつでもベッドにはいれるようになっている。ペールカラーの清潔なベッド。

エリックは自分を見下ろした。泥がかたまったブーツと汚れて湿ったジーンズを見て、熱っぽい数分のあいだ忘れていた現実が襲ってきた。

デミは、エリックが入ってくるのを待っていた。だが、いまの状態で雪のように白いリネンや先祖伝来のキルトに近づく気にはなれなかった。「おれは汚れている。ここを台なしにしてしまいそうだ」

「バスルームを使えばいいわ。案内するわよ」

デミは、寝室とひとつながりの、天井が斜めになったバスルームにエリックを案内した。棚の白いタオルに手を伸ばしかけたが、そちらをやめてネイビーのタオルをエリックに渡した。

「脱いだものはここに置いておいて」

デミは出ていき、エリックは泥だらけの服を脱いで、大きな鏡に映る自分の顔を見つめた。〈ゴッドエーカー〉の火事のあとの自分たち兄弟の顔を思い出した。けっして記憶から消すことのできないものを見てしまった人間の、底なしの穴のような空虚な顔。いくら逃げようとしても、いくらほかのことで気を紛らわせようとしても、あの光景は記憶から消えない。

シャワーの水温を最大限に高くして、泥まじりの湯がきれいな湯に変わるまで体をこすった。だが今夜は違う。この地球上におれを癒《いや》してくれるものが存在するとしたら、それはデミだ。視界も心も彼女で満たそう。タフで辛辣《しんらつ》でガードがかたい彼女だが、それでもエリックには奇跡のように思われた。彼女には力がある。それが欲しかった。彼女が欲しかった。

彼女はおれのものだ。ずっとそうだった。どんな犠牲を払うことになろうと、この気持ちは抑えられない。

すべてを賭けるつもりだ。

# 12

デミはシャワーの音を聞きながら部屋のなかを歩きまわった。彼の美しい裸体を熱い湯が流れ落ちるさまを思い描く。息ができなくなった。

オプションはふたつ。いますぐ服を脱ぎ、彼が出てきたら裸を見せつける。あるいは、脱がされるまで待つ。

どちらもそれぞれの魅力があった。

結局自分で脱ぐことにした。他人が物事の進め方を決めるまで待っていられるタイプではないのだ。わたしはセックスのために彼をここに招いた。単純明快だ。いまさらそわそわしたり慎みを見せたりするのはおかしい。それに、時間も遅い。はにかんだりして時間を無駄にするわけにはいかない。

ランジェリーをどうするかも悩みどころだったが、そちらも自分で脱いだ。着ていたものは、もはや今夜の気分にふさわしいとは思えなかった。ピーチ色のレースやフレンチカットのレースの縁取りのパンティで誘うような軽いノリではなくなっている。裸の胸に大いに活躍してもらおう。最大限に利用するつもりだ。

待ちきれなかった。

シャワーが止まった。すでに心臓が口から飛び出そうになり、小娘のようにパニックに陥っている。

止めなさい。わたしはもう、まえに彼と寝たときのような、彼の手慣れた動きにいちいちどぎまぎする無知な小娘ではない。自分が何を好きかはっきりわかっている大人の女だ。

わたしは自分でこのショーを主導できる。デミはベッドに座った。指が落ち着きなくマットレスに食い込んだり白いシーツの上を滑ったりする。

バスルームのドアが開いた。電気を消して、エリックが出てきた。いいにおいのする湯気に包まれ、ネイビーのタオルを腰に巻いている。

驚くことではないけれど、それでも見事な体だ。その美しさを忘れていたわけではないのだが。

服を着ている彼を見るだけでも息をのんでしまうのに、裸の彼はなおさらだ。大きくてたくましい体。張りつめた筋肉。分厚い肩と胸。まだ湿った黒い胸毛は引き締まったおなかに向かって続いている。

裸のデミを見ると、彼の顔が赤くなった。何か言おうとしたが、ただ唾をのみ込んだ。デミは緊張をほぐすために軽口を言うつもりだったのに言葉が出てこない。気づまりな沈黙が流れた。

先に声が出るようになったのはエリックだった。「きれいだ」とかすれた声で言った。

勃起した彼自身がタオルを押し上げている。彼はタオルを落とした。

ああ、神様。何とも美しいペニスだった。陰毛のあいだから誇らしげに太くそそり立っている。まえにもじっくりと拝んだことがあるが、それでも……すごい。

「コンドームを持ってるか？」彼は尋ねた。「買ってくるつもりだったんだけど――」

「いくつか持ってきたわ」デミはサイドテーブルに置いてあったバッグから三つ入りの包みを出した。いまよりデートを重ねていたころの残りを自宅のバスルームのキャビネットにしまってあったのだ。しばらくまえからセックスはご無沙汰している。いつ以来だかはっきり覚えていないが、いまは彼の存在に圧倒されて思い出すどころではなかった。

エリックは包みを受け取ってひとつ取り出した。デミはそれを彼の手から奪い、サイドテーブルに置いた。「その立派なものをさっさとゴムでおおってしまうつもりじゃないでしょうね？　わたしにもてあそぶ暇もくれずに。ひどいわ」

エリックは何か言おうとしたが、デミが彼自身をぎゅっと握ると、あえぎ声をあげた。太くて熱くてなめらかな彼自身はかたく、デミの手のなかで脈打っている。彼は震えながら耐えている。喉の筋が浮き出て、顎に力が入っている。彼が何か言おうとして喉が動いたが、結局言葉にはならなかった。「ああ、デミ」かすれた声でそれだけ言った。

これこそデミが望んでいた反応だった。デミの熱い夢だった。なすすべもなく、ただあえぎながら自分を抑えようとしているエリック・トラスク。自分がとても強くなった気がした。

この男性に対しては、どうしても強くなりたかった。

デミは彼のかたくひきしまった尻を引き寄せ、彼のペニスを根元から先端まで両手でしごいた。先端にキスできるほど顔を近づける。石鹸のような甘いにおいがした。熱く、スパイシーで豊かな香り。舌を走らせて、塩辛い液を味わった。とてつもなくいい味だった。さらになめた。ゆっくりと、贅沢に。先端にくまなく舌をめぐらせた。エリックはデミの頭を抱きながらうめいた。「待ってくれ」喉のつまったような声で言った。

デミは両手でペニスをもみながら彼を見上げた。「なぜ待ってほしいの？　これが好きじゃないの？」

「好きだ。だけどこんなつもりじゃなかった。おれが考えてたのはきみをいかせることばかりだ。口でやるなら、おれがするほうにまわりたい。少なくとも最初の数回は」

デミはまつ毛のあいだから彼を見た。ペニスの先端の割れ目に舌の先を走らせる。そして、根元から先端までゆっくりとなめた。

デミの髪に差し入れていたエリックの手に力がこもった。太いペニスを握るデミの手にも力がこもった。

「これはアラカルトのメニューには載っていないのね？」なめらかな液のまわりに円

を描くように何度も舌を走らせながら、指先で液を広げる。赤くなった先端が、磨いた石のように輝いた。繊細な割れ目をゆっくりとなめる。「この大きくてかたくてきれいなものをしゃぶるのは……だめなの？」

彼を口のなかに迎えた。大きく太いそれを迎えるのは容易ではなかった。だがリズムをつかんで彼を深く迎えては強く吸うことを繰り返すと、デミの髪をつかむエリックの手が震えだし、お尻の筋肉がかたくしまった。

デミは天にものぼる気分だった。彼の目が、彼を悦ばせているデミを見つめている。「まだいかせないでくれ」と彼は言った。「きみと一緒にいきたい」

デミは目を上げて彼を見た。「そんなに細かくタイミングを調整できるの？　すごいわね」

「やってみるよ」エリックはデミのまえでひざまずき、膝を開かせると、ヒップをつかんで自分のほうに引き寄せた。片手でヒップから腰のくびれまでなであげながら、もう一方の手を腿に這わせた。

そしてデミのひだをさすった。キスと愛撫、それに立派なペニスによって強烈な刺激を受けたデミは、もうそれだけで充分だった。いますぐ彼を迎え入れられる。ここまで高ぶったのははじめてだ。

だが、それでもエリックは彼女の秘所に口を触れた。あんなことを言ったからにはそのとおりにしなければならないと思っているのだろう。デミとしても文句があるわけではない。彼のやさしく巧みな舌が、デミのやわらかい内部を這う感触は最高だった。官能的な舌が、デミのあらゆるところをなめ、つつき、愛撫する。ゆっくり時間をかけてあらゆるひだを探る。クリトリスをもてあそぶ。どんなふうに触れればデミがとろけるか、震えるか、あえぐか、そしてのぼりつめるか、彼は以前もいまも知りつくしていた。

強烈なオルガスムが永遠ともいえるほど長く訪れた。やがて、デミは大きく息をつきながら、汗にまみれた体を彼の背中に預けた。たくましい肩は熱く、塩の味がした。デミの髪が彼の体に張りついた。

こんな反応をしたのははじめてだった。彼のテクニックのせいだけではない。エリック・トラスクその人だからだ。デミはいま、彼のとりこになった。そうなるようプログラムされていたかのようだった。ほかの誰でもなく、自分だけがそうなるようプログラムされている気がした。

だが、それがどういうことか考えたくなかった。とにかくいまは考えたくない。ショッキングな気づきは一度にひとつずつでいい。

ふたりは体をくっつけあったままでいた。互いの鼓動が呼応している。エリックは、シルクのようになめらかな彼女の太腿に顔を押しつけながら自分を取り戻そうとしていた。

落ち着け。コンドームだ。コンドームをつけろ。これ以上待てない。

コンドームのほうに手を伸ばし、もう少しで落としそうになった。こんなに手が言うことを聞かないとは。包みをすでに開けてあったのは幸いだった。装着しながら体が震えた。言葉で言いあらわせない感情だった。これがなんなのか知りたくなかった。ただ彼女のなかに入りたかった。あのきつくて熱い彼女の内部に入って何もかも忘れたい。彼女にキスし、彼女を揺らしたい。ペニスと舌を同時に彼女に突き入れたい。

彼女におぼれたい。

デミは体を離し、ベッドカバーをどけた。そして白い枕に寄りかかった。エリックに手を伸ばし、自分の上に引き寄せる。しなやかな体はなめらかで、力強く形のいい脚は大きく開かれている。ピンクと深紅のひだがセクシーな陰唇から突き出ているさまがとても美しい。やわらかく、彼女の液で光っている。彼女のにおいにそそられて、エリックは鼓動が速まり、頭がぐるぐるまわる気がした。

言葉もなく、震えながら、彼女の秘所を恭《うやうや》しくさすり、ひだのあいだを愛撫して、さらに深みを探る。クリトリスをなでてから、ペニスの先端で彼女の液を広げる。彼女を思い切り濡らしたかった。滑るぐらいに。先端で、円を描くようにクリトリスをさすった。

デミはしびれを切らしたように声を出し、エリックの尻をつかんで引き寄せた。

「いまよ」息を切らしながら言った。

「ああ、いまだ」エリックは彼女のなめらかなひだのなかに自身を突き入れた。ぴったりとエリックを包む穴にゆっくりと時間をかけて入っていく。ふたりはともにうめき声をあげた。デミは唇をかみ、ヒップを揺らした。もっとエリックを受け入れようと、腰を上げる。自身を差し出し、そのお返しにエリックのすべてを求める。

エリックはそんなデミにすべてを差し出すしかなかった。すでに彼女のものだが。七年まえからずっとそうだった。

彼女の目がエリックを挑発した。エリックのすべてを見て、エリックを求めている。自分がばらばらになり、エリックは目を閉じた。体の芯まで震えていた。彼女は引き締まって小柄だ。やさしくしなければならない。必死で自制心を働かせた。

ふたりの動きのリズムが定まると、エリックは彼女のクリトリスの小さなつぼみをなでた。ペニスを彼女の体に包まれ、キスされ、愛撫されるのはなんともいえない気持ちよさだった。

自制心を働かせ、時間をかけて進めるつもりだった。彼女を悦ばせることだけを考えていた。だが、エリックのなかで嵐が吹き荒れ、コントロールが効かなくなった。もっと奥まで進みたい。盲目的な欲望に突き動かされていた。

いまのエリックにできるのは、彼女を離さず、一心不乱に愛を交わすことだけだった。

彼女はエリックの背中に爪を食い込ませ、尻に両脚をからませながらしがみついていた。何か叫んだが、エリックにはその言葉を聞く余裕はなかった。ただひたすら彼女を求めつづけた。エリックにとって彼女は全宇宙だった。

何かが割れた。エリックのなかで何かが大きく口を開け、エリックは火山のように爆発した。

われに返ると、彼女の上にぐったりと体を重ねていた。汗でびっしょりで、心臓は大きな音をたてていた。

頭が正常に戻ったと同時に恐怖がよみがえった。デミは顔をそむけていた。目は閉じていて、完璧な形をした頰骨だけが見えた。そそられるような頰と顎の曲線。うっすらと汗ばみピンク色に輝いている。

彼女はまだエリックにしがみついていた。離しもせず、押しのけもしてない。ペニスを包む筋肉はまだ震えている。エリックに巻きつけたままの腿も震えている。心臓の鼓動が感じられた。胸が、空気を求めて大きく上下している。

それはそうだろう。おれの大きな体が彼女を押しつぶしているのだから。

彼女の腰のくびれを抱いてペニスが抜けないようにしながら隣に転がった。いつまでもこのまま彼女のなかにいたかった。

デミはあおむけになってエリックから離れた。ゆったりと息を吐きながら伸びをした。背中が弓なりに浮き、胸が突き出る。なんて美しいんだ。目が痛むほどだった。

だが彼女はエリックを見ていなかった。

エリックは満杯になったコンドームを持って体を起こした。これをどうしたらいいのだろうと部屋をみまわした。

「バスルームよ」デミがけだるく言った。「シンクの下にゴミ箱があるわ」

エリックはコンドームを捨てながら、鏡に映る自分を見て顔をしかめた。あの目。デミには見られたくなかった。苦しみと恐怖。そして際限のない欲望。彼女のおかげで、危険な何かがエリックのなかに解き放たれた。

昔彼女と過ごしたときにどんなことを感じたか、いまでも覚えている。魔法のようだった。なんでもできる気がした。デミがいればショウズ・クロッシングに打ち勝つことだってできた。運命にキスされた気分だった。デミはこの世で誰よりも賢く、セクシーで特別な女性で、彼女のそばにいれば、エリックは万能でどんな人間にもなれた。過去の不幸にも縛られず、〝預言者の呪い〟にとらわれもしなかった。デミが呪いを解いてくれる。そう確信していた。

だが大きな間違いだった。そして、最終的に犠牲を払ったのはデミだった。

エリックは部屋に戻り、待った。デミは乱れたベッドに体を広げて横たわっていた。彼女は顔を向け、当惑したようにエリックを見つめた。「よかった、エリック?」

「ああ。きみは……きみはどうだった？」訊かずにはいられなかった。

「よかったわ」くつろいだ声は低くかすれていた。「最高だった」

デミはカバーを持ち上げてエリックを招いた。エリックはベッドに滑り込んだ。彼女のぬくもりに包まれて、思わず声が出た。シルクのような髪ややわらかい肌の手触りに、触れている部分が残らず反応する。

ペニスが跳ねあがった。デミはそれを見て一瞬微笑んだ。エリックはペニスで彼女のおなかをつつかないようにしながら彼女を抱き寄せた。

彼女は抱きつきながらささやいた。「早かったのね」

「きみのせいだ。セクシーすぎる」

「うれしい」

エリックは言葉を探した。「悪かった……あのとき自分を抑えられなくて。ふだんだったら――」

「もうやめて。あなたの性癖は聞きたくない」

「わかった」彼女の脚に脚を巻きつけ、ヒップをなでた。その肌のびっくりするほどのなめらかさに手が震えた。

「もう一回やってもいい」とエリックは言った。「きみが、眠るほうがいいとか話すほうがいいというなら別だが」

彼女の緑の目が笑った。エリックは努めて冷静なふりをした。

「エリック。眠ったりおしゃべりしたりするために、わざわざオーティスの古いボートに乗って暗闇のなか湖を渡ってきてもらったわけじゃないわよ」

エリックは彼女の髪に指を差し入れてつかむと、彼女の顔を自分のほうに向かせ、温かく甘い香りを吸った。「それはつまり、話をしないってことか?」

デミは警戒するような顔になった。「今日の密会には話は含まれていないわ」

「メニューには載ってないってわけか」

「そう」

エリックは彼女の背中をなで、ウエストの曲線を記憶に刻んだ。細かい部分まですべてを覚えていたかった。「また頑固者になるのか?」

「用心してるだけ。オルガスムはいいの。どんどん感じたい。でも話をするのはちょっと……。あなたはこの町を出ていき、もう戻らない。それを責めるつもりはないけど、話すことなんてないじゃないの」

エリックは小さくうなった。「うむ、厳しいな」

「そうかもしれない。でも、わたしにはこうするしかないの」

一瞬のあいだにエリックは感じた。目の端で動きを捉えたかのように、彼女が絶対に見られたくないであろう感情を見て取った。

彼女にとっても大きな賭けなのだ。ガードを解くことはできないのだろう。

エリックは彼女の腰に腕をまわして抱きしめたままあおむけになった。彼女はエリックの上になりながら笑った。「なんなの?」

「歩み寄るってのはどうだ?」

「あなたがここにいること自体が歩み寄ってるってことじゃないの。欲張らないで」

「互いにひとつずつ質問しよう。ひとつだけだ。それからまたオルガスムに戻る」

デミは厳しい顔でエリックを見たが、体は彼の上におさまった。温かくセクシーな重みと、彼女の秘所がおなかに当たる感触があいまって、エリックの体は熱くうずいた。

「質問をひとつ?」けげんそうにデミが言った。「ふざけた質問はなしね?」

「なしだ」

デミはため息をついた。エリックの胸の上で腕を組み、胸毛に指を走らせながら顎をエリックの上腕に乗せた。「いいわ。あなたからね」

明るいグリーンの瞳に挑むような光が浮かび、エリックは頭がくらくらして何も考えられなくなった。

彼女は眉をあげた。こころなしか面白がっているようだ。「どうぞ」

「ちょっと待ってくれ。つまらない質問をしたくないから。たったひとつだなんて、魔法のランプに願いごとするみたいだな。ゆっくり考えないと。後悔しないようにな」

彼女の顔に浮かぶ笑みを見て、町に戻ってから彼女のほんとうの笑顔を見たのはこれがはじめてだということに気づいた。デミと会ったのはオーティスの葬儀のとき、偲ぶ会で父親が横でにらんでいるとき、バーでの喧嘩のとき、そして車のなかで緊張をはらんだ会話を交わしたとき。どれも、笑みが浮かぶような状況ではなかった。

「わたしは、あなたの頭のなかに大きな疑問が燃えさかっているんだと思ってたけど、違うのね。そんなに悩んで言葉につまってるってことは」

エリックは最初に頭に浮かんだことを口にした。「きみはなぜショウズ・クロッシングに戻ってきたんだ？　ここを嫌っていると思っていた。それにお父さんのことも……。いや、それはいい。いまごろは遠く離れたところにいると思ってたよ。ニューヨークとかパリとか香港とか」

デミの笑みが消えた。「その予定だったわ。出ていくつもりだったわよ。でも父の罠にかかったの。その話はしたわよね」

「すまなかった」

「あなたは関係ないわ。わたしと父のあいだのことだから。あなたは口実にされただけ」

「やさしいんだな」

「気持ちを切り替えたのよ」デミは短く言った。「とにかく、母が亡くなったときわたしは店の土地を相続したの。そこを借りてダイナーをやっていたリッキーはちょうど引退したいと思っていた。父も、わたしを止められるなら止めたでしょうけど、リッキーが居抜きで安く売るって言ってくれたのよ。設備をいくつか買い足さなきゃならなかったし、リフォームも必要だったけれど、最低限の経費で済んだわ。ショウ製紙に行けと父に強要されるまえの、もともとの計画に近いことをできる最後で最大のチャンスだと思ったの」

「もとの計画って、料理学校だね？」

「ええ。あなたのせいだなんて考えなくていいのよ。あなたのことがなくたって、父は何か別の方法を考えてあきらめさせようとしたでしょうから。でもこのチャンスがめぐってきたとき、状況はちょっと変わっていた。わたしはあのころより年齢を重ねて強くなっていた。ショウ製紙で働くことがどんなに自分に合わないか、わかっていた。そして、母のおかげであの土地は法的にわたしのものだったから、父にわたしを止めることはできなかった。だから決心したの」

「約束を破ったのか」

デミは小さく笑った。「わたしが約束を破ったからって、父もいまさらあなたを刑務所に戻すことはできない。それに、父のやり方だって卑劣だったのよ。大きな声では言えないような形で約束をとりつけたんだもの。だから、その約束を破ってもあまり罪悪感は覚えなかったわ」

「それを聞いて安心した。レストランの経営は好きなんだね？」

「厳密に言ったらふたつめの質問になるけれど、まあいいわ。ええ、好きよ。やることは多いけれど、すべてわたしのものだし、創造性を必要とすることも多いし。わたしの料理はおいしくて質もいいのよ。妥協しないから」

「ああ。それがきみの性格だからね」

デミは眉をひそめた。「どういう意味よ?」

「褒めてるんだよ」エリックは急いで言った。

「わたしと会ったのは七年ぶりなのよ」その声はクリスタルのように鋭くなっていた。

「わたしの性格について何を知ってるっていうの?」

「きみが口を開くたびにその性格が現われる。きみは何も隠さない。それもきみの性格だ。すべて現われてるよ。見たままだ」

デミは疑わしげに眉を寄せた。「怒るべきかしら?」

「そうしたければ。でも、おれたちの貴重な時間を無駄にすることになる」

デミは短く笑った。「わかった。やめておくわ。じゃあ、今度はわたしが質問する番よ」

エリックは身構えた。どんな質問が来てもおかしくない。

「危険な質問よ。あの晩わたしの両親の家に来たとき、なんであんなにイライラして怒ったりしたの？　わたしたちの喧嘩は、特に理由もなく始まった。なぜあんなに激しくぶつかって熱くなったのかわからないの」

エリックは不意をつかれ、頭が働かなくなった。「ええと……」首を振った。「たぶん、仕事をクビになって頭に来てたんだ」

デミは驚き、肘をついて体を起こした。「そんなこと、言ってくれなかったじゃないの」

「きみに知られたくなかったんだ。恥ずかしかったから。きみの家に行く直前の出来事だった。最初に建設現場、それから老人ホームもだ。突然無職になって、仕事を見つけるためにショウズ・クロッシングを出なければならないことがわかっていた。最後に残った二十ドルで、あのテキーラとライムを買ったんだ。それで一文なしになった。だけど、せめてひと晩だけでもそれを忘れてデミという夢にひたりたかった。朝になったら打ち明けようと思っていたんだが、そのチャンスがなかった。喧嘩をして追い出されて、それからああいうことになったからね」

「一文なしって？　そんなことないでしょ。夏じゅう働きどおしだったじゃないの。アフガニスタンから帰って何カ月もお金を貯めていたんでしょう？　アプリの開発のために」

エリックは窮地に立たされた。ほんとうのことを話せば今夜が台なしになってしまう。だがデミはどんな遠くからでも嘘を嗅ぎつける。どっちにしろ、エリック自身嘘をつくのは苦手だ。

「全部使ってしまったんだ。あの日に」

「何に？」当惑しているようだった。

少しためらってからエリックは答えた。「指輪に」

急にこの場の緊張が高まるのがわかった。彼女はエリックから体を引いた。「なんですって？」

「いま言ったとおりだ。指輪に有り金をはたいた」エリックはあおむけになって天井を見つめた。「頭金だ。その場で買うだけの金は持っていなかったが、ステイグラー宝飾店で完璧な指輪を見つけたんだ。金を払った直後に建設現場の仕事をクビになった。そのあと老人ホームも。連続パンチを食らったよ」

「なんてこと」

「すぐにきみに渡すつもりだったわけじゃない。早すぎるのはわかっていたからね。

ただ、完璧なタイミングがいつ来てもいいように準備しておきたかったんだ。疑いもしなかった。きみに関しては百パーセント確信していた。きみみたいな女の子には絶対にそうするべきだと。意思表示ってやつだ」

デミは体を起こし、エリックに背を向けて座った。

しまった。話すべきじゃなかったのだ。誤算だった。重すぎたのだ。今夜はすでに過去のトラウマの話をしたのに、そのうえこんな話までするとは。軽い話で終わらせておけばよかった。

だが、いまさらあと戻りはできない。「オーティスの言葉で思いついたんだ」

それを聞いて、デミは目を丸くして振り向いた。「わたしたちのことオーティスに話したの？」

「つきあっているのは知っていたよ。でも、おれが言っているのはそう意味じゃない。オーティスがおれとメースとアントンを養子にしたときのことだ。そのとき言われたんだ。おれたちはじきに自立する年齢だから養育の必要があるわけじゃない。ただ、預言者の姓を背負ってこれからの人生を生きてほしくないとね。オーティスは、おれたちに意思表示をしてみせる人間が必要だと考えたんだ。そのやり方を示したかったんだな。それで、おれたちに自分の姓を名乗らせてくれた」

デミは涙をぬぐった。「オーティスの弔辞でそれを言えばよかったのに」

エリックは首を振った。「ほかの人たちには関係ない話だ。それに、この町の人はみんなおれたちを養子にするのに反対した。そんなこと言ったら見返しているみたいに思われる」

「見返して悔しがらせればいいのに」

「そんなことをしても意味がない。おれたちの話に戻ろう。きみにもきちんと意思表示をするべきだと思ったんだ。すべてが吹き飛ぶまえにそれができていればよかったんだが」

デミはあおむけになって天井を見つめた。

「こっちも大変だったのよ」長い沈黙の末に彼女は言った。

エリックは身構えた。「どんなふうに？」

「混乱したわ。つきあう人をみんなあなたと比べてしまった。相手にとっては迷惑よね。あなたとの時間はほんとうに短かった。フラッシュみたいに一瞬だった」

エリックは彼女の手を取り、指のつけ根に唇を押しつけた。「もう黙るよ」

彼女は微笑んだがエリックと目を合わせようとしなかった。「そうしたほうがいい。わたしは罪のない質問をしただけなのに、あなたはそれに答えてわたしを崖から突き落としたのよ」

「悪かった。それをおれの性格と呼んでくれていい」

「うまいこと言うわね」

「それも性格だ」

笑いで場の緊張は和《やわ》らいだが、会話はエリックの告白によって止まったままだった。エリックのおなかの音で静寂が破れ、ふたりはほっとして笑った。

「すごい音だったわね。おなかすいた？」

「大丈夫だ。考えることが多すぎて、食べることまで気がまわらなかった」

「食べものならあるわよ。偲ぶ会の残りもの。おいしい料理がたっぷり残ってるわ。トレイに詰めて袋に入れてきたの。冷蔵庫にあるからすぐに食べられるわ。あなたがよければ」

「セックス以外何もしない予定だったんじゃないのか？　寝るのも話すのもなしなんだろう？」

「食べるのは別よ」笑みを含んだ声だった。「あなたは力をつけたほうがいいわ。七年分の夢をかなえなきゃならないんだから燃料が必要よ」

エリックは自分が笑っているのに気づいて驚いた。「いただくよ」

# 13

半裸のエリック・トラスクにキッチンをうろうろされると気もそぞろになってしまう。

引き出しからストライプ柄のコットンの男ものパジャマが見つかったので、ふたりで上下を分けあって着ていた。デミは、腿の上まで隠れるボタンつきの上を着て、エリックはゆったりしたひも付きのズボンを穿《は》いた。ズボンは腰の下のほうまでずり落ちていて、胸筋から見事に割れた腹筋まであらわにしていた。黒く平らな乳首は寒さでかたくなっていた。それでも、下半身もむき出しにしてあの立派なものを上下に揺らしながら歩かれるよりはましだった。

だが、それはおとなしくするつもりはないようで、内側からズボンを押し上げている。あの休むことを知らない性欲は、このあとの時間に向けて好ましい前兆だった。

だめよ、集中しなきゃ。フォークに、ナプキンに、お皿。

キッチンは寒かったがデミはサウナから出てきたばかりのように暑かった。凍るように冷たい湖に浸かりたいぐらいだ。貴重な時間を一秒たりとも夜のスイミングに費やす気はないけれど。

トレイは出して蓋もはずした。はちみつ風味のハムステーキ、こしょうをたっぷりまぶしたローストビーフ、野菜のグリル、レッドポテトとディルのサラダ、チーズの盛り合わせ、ソーセージ入りのペストリー、みずみずしいフルーツ、焼きたてのロールパン、粒が大きくつややかなギリシャ産オリーブ、スモーキーなチーズとアーティチョークのフリッター。

エリックに紙皿を渡した。「どうぞ。好きなだけ食べて」

エリックは遠慮せずに食べた。デミもひと口食べ、とたんに自分も空腹だったことに気づいた。エリックがお皿に料理をおかわりしたところで、デミは冷蔵庫からビールを出すことを思いついた。

エリックはスプーンで壜の蓋を開け、ぐいっと飲んだ。「うむ、うまい」

「地元のビールよ。アーティサナルっていう醸造所。ショウズ・クロッシングにあるのよ」

「ここの人が成功しているのはうれしいな」

「わたしも成功してるわよ、とっても」

「もちろんだよ。きみのことは別だ。話は変わるけどきみの料理は最高だな」

「無理しなくていいのよ」微笑まないようにしながら言った。「でもありがとう」

深夜に寒いキッチンで食べる料理が、昨日よりもおいしく感じられた。思考が吹き飛ぶようなセックスはおなかがすく。今夜はそれをさらに繰り返すつもりだ。キッチンテーブルをはさんだ向かいからこちらを見ている半裸の魅力的な彼と。

デミは先に食べ終わり、まだ食べている彼をおいて、自分のビールを持ってリビングルームに火を確かめに行った。ストーブのガラスの扉を開けて赤く光る炭の上に一番大きな薪を置きながら、ほてった顔にあたる火の熱さを楽しみ、体の力を抜いてリラックスした。

これから訪れる悦びを思うと期待でめまいがしそうだ。キッチンでビールを飲んでいる彼の視線を感じる。

デミは立ち上がって振り返った。ふたりの目が合い、電流が走った。

デミは髪をうしろに払うと、パジャマのボタンをはずした。パジャマのまえが開き、影になった裸の上半身がエリックに見えるようになった。下腹部の黒い毛はきれいに切りそろえてある。

ビールを飲み干し、罎をコーヒーテーブルに置いた。そして、あらわになっている部分にゆっくり指を走らせた。心臓からおなか、そして、もっと下へ。

エリックの目をまっすぐ見つめたまま手を脚のあいだまで下ろした。陰唇を開き、指のあいだからクリトリスをのぞかせる。もう一方手で愛撫する。ゆっくりと、悦びのため息をつきながら。

こうして自分に触れることはまったくないわけではないが、エリック・トラスクのシルバーグレイの目に見つめられながらすると、新しい世界が開けた。足をクッションに乗せ、指を内部に滑り込ませて、なめらかな液を広げる。

「食べながら次のコースの予告を見てて」とデミは言った。

エリックは見つめながら喉を動かした。デミはさらに少しだけパジャマを開いた。ちょうど乳首が見えるぐらいに。

エリックはナイフとフォークを置いた。「もっと欲しい」

「いいわよ、たくさんあるから」そう言って頭をのけぞらせ、胸を突き出した。部屋の寒さのせいでかたくなっている乳首が、欲望に満ちた彼の視線を受けてうずく。デミはさらに深く指を入れた。

エリックが席を立って近づいてきた。ストーブの火の明かりがその瞳に映っている。デミの目のまえまで来ると、彼はひざまずいてデミのパジャマを大きく開き、ヒップをつかんだ。

「だめ」

彼は目を上げた。「なぜだ?」

「そこにいて。わたしが自分でするのを見てて。あなたの番はそのあと来るから」

「じゃあ、やってくれ」エリックは手を下ろし、こぶしを握った。「拷問を始めてくれ」

デミはわざと大仰に、すべてを見せつけるようにして陰唇を開き、クリトリスを彼の顔のまえに突き出して親指で転がすようにさすった。彼の目になんともいえない不思議な表情が浮かび、それがデミの快感を一気に押し上げた。快感は苦悩になり……そしてデミを粉々にした。

デミは声をあげた。バランスを失いそうになり、彼の肩につかまった。オルガスムが穏やかな余韻にまで収まると、彼の顔を見下ろした。彼の目に現われているむき出しの欲望を見たとたん、また鼓動が激しくなった。

「最高のショーだった。次はおれの番だ」

震えて答えることができず、デミはただうなずいた。

エリックはデミの手をつかみ、ふたたび陰唇に当てた。「さっきしたみたいに、そこを開いてくれ。きみのあそこが突き出るところを見ると、そこを吸いたくなる」

デミは言われたとおりにして、もう一方の手で彼の肩をつかもうとした。だが、彼の肩はかたくて広すぎて、つかむことができなかった。

彼は顔を押しつけた。彼の舌がそこをなめた瞬間、デミは声をあげ、汗で湿った彼の短い髪に指を差し入れながらあえいだ。エリックは陰唇を巧みになでながらクリトリスに舌を走らせ、続いて吸った。

デミは彼の顔に向かって体を押しつけた。エリックはデミを絶頂まで導きかけ……そこでペースを落とし、内腿にキスをしながら見上げた。その目は悪魔のような光をたたえている。

だが口元にはえくぼができていた。デミは彼の顔を押さえた。「わたしをもてあそんでいるのね」

「ああ、思いっきり。待って、苦しみなさい。きみがおれに言った言葉だぞ、忘れたか？　気絶するほどきみをいい気持ちにさせたい。自分の名前も忘れるほど」

「やって。いますぐ。そうしてくれないと叩くわよ」

彼は広い胸を震わせながら笑うと、またデミのヒップをつかんでかたく引き締まったクリトリスを舌で愛撫し、高みに導いた。

快感が体じゅうで炸裂《さくれつ》する。デミは完全にわれを失った。

正気に戻ったときには、下を見るのがこわかった。目が涙に濡れていた。

だめだめ。わたしが求めていたのはこんな感情ではない。手の甲で涙を拭いた。マスカラがにじんでしまった。デミは、抑えきれないあえぎ声をもらすのでなく、ふつうの人のように息をしようと努めた。

エリックは体を起こし、デミを見下ろした。「コンドームは二階だ。行こう」

デミは話そうとするのをあきらめて、パジャマの胸ポケットからコンドームを取り出してエリックに見せた。

彼は躊躇《ちゆうちよ》なくそれをつかんだ。「用意のいい女性は好きだな」そう言って包みを開くと、中身をデミの手に押しつけた。「つけてくれ」

強烈なオルガニスムのあとだけに指がなかなか言うことを聞かなかったが、デミがのろのろと装着するのを待ちながら、エリックは満足げだった。デミは時間をかけてていねいに手順をふんだ。根元から先端までをじっくりしごき、ひねるような手の動きに、エリックの吐息が荒く乱れた。

彼はデミの両手を引っ張って彼女を自分の上に倒すと、荒々しくキスをした。むさぼるようにキスをしながらも、デミの手は彼の太くかたいペニスを握ったままだった。手に、彼の脈が感じられる。

デミは彼を引き寄せた。「来て」

「わかった」エリックはデミのパジャマを肩からはずして完全に脱がし、デミも彼のズボンを引きずり下ろした。彼はそれを脚から振り落とし、デミの向きを変えさせて背後からお尻を手で包んだあと、ソファーのほうに彼女を押した。

デミはソファーに膝をつく形で倒れ込み、ソファーの背に手をついて体を支えた。エリックはうしろから彼女を愛撫した。彼の大きく温かい手が、デミのやわらかくて敏感な箇所を残さず愛撫し、デミは快感に震えた。彼はデミの腿を開かせ、指先を陰唇にじらすように走らせてからなかに滑り込ませた。

「最高だ」エリックはかすれた声で言った。「どうかなってしまいそうだよ」

今度はうまい答えが出てこなかった。話せる状況ではなかった。彼が滑らせる指に向かって、続いてゆっくりと出し入れしはじめたペニスに向かって体を動かす。彼がなかに押し入ってくる感覚がたまらなかった。あの、狭いところをゆっくりと突いてくる感覚が。

彼は背後からゆっくりと入念に突いた。デミは彼を受け入れ、屈した。あえぎ、荒い息をついた。もっと欲しい。それしか考えられなかった。彼はデミのなかの眠っていた部分を覚醒《かくせい》させ、囚われていた部分を解放した。自分がここまでなすすべもなく、狂おしいまでの飢餓《きが》感を覚えるとは思ってもいなかった。

もう遅い。もう何かを気にする余裕はなかった。彼はデミを、これまで知らなかった深く明るい場所に押しやった。彼が発見するまでデミも知らなかった、彼女自身のなかに存在する場所だ。

この場所は永遠におれのものだ。彼はそう主張した。

またただ。自分がいくまえに彼女をいかせる――できれば何度かいかせる――つもりだった。だがまたしても主導権を握っているのはエリックではなかった。エリックは何もコントロールできていない。欲望にとらわれ、支配されている。

止めることもできずわが身をすべて委ねた。うれしいことに彼女も同様だった。お互いにつかまり、叫ぶ。世界がぱっくり口を開ける……。

原始的なエネルギーがエリックのなかを突き抜けた。

しばらくのち、エリックはほてった顔を彼女の背中につけ、背筋にキスをした。ひと言で表わせない何かを恐れるかのように心臓がまえのめりに鼓動する。

もうあと戻りはできない。おれはだめになる。いや、もうだめになっているかもしれない。

周囲の世界がもとに戻った。火にくべられた薪がぱちぱちと音をたて、そのあと静かになる。外からは湖水が船着き場に打ち寄せる音がする。まだ、動く気にも話す気にもなれなかった。デミも、ソファーの背に顔を押しつけたまま動かなかった。

デミとのセックスは、これまで経験してきたものとは似ても似つかなかった。これからもそうだろう。セックスは好きだ。機会はふつうにあるし、いつも楽しんでいる。だが軽いつきあいにとどめている。

体だけのつきあい。そのルールは絶対に崩さなかった。これまで、それでうまくいってきた。つねに前進する。ふつうの男として自分の人生を生きてきた。そんな毎日を問題なく過ごしてきた。エリックとしては上々の毎日だった。

デミのいない人生がいかにからっぽで空しいかという事実を、彼女から容赦なく突きつけられるまでは。

そうしてくれと頼んだのはエリックだった。

彼女から離れたくなかった。彼女のすべてがエリックを引きつける。なめらかな肌と官能的な体の曲線。肌、髪、におい。言葉では表わせない。これほどなめらかでやわらかいものに触れたことがなかった。花の香りをかいだり子猫をかわいがったりするタイプではないから。

だが、花は繊細でこわれやすいがデミは違う。彼女には自然な力が備わっている。

彼女の沈黙が続いているのが不安になってきた。「大丈夫か？」

彼女の笑いは苦々しげに聞こえた。「大丈夫じゃない理由なんかある？」

何か落とし穴があるのだろうか？　エリックはためらった。「ただ確かめたかっただけだ」

デミはエリックから離れた。「あなたの性の魅力に圧倒されたんじゃないかって？」

その口調はエリックを凍りつかせた。「そういうわけじゃないが」

「圧倒されていないわよ。圧倒されていないしめちゃめちゃにもなってないから安心して。あなたとのセックスはすばらしい。あなたはすてきよ。こんなに感じたのははじめて。最高だったわ」

「よかった。それを聞いてほっとしたよ」

デミはソファーから下りた。揺れる火の明かりのなかでぼんやりと浮かぶ裸の曲線が美しかった。エリックが見とれているのに気づくと、デミは両腕を上げてゆっくり一回転した。「どうぞ、思う存分見てちょうだい。いまがチャンスでしょ？　逃しちゃだめよ」

「大丈夫なら、なぜそんなに怒ってるんだ？」

デミは肩をすくめた。「わたしたちのあいだの込み入った過去のせいかしらね。大変な一日だったのよ。朝の三時だっていうのに、わたしが元気に笑うのを期待しているの？」

「何かを期待しているわけじゃない。おれはただ、この一瞬を大事にしているんだ。上に戻ってまたベッドに入ろう」

「寒くないわよ」

「わかってる。いまのきみは火がついている状態だからね。行こう」

エリックが先になり、ふたりは二階に移った。エリックがコンドームをはずし終えると、次にデミがバスルームを占領し、ゆっくりと時間をかけて体を洗った。エリックは静けさのなかで落ち着かない気持ちでベッドに横になって待った。枝のあいだを抜けて窓から差し込む月明りを見つめ、規則正しいリズムで船着き場に当たる水の音に耳をすました。

爆発的なセックスだった。だが今回は、彼女のなかで何かが変わっている。いまのエリックは綱渡りをしているかのようだ。なんの拍子に綱から落ちてしまうかわからない。

やっとデミが出てきた。彼女はエリックの視線を避け、すぐにナイトランプを消してふたりの姿を闇に隠した。どうも雲行きが怪しい。

だがそれもわかる。お互いに、この圧倒的な力の源から少し離れる時間が必要だ。エリックはこのようなむき出しの激しさに慣れていない。おそらくデミも同じだろう。だが終わりにしたいわけではない。

デミはためらうことなくベッドに入ってきた。エリックはシーツの冷たいところに移動し、自分があたためていた場所に彼女を引き入れた。

「あした帰らなきゃいけないわけじゃないんだ」思わずそう言ったが、彼女が体をこわばらせたのに気づいてすぐに後悔した。

「え?」

「もっといてもいい。ゆうべのことで、また警察に話をしなければならない。それにテリーの葬儀もある。できればこのまま残って葬儀に出たい」

「何が言いたいの?」

エリックはデミの表情を読もうとしたが、暗くて見えなかった。「なんていうか……ひと晩だけのことにしなくてもいいということだ」

デミは体を起こして肘をついた。「エリック、やめて」

「今夜だけと決めなくていいんじゃないか。気楽に考えて、なりゆきに任せればいいい」

「なりゆきも何もないわ。あなたはショウズ・クロッシングが大嫌いでしょ？　あなたをここにつなぎ止めていたのはオーティスの存在だけ。あなたが築いた人生はここにはないはずよ」

「たしかにそうだろうが、だからといって——」

「もうやめて」デミは立ち上がった。「貸し借りを清算するためのひと晩という約束でしょ。覚えてる？　あなたが約束したのよ」

「おれはずっと思いをあたためてきたんだ。ひと晩じゃ足りない」

「悪いわね。それ以上は無理」

エリックは陰になった彼女の顔を見つめた。「相変わらず頑固だな。何があっても妥協しない。ほんの一瞬でもな」

「それがわたしの性格だから。我慢して」

「喜んでそうするよ。チャンスをくれるなら」

「あなたがあんまり強引だと、わたしたちあっという間に険悪になるわよ」デミは警告した。「それでおしまい。お楽しみも終わりよ」

　エリックは大声でいらだちを吐き出したかった。「これは特別なんだ。きみとおれのあいだに起きていることは魔法なんだぞ。もっと欲しいと思うことの何がいけないんだ？」

「こうなるのはわかっていたわ。だからなんなの？　執着しないで。お互い、ほんとうに自分の記憶どおりいいセックスなのか、それともいい思い出として美化されているのか、謎のままこれまで過ごしてきた。そうでしょ？」

「ああ。そのとおりだ」

「その答えがいま出たわね。美化されていたわけではなく、ほんとうによかった。びっくりじゃない？　そのままにしておきましょうよ。知りたかったことははっきりした。もう忘れてお互い先に進みましょう」

「おれはこのままにしておきたくない」なんという女性だ。エリックはただ、自分が本気であることを見せるチャンスが欲しいだけだ。それなのにデミはそのすきを与えてくれない。

　彼女は肩をすくめた。「あなたが決めることじゃないわ。約束したでしょ」

「デミ……」

「しーっ」彼女は唇に指を当て、そっとエリックを押してあおむけに寝かせた。「お願いだから台なしにしないで。わたしはもっとしたいの」

エリックは答えようとしたが、先にキスで口をふさがれた。

甘く官能的なキスに、心臓が激しく鼓動し、彼自身がふたたび元気を取り戻す。

デミはベッドカバーをはがし、エリックの上にまたがった。しなやかな体の動きに張りつめたペニスが痛いほどうずき、大きく開いた腿のあいだのセクシーな陰を見ると頭がどうにかなりそうだ。

「コンドームはあとひとつあるわ。ちょうだい。早く」

エリックはサイドテーブルのほうに手を伸ばした。手はコンドームの包みを探し当てたが、自分の上でうねるように動く彼女から目を離せなかった。彼女は胸を揺らしながらペニスを握り、さする。

彼女がそこに舌を走らせると、エリックは身震いし、もだえた。濡れた舌がゆっくりと、下から上へとなめあげ、それから周囲に円を描く。エリックは背中を弓なりにそらせて無言のまま先を促した。

デミは顔を上げた。「開けるの？　開けないの？」

エリックは震える手でコンドームをつけ、また寝転がって官能的な眺めを楽しんだ。茶色の長い髪がはじめはうしろに払われて揺れ、次にまえに垂れて巻き毛がエリックの腿にかかる。デミは睾丸を手で包み、ちらりとエリックを見上げた。そうやって、容赦なく誘惑する。最後にゆっくりとなでると、彼女は這いあがってエリックにまたがった。ペニスを握ったまままえににじり寄る。

ペニスをあいだにはさんでエリックの腹に押しつけるようにしながら体をつけた。彼女の濡れたなめらかな割れ目がぴったりと当てられた。そのまま前後に体を揺らし、自身も快感を得ながら大きくて赤いペニスの先端を指でさする。

デミは時間をかけてエリックの先端をクリトリスで愛撫した。自分の液をすりつける。まるで甘美な拷問だ。エリックはそれを楽しんだ。デミは揺れながら目を閉じた。わざとエリックをじらしている。

「入れさせてくれ」とエリックは言った。「でなければ、おれの顔の上に座って、またきみをなめさせてくれ」

「まだだめよ。このままで充分。いい子にしてて」

エリックは胸が震えるほど笑った。「きみを濡らしたい」

「濡れてるわ」そう言うと、彼女は膝をつき、エリックの手をつかんで自分の脚のあいだに導いた。「触ってみて。なかを……。ね、濡れてるでしょ?」

エリックの指は彼女の熱い泉に迎えられキスされた。上側も下側も周囲もなめらかで、いつでもエリックを迎えられる状態だ。

エリックはひだをなで、指をなかに差し入れた。エリックの指の愛撫を受けて、デミの体は踊るように動いた。髪が揺れ、胸が揺れる。

いつまでも続けても飽きないだろう。

「デミ、頼む」

彼女の謎めいた笑みに、そのままのぼりつめてしまいそうになる。「こっちに持ち上げて」

なんでもするつもりだ。かたいペニスを持ち上げた。彼女が上に乗ると、エリックはあえぎ声を漏らした。そして彼女のなかに滑り込んだ。彼女の肉がすっぽりとエリックを包み込む。

言葉にならない快感だった。デミはまえのめりになり、エリックの胸毛に手をからませ、皮膚に爪を食い込ませ、エリックに向かって体を揺らす。エリックは彼女のウエストを抱き、ふたりは目を合わせた。

そして同時に達した。またしても。互いに目をそらすことができず、驚いたような彼女の表情はそのままエリックの表情を映していた。

彼女の守りが崩れる。エリックのほうは最初から崩れていた。エリックが深く突くたびに、デミはエリックの上で動き、すすり泣くような声を出した。

エリックは上体を起こし、デミの肩に両腕をまわした。彼女がエリックの膝に座って両脚を体に巻きつけると、彼女の胸や喉が顔のまえに来て、鼻や唇で愛撫するのに都合がよかった。こんなふうに顔を向きあわせた状態でもう一度彼女をいかせたかった。隠れるところのない状態で。

彼女の秘所を探り、彼女が身もだえするまでクリトリスをさすった。歯でそっと喉をなぞり、肩に熱いキスをした。そのあいだもペニスは深くゆっくりと出し入れを繰り返す。一番敏感なところをこする。もう一度。そしてもう一度……。

クライマックスが近づいていた。彼女を先にいかせたい。エリックは舌をからめてキスをしながら親指でクリトリスをさすった。彼女の呼吸が浅くなり、うめき声が切れ切れになる。そして彼女は達した。激しく深い快感に体を震わせた。彼女の肉が、鼓動しながら力強く深くエリックのペニスを締めつける。彼女は胸を大きく上下させ、顔をエリックの肩につけて隠した。

エリックはもう待てなかった。デミを押し倒し、膝をつかんで高く上げた。エリックのペニスは彼女の液で光っている。

ふたりの動きは長くは続かなった。クライマックスの力はエリックを高みに押し上げ、彼のなかを嵐のように通り抜けた。

それからしばらくのち、エリックは何かを間違ったと思いながら彼女の隣で横たわっていた。強引だった。近づきすぎてしまった。動きにはすべて作用と反作用がある。彼女はいま、押し返そうとしている。

エリックは歯を食いしばってそれに備えた。

それを合図にするかのように、彼女は体を離した。体を起こし、エリックに背を向けて座った。その背中はこわばっている。

エリックの口から本心がこぼれ出た。プライドなど考えもしなかった。ただ、できるだけ長く、可能なら永遠にともにいたい。それだけだった。「おれと一緒に行こう」

デミはすばやく振り向いた。「なんですって？　どこへ？　なんのために？」

「きみの好きなところへ。サンフランシスコでもいい。いいところだ。おれの家もある。いくつも部屋がある広い家だ。別の街がよければそれでもいい」

「なんのために？　あなたのおもちゃになるため？」

「おれの恋人になるためだよ」エリックは辛抱強く言った。「進みながら考えればいい」

答えは彼女の顔に現われていたが、それでも言葉にされるとひどく傷ついた。

「いやよ」彼女はにべもなく言った。「あなたのこと信頼していたのに、そんなこと言うなんて」

「まえは町を出るつもりだったじゃないか」

「七年まえよ！　わたしはまだ二十二歳だったわ！」

「あのころの夢を追えばいい。お父さんから離れたほうが追いやすい」

デミは口を半開きにしてエリックを見つめた。「エリック、あなたどうかしてるわ」

「そうかもしれないが、真剣に言ってるんだ。きみが欲しい。ずっと欲しかった」

「最後に会ってから七年よ。何を根拠にそんなこと言うの？　たった一回のセックスですべて許されるっていうの？」

「厳密に言えば一回じゃなくて三回――」

「怒らせないで」

「そんなつもりはない。つい口から出てしまったんだ」

デミはまた背を向けた。背中が震えている。なんということだ、泣いているのだ。

エリックは彼女の肩に手を伸ばした。「デミ……」

「いや」彼女はその手を逃れた。「やめて。黙ってちょうだい」

「どうした？　なんでそんなに怒るんだ？」

「そんなばかみたいなこと言わないで！　それも思いつきみたいにいきなりなんて！」

「思いつきなんかじゃない。本気だ。ただタイミングを間違ってしまった。いつもの癖だ」

「わたしがすべてを乗り越えるのにどんなに苦労したか知りもしないで。父の支配を振り払って自分のものを築きあげるのがどんなに大変だったか。ショウズ・クロッシングの小さなレストランなんかあなたにとってはちっぽけなものでしょうけど、わたしにとってはすべてなの」

「きみのしてきたことを軽く見るつもりはない」

「でも、それを捨ててあなたの街に愛人になりに行くべきだって考えてるんでしょ？　なんてすてきな夢の実現かしらね」

「きみの夢を追えばいい。サンフランシスコでレストランを開けばいいじゃないか。おれが協力する。金なら持っているから」

「わたしの目のまえで札束をちらつかせないで。お金は関係ないわよ」

「関係あるなんて言ってない。おれが言いたかったのは――」

「わたしは愚かな夢は追わないの。しっかりとした現実的な計画に従っているのよ。その計画にあなたは含まれていない。あの一件があったからには」

「ポルシェの件だな？」

彼女は両手を上げた。「ええ、そうよ」

エリックはごくりと唾をのんだ。「じゃあ、おれの話を信じる気はないんだな」

「判断するにはもう遅いわ。ほんとうかもしれないし、そうじゃないかもしれない。たしかに、父がほんとうのことを言っていないとしても驚かないわ。でも、あなたの言葉だけに自分の人生を賭ける気にはなれないの。過去の経緯を考えると。悪いけど、だめなのよ」

エリックは喉がつまって声が出なかった。

「ごめんなさい。そこまでは無理。できるだけのことはあなたにしたわ。島での密会。料理。セックス。謎が解けたのはよかったと思ってる。でも見て」窓の外を示した。「もう夜が明けるわ。現実に戻る時間よ。この時間が来ることはお互いわかっていたし、あなたとの将来を夢見るなんてばかなことはしたくないの。もうたくさん」

「きみにプロポーズするつもりだったんだ！」

「でもしなかった。現実が勝ったのよ。完全に」彼女は壁のフックからタオル地のバスルームを取って着た。「今回もね」

ポルシェの一件以来、これほど腹がたったことはなかった。大声をあげて怒りを爆発させたかった。ドアを引きはがし、壁に穴を開けたかった。

だめだ。そんなのはおれじゃない。エリックはこぶしを握りしめて自分を抑えた。

「ここでの用は終わりよ。わたしはシャワーを浴びるから、そのあいだに出ていって」

「デミ、そんなの――」

「これが自然のなりゆきよ。さよなら」

彼女はバスルームに行くと、泥だらけのエリックの服とブーツを出してきて床に置き、エリックを見ずにドアを閉めた。

錠をかける音がやけに大きく響いた。

## 14

おれは彼女の条件をのんだんだ。ぐずぐず言うな。

厳しく自分に言い聞かせても無駄だった。エリックは湿った泥まみれの服を着ると、泥の跡を残さないよう気を遣うこともなく階段を下りていった。もう遅い。どうにもならない。

ばかみたいに彼女の足元にひれ伏して、結局また放り出された。

蹴とばしてくれ。

これ以上頭がどうかならないうちにここを出なければならない。あの、火事と死に象徴される預言者に育てられたおれにはハードルが高すぎた。

シャワーの音が聞こえてきた。エリックはジャケットを着た。エリックを嘘つきの泥棒だと信じて、怒りに燃えながら裸でシャワーを浴びているデミの姿を想像しないように努めた。

呪いのせいだ。ほかの人々同様、デミをもおれから遠ざけた。例外はオーティスだけだ。だがオーティスは特別だった。

そしてそのオーティスも、いまは地中の棺桶のなかだ。

それも呪いのせいかもしれない。呪いはすべてを食いつくす。

アントンとメースに倣《なら》ってさっさとここを離れればよかった。安全な場所から必要なあと始末をすればよかったのだ。第三者を通して。

テリーのような。

テリーの見開かれた目と血だらけの顔が脳裏を駆け抜ける。エリックは吐き気を覚えた。しばらく立ち止まって体をかがめた。

行け。行くんだ。

ドアを開け、のろのろと階段を下りて玄関に向かった。キッチンはごちそうの残りで散らかっていた。リビングルームでは夜明けの薄明りのなかで石炭がぼんやりと光っている。ソファーのクッションは斜めになったままで、床に落ちているものもあった。

玄関のドアを開けてしばらくそこに立ちつくした。澄んだ甘い空気が鼻をくすぐる。空は重く暗かった。鏡のような湖面から不気味な霧が立ちのぼるさまは、ゆらゆらと立つ幽霊みたいだ。

一歩踏み出そうとしたとき、においに気づいた。

たばこを吸った息のすっぱいにおい。脇の下のにおい。

エリックがとっさに身を引いたのと同時に、こん棒が振り下ろされ、額と頬骨をかすめた。エリックは相手の男の手首をつかんで家のなかに引き入れ、手首をドアの柱に叩きつけた。男の悲鳴は喉へのパンチで途切れた。

エリックは、ドアの反対側から飛び出してきたふたりめの男に向かってひとりめを投げつけるように押し出した。ふたりめはその勢いで、ポーチの柱にぶつかりうめき声をあげた。ひとりめが両腕を振りながらあわててポーチの階段を下りていく。

大柄な男たち。黒いスキーマスクをかぶっている。ほかにもいた。三人めがポーチの反対側から突進してくる。ふたりめも、叫び声を上げながら向かってきた。

エリックは敵のキックと大振りのパンチを止めた。パンチしてきた腕をつかんでひねってから、そいつをポーチの手すりに投げつけた。

手すりが割れ、男は頭から真っ逆さまに植え込みに落ちていった。それと同時に三人めがこん棒で襲ってきた。

エリックは横向きになって頭を守り、肩でこん棒を受けた。男の腕をつかんでひねった。男は悲鳴をあげた。腱が音をたてて切れた。

そいつを頭から壁の羽目板に叩きつけ、膝に、続いて頭にキックをお見舞いする。男は床に崩れ落ちた。そこにそうしてろ、間抜けめ。

ガラスの割れる音がした。はめ殺し窓だ。ひとりがなかにいる。二階ではデミが裸でシャワーを浴びている。なんとかしなければ。

エリックは家のなかに走った。血が目に流れ落ちてくる。男はリビングルームにいた。エリックは突進した。ふたりはコーヒーテーブルの上で取っ組み合い、テーブルはまっぷたつに折れた。

エリックと男はガラスの破片が散らばる床で取っ組み合いを続けた。相手はほかの男たちより大きく、重く、力があった。スキーマスクの穴から見える薄いブルーの瞳は喜びにあふれている。楽しんでいるのだ。

男は蛇のようにすばやくエリックの睾丸を膝蹴りし、エリックは息ができなくなった。気づくと男が馬乗りになって、大きな手を首にかけていた。

脇にある薪ストーブから熱が伝わってくる、エリックはなんとか息を吸い、薪の箱に思い切り手を伸ばして樫《かし》の薪をつかんだ。

青い目の男の頭を薪で殴った。

首にかけられた手が緩んだ。男はふらふらと揺れた。エリックは男を押しのけ、あざになった喉で必死で息を吸った。背後で何かが動く影が見えて振り向き――

ブーン。胸に激しい痛みを感じた。「あわてるな」

スタンガンだ。不意をつかれた。スキーマスクの穴から怒りに燃える目が見つめていた。こっちは黒い目だ。ブーン。

くそっ。動けない。何も見えない。デミ。

男が顔を近づけて笑い、すえた熱い息がエリックの顔にかかる。スタンガンをエリックの喉に思い切り押しつける。「くたばれ」

大きな音とともに、男が体をびくりとさせたかと思うと、エリックの上に崩れ落ちた。

エリックは重い体の下でもがいた。体を動かすことも、胸いっぱいに息を吸うこともできなかった。やっとの思いで男の体を少しどかした。

男のうしろにデミが立っていた。裸足で、バスローブの上に黒い髪から水が滴り落ちている。目はショックで大きく見開かれている。

彼女がつかんでいる白い大理石のめん棒は血で汚れている。

デミはめん棒を落とし、エリックに駆け寄って男をエリックから下ろすのに手を貸した。

エリックはゆっくり体を起こして喉をさすった。「大丈夫か？」声はひどくかすれていた。

「わたし？」デミは震える声で言った。「スキーマスクの大男五人と戦ったあげくにスタンガンを当てられたのはあなたのほうよ。それなのに、わたしに大丈夫かって訊くの？」

「おれを助けてくれた」

デミはあきれた顔で言った。「そうよ。先にさんざんあなたがわたしを助けてくれたけど」

エリックはスタンガンをコートにしまおうとしたが、まだうまく動けなかった。体全体が震えて感覚がなかった。

それでも、眉をひそめて彼女を見た。「きみはまだびしょ濡れだし裸足だ。ここは寒いうえにガラスが飛び散ってる。足は大丈夫か？　切ってないか？」

デミははっとしたように割れた窓のガラスを見て、吹き込んでくる冷たい風に震えないようこらえた。「足は大丈夫よ、エリック」

エリックはよろよろと立ち上がり、ドアの外で倒れている襲撃者たちの様子を見た。

「服を着てくるんだ。だがそのまえに、こいつらを縛りあげられるものがどこにあるか教えてくれ」

「ええと……食品庫にダクトテープがあるはずよ。わたしが探すわ。そのほうが早いから」彼女はあとずさりしながら言った。「あなたは……監視しててくれる？」

「あいつらを檻のなかに送り込むまで目を離さないよ」

朝の静けさのなかで、電話が振動する音が大きく響いた。スタンガンの男のものだった。エリックは男のポケットを探った。

そして、使い捨て電話を引っ張り出した。エリックの手のなかでしつこく鳴っている。デミの目を見つめながら電話を開いて耳に当てて待った。

「どうした?」ざらついた男の声だった。「なんでこんなに時間がかかってる?」

エリックは襲ってきた男の声をなんとか思い出した。低くてひどくかすれていた。

「終わった」

電話の向こうの男は言った。「よし。十分でそっちに着く」

電話は切れた。エリックは電話を閉じて、倒れた男の横にしゃがみこんだ。大きな黒いジャケットのジッパーをはずして脱がせた。

「エリック? 何をしてるの?」デミはとがめるように鋭く言った。

「こいつらを乗せてきた男と話す」エリックは革のジャケットを脱いで男のコートを着た。「面白そうだ」

「でも、武器を持ってないじゃないの! 銃がいるわ!」

「連中のこん棒をひとつ拝借するよ。それで大丈夫だ」

「エリック、そんなこと――」

「言い合ってる時間はない」エリックは意識を失っている別の男の顔からスキーマスクをはぎとり、指についた血をうとましく見てからかぶった。男は赤毛で若く、太っていて顔にはそばかすが浮いていた。こめかみの傷から血が流れている。「ダクトテープを取ってきてくれ。ボートの男が来るまえにこいつらを動けなくしよう。急げ！」

エリックの鋭い声にデミは飛び上がった。彼女がダクトテープを見つけてくると、エリックは襲撃者たちの腕を体のうしろにまわして残忍なほど手際よくテープを巻いた。続いて足首も同じようにした。それから外で転がっている男たちも同様にした。

エリックはデミを見上げた。「いまのところはこれでいいだろう。服を着ておいで。これから何が待ってるかわからないからな」エリックは血まみれのめん棒を拾い、スタンガンと一緒にデミに渡した。「持っておくんだ。きみの携帯から警察に電話をかけて、それから外に出ろ。すぐに木立に駆け込んで姿を隠すんだ」

「でも――」

「行くんだ！　早く！」

デミは二階に駆けあがり、バッグと電話を探しながら手早く服を着た。地元の警察に電話をかけ、交換手のホリーにできるだけうまく伝わるように状況を話した。ホリーが電話を保留にしているあいだ、デミは肩で電話を支えながら氷のように冷たくなって言うことをきかない指でブーツのひもを結んだ。

「デミ？　聞こえるか？」電話口からウェイド・ブリストル署長の声が聞こえた。

その声を聞いたとたん涙がこみあげた。「ブリストル署長？」

「襲われたんだって？　無事か？　救急車を手配しようか？」

「スプルース・ティップ・アイランドの父のコテージにいるんです」とデミは言った。

「エリックが全員を倒したけれど――」

「エリック・トラスクか？　一緒にいるのか？」

「ええ。彼が全員倒しました」

「怪我は？」

「スタンガンを当てられたけれど、大丈夫そうです」そう言いながら窓の外を見た。

ガラスのような湖面に三角形のさざ波を残しながら進んでくるボートが見え、あわてカーテンの陰に隠れた。「来たわ」

「何がだ？　何が起きてる？」ブリストル署長が尋ねた。

「ボートが来ました。わたしたちを襲った男たちを乗せてきたボートです。エリックは、それに乗っている人物と会うって言ってます」

「デミ、裏から逃げて隠れろ。いますぐに」

「行かなきゃ。あとで電話します」

デミは電話を切ると、両手にスタンガンとめん棒を持ってゆっくり階段を下りた。

床にはテープで拘束された男ふたりが転がっていた。赤毛のほうは目を覚まし、顔を紫色にして体をくねらせている。男は大きく開いた目でデミを見上げ、エリックが口を封じたテープの奥から喉を鳴らすような音を発した。

「黙ってて。聞く気ないから」

湖がもっともよく見えるのはキッチンの窓だ。デミはそちらに近づき、カーテンの陰から外を見た。


男はとんでもなく重かった。エリックはそいつのコートのなかで汗をかきながら、意識を失っている男を船着き場のほうに引っ張っていった。自分に一番近い体格の男を選んだところ、それがもっともひどいにおいを発しているやつだった。スキーマスクは汗と血でぬるぬるしていた。

コートは肩がきつかった。だがもっといい方法を考える暇はない。迅速に進めなければならない。考えすぎてはいけない。稲妻みたいに一瞬でショックと恐れを与えるのだ。

近づいてくるボートのモーター音が次第に大きくなり、急に消えた。男はボートを船着き場に寄せた。やはりスキーマスクをかぶっている。エリックはボートに背中を向けたまま、気絶した男の両脇を抱え、ボートの男と自分のあいだにその血まみれで髭をはやした男の顔が来るようにした。

「ほかの連中はどこだ?」ボートをつなぎながら男は尋ねた。

エリックはうめきながら男を引きずった。男のブーツのかかとが船着き場の板に当たる。「なかだ」もごもごと答えた。

「彼女を運ぶ準備をしてるんだな?」ボートの男は醜い笑い声をあげた。「喜んであの女の見張りをするさ。いいおっぱいをしてるからな。ケツもなかなかのもんだ」

エリックはボートに足を踏み入れ、男の体を持ち上げてデッキに落とした。男の頭が木のデッキに当たって大きな音をたてた。

ボートの男はそれを見下ろした。目が丸くなり……その瞬間、エリックはこん棒を振り下ろした。

男は仲間の上に岩のように転がった。

背後から音がしてエリックはすばやく振り向いたが、デミがボートに向かって走ってくる音だった。「隠れてろと言っただろ！」エリックはどなった。

「手を縛るのにダクトテープがいるでしょ？」

異論はなかった。テープを受け取り、ふたりのならず者をぐるぐる巻いた。手首、肘、足首、膝。完全にやりすぎだ。誰かがテープを切るまで身動きひとつできないだろう。

残りの四人をボートに引きずってくるのは大仕事だった。デミが手伝おうとしたがエリックは断わった。ひとりでやるほうが早い。

頭のなかはアドレナリンでいっぱいだった。いま起きた予想外の出来事。耳にしたこと。そのひとつひとつが気に入らなかった。

エリックとデミは襲撃者のボートで湖に漕ぎだした。男たちの重みでボートは沈み込み、進みはのろかった。デミのボートも使って二手に分かれることもできたが、いくら男たちの手足を拘束してあっても、デミをひとりで彼らと一緒のボートに乗せたくなかった。

警察とは、マリーナで落ち合うようデミが話をつけていた。もう少しで、このお荷物を法の手に委ねることができる。だがエリックの頭のなかでは、ボートの男がエリックの手に落ちるまえに言ったことが繰り返し再生されていた。

〝彼女を運ぶ準備をしてるんだな？　喜んであの女の見張りをするさ。いいおっぱいをしてるからな。ケツもなかなかのもんだ〟

ボートの男は、デミだけでなく気を失った男がいることも予期していた。彼らはデミをさらいに来たが、もうひとり、おれがいることもわかっていたのだ。どういうことだ？

エリック自身はかつてショウズ・クロッシングでターゲットとなっていた。自分を守らなければならなかったことも一度や二度ではない。預言者と呪いに強い嫌悪感を持つ人は多い。

だがなぜデミを傷つけるのだ？　そして、おれがスプルース・ティップ・アイランドにいるのを知っていたのは誰だ？　エリック自身昨夜遅くまで知らなかったことだし、誰にも話していない。エイヴァリーの船着き場からボートに乗るところも誰にも見られていない。賭けてもいい。

この事実が何を指しているのかわからないが、いいことではないだろう。遠く湖岸で町の光がきらめいた。マリーナでパトカーの赤と青の警告灯が光っている。エリックはその光景に既視感を覚えた。テリーの車が落ちた崖を下ったのが遠い昔のことにように思われる。たった数時間まえなのに。

エリックがコートを奪った大男が意識を取り戻していた。男は憎しみのこもった腫れた目でエリックたちを見上げた。

エリックは足でつついた。「誰に雇われた?」

男は血を吐き出して喉をゼイゼイ言わせながら笑った。男たちからできるだけ離れたところで冬用ジャケットにくるまっているデミを横目で見た。

「気の毒になってくるぜ。父親にここまで憎まれるとは、よっぽど悪い娘なんだろうな」

デミは立ち上がり、足場を確かめてから、男の睾丸を蹴った。男は鋭い痛みに体をふたつに折り曲げた。「くそ、このアマ」

「警察に言ってちょうだい」

強気だが、その顔は青白かった。いや、この男はデミを怒らせるためなら頭のなかに浮かんだことをなんでも口にするに違いない。とんでもない嘘だ。そうに決まっている。

いくらベネディクト・ヴォーンがろくでなしでも、自分の娘にこんなことをできるはずがない。

# 15

ばたばたしているうちに朝が過ぎていった。エリックは警察の事情聴取に応じた。デミも別の部屋で同じことをしていたのだろうが、エリックはデミもベネディクト・ヴォーンも見かけなかった。一度、ガラスの向こうでデミの祖父のショウがブリストル署長と話しているのが見えた。その顔には心配と動揺が見られた。

医師の診察は断わった。傷はどれも打撲傷だった。一番ひどい肩はずきずきと痛んだが、デミを狙う者がどこかにいるというのに何時間も病院に縛りつけられるほどのことではなかった。

聴取が終わり、エリックが自分のカップにコーヒーを注ぎ足してから廊下に出ると、デミが祖父と言い争っているのに出くわした。

「誘拐未遂だと？　いったい何が起きているんだ？　お父さんはどこだ？　電話をか

け直してみたか？」

「六回かけたけど返事はないわ。ブリストル署長には、町を出ているけれどできるだけ早く戻ると言ったそうよ」

「町を出ている？　いったいなんの用で？」

「知らないわ。ゆうべ、スプルース・ティップ・アイランドに行くまえに会ったけれど、町を出るなんてひと言も言ってなかった。ただのドライブじゃない？　急にドライブしたくて我慢できなくなったとか」

「あの男自体が、はじめて会った日からずっと、我慢ならないやつだった」ショウはうなるように言った。

そのとき、デミがエリックに気づいた。彼女の笑顔は信じられないほど美しく、エリックは浮足立った。

「あら、英雄の登場だわ」

「やめてくれ」

「どうして？　ほんとうのことじゃないの。あの男たちをやっつけたんだから」

「おい、きみ！」ヘンリー・ショウがふさふさした白い眉毛の下からエリックをにらんだ。

エリックはまずいコーヒーを飲みながら眉を上げた。「おれがなんです？」

「わたしを助けてくれたのよ」デミは警告するように言った。「失礼な態度をとらないで」

「そもそもあそこでおまえと一緒だったのがおかしい」

「でも、彼がいてくれたのはものすごく運がよかったと思わない？　ほら、認めてよ」

「おまえも行くべきじゃなかったんだ。わたしと一緒に帰るんだ！」

「いやよ、おじいさま」デミの声は平坦で、何度も同じことを繰り返してうんざりしているようだった。「いまはいや」

「ひとり住まいのタウンハウスに帰るというのか？　わたしのところならちゃんとした防犯装置がある」

「おれのところに泊まってもらいますよ」エリックは言った。

デミがあわてて何か言ったが、それにかぶせるようにショウが言った。「なんだって？　きみのところだと？」

「オーティスの家です。オーティスの銃がありますし、おれは海兵隊にいたんです。オーティスやあなたと同じです。おれが彼女を守ります。島で守ったように」

「ありがとう、エリック。でもあなたが決めることでもないわ。わたしのタウンハウスは人どおりの多いところにあるし、両隣に人が住んでいる。こんな昼日中に誰もわたしを誘拐しようなんて考えないわ。またあとで話しましょう、おじいさま。お願いだから帰って」

「頑固な娘だ。昔からそうだ。生まれたときからな」ショウは顔をしかめてエリックを見た。「尻を蹴とばしてやりたいところだが、礼を言わなきゃならんようだな」

「そんな必要はありませんよ。でも、尻を蹴とばすのはお勧めしません。それでいい結果に終わることはありませんから」

「生意気を言うな」

「エリック、やめて。おじいさま、帰って」デミの低い声は鋭かった。

ショウはデミの髪を軽く引っ張った。「電話をくれ。すぐにだぞ。夕食を一緒にどうだ？」

「そのときになってから決めましょう。いまはへとへとで」

ショウはぶつぶつ言いながら出ていった。デミとエリックは、彼がピックアップに乗り込むのを見守った。

「難しい人だな」

「そうね。でもわたしのために来てくれた。少なくとも気にかけてくれてるわ」

気まずい沈黙が流れ、エリックは言うべき言葉を探した。「ボートであいつが言ったことだが、あれはきみを怒らせるためだ。お父さんがそんなことを――」

「いまはやめましょう。あとにして。悪いことは一度にひとつずつでいい」

ブリストル署長が自分の部屋から出てきてあたりを見まわした。「お父さんはまだか？」

デミはうなずいた。「まだ電話にも出ません」

「おかしいな。わたしもあの一回しか話せていない。こんな知らせのあとで電話に出なくなるとは妙だ」ブリストルはズボンのポケットから車のキーを出してエリックに渡した。「ほら。きみのピックアップはエイヴァリーからここに移動させておいた。外に止めてあるよ」

エリックはキーを受け取った。「ありがとうございます」

「手配をしたのはホリーだ。帰るまえに礼を言ってくれ」それからブリストルはデミに顔を向けた。「一緒にいてくれる人はいるかね?」

「うちに帰ります。ひとりの時間が欲しくて」

「ひとりにはなってほしくないね」ブリストルは言った。「何があったのかはっきりわかるまでは」

「おれのところに泊まれますよ」エリックはまた言った。

署長とデミは意味ありげな視線を交わした。

「そう言ってくれるのはありがたいけれど、今日は間違いなく誰も襲ってこないわよ。ほんとうにひとりになりたいの」

「それでも監視したいんだ。頼むからそうさせてくれ。きみの家でもおれのところでもかまわない。オーティスの銃さえあれば大丈夫だ。おれと話さなくていい。寝室に入ってドアを閉めればいい。おれのことは無視して、いないものと思ってくれ」

ブリストルが咳ばらいをした。「本音を言えば、今日はきみを見守る人がいてくれるとわたしも安心だ。だが、あとはきみたちふたりで決めてくれ」彼はデミを見て言った。「もちろん、わたしにいてほしいというなら話は別だがね」

「大丈夫。彼の扱いはわたしがします」

署長が遠ざかるまでふたりは待った。

「扱いだと？　おれは暴れ馬か？」

デミは鼻で笑った。「むしろさかりのついた猟犬ね」

エリックはキーを持ち上げて見せた。「頼むよ、デミ」低く真剣な声で言った。「頼むから」

「エリック」デミの声は震えていた。「わたしがぼろぼろになるの見たくないでしょう？　見てて美しいものじゃないわよ」

「美しくなんかなくていい。おれはただ、きみが休んでるあいだ見張りをしたいだけだ。それがだめならきみの家の外で車から見張る。人の目が気になるし、まるでストーカーみたいだが、とにかくきみが何をしていようと、今日の真相がはっきりするまではきみから目を離さない」

たぶん、はっきりしてからも。

だがその言葉はのみ込んだ。

こんなことを宣言してしまうから、いつも面倒なことになるのだ。

デミはうんざりしたようにため息をついた。「いいわ」と吐き捨てるように言った。「それであなたが満足できるなら、見張ってちょうだい。ただし会話とか礼儀とかは期待しないで。そこまで気がまわらない。愛想よくはできないと思うから、そのつもりでいて。地獄の底から来た女だと思ってくれていいわ」

「怖くないよ」

デミは眉を上げた。「怖いわよ」

# 16

ヴェンセル通りを車で走りながら、デミは彼の勢いに押されたことを後悔していた。崩壊寸前だった。エリック・トラスクの近くいること自体が崩壊の危険をはらんでいる。彼の存在そのものが刺激になる。彼がいたら落ち着けない。

それなのに、彼とふたりきりになるべく森のなかの家に向かっている。

自宅で、暗がりのなかで丸まっていたい。ほんとうは、バーボンを数杯飲んでベッドにもぐり込み、枕で頭をおおって何も考えずにいるつもりだった。ボートで男に言われたことを考えないように。少なくとも、捜査でわかったことをブリストル署長から聞くまでは。

あるいは、すでにわかっていることへの疑いを署長がはっきりさせてくれるまで。

あの男たちの目的については疑いの余地はない。誰に送り込まれたか、デミにはよくわかっている。

そのせいでみじめな気分になっている。

エリックは、ポルシェのすぐうしろにピックアップを止めた。デミは震える脚で車を降りた。冷たい風のなかで歯の根が合わない。震えている。安物のコーヒーを飲みすぎた。

「寒そうだ。なかに入ろう。火をおこすよ」

数分後、デミはだるまストーブの横に置かれた色あせたウィングバックチェアに丸くなっていた。エリックは隣にしゃがんで、ストーブの火に焚《た》き付け用の細い枝をくべた。ほかのことをするときと同様、完全に集中している。

満足いくまで火が大きくなると、彼は木のサイドボードの引き出しから格子柄のウールの毛布を出してきて、デミの肩をくるんだ。

「逆よね」デミは言った。「決死の戦いの末に大勢の大男たちを全員倒したのはあなたよ。それなのに、わたしを傷ついた兵士みたいに扱ってくれる。わたしは殴られてもいないのよ。引っかき傷ひとつ、あざひとつない。あなたのおかげで」

「何もなくてよかったよ」

「肩をさすっていたわね。痛むの?」

「すぐ治る」

「そんなこと聞いてるんじゃないの。シャツに血がついてたわ。見せて」

「デミ、大丈夫だから。やめてくれ」

「見せてったら」

エリックは歯を食いしばり、顔をしかめながら、汚れたシャツをまくった。

肩の上部のひどいあざと傷を見て、デミは息をのんだ。「ひどいわ。病院に行かなきゃ」

「いやいい」エリックはシャツを下ろした。「どこも折れたりしていないから」

「なんでわかるの?」

「経験からさ」なめらかな動作でシャツを脱ぎ、丸めて片手でつかんだ。「急いでシャワーを浴びて着替えてくる。銃の扱い方は知ってるか?」

「祖父とハンティングをしたことはあるわ。でもできれば――」

「おれがシャワーを浴びているあいだだけだ。頼む」エリックは別の引き出しを開けてピストルを出した。「これを使ってくれ。ほかのは金庫にしまってあるが、これだけはオーティスが護身のために出してあったんだ。グロック十九だ」弾倉を引き出してなかを確かめてから元に戻した。「フルに装塡《そうてん》されている。それから薬室に一発。狙いを定めて撃て」

「エリック、わたしにそれを使えるとは――」

「おれがシャワーから出るまでだ。手を焼かせないでくれ。すぐに出てくるから」

デミはため息をついた。「しかたないわね」

膝の上で銃を持ち、ストーブの火の音と、うなるような軒の風の音に耳を傾けた。オーティスが倒れているのを見つけたときにデミが割ったドアの窓は、いまも割れたままだった。代わりに厚紙がテープで張られていたが、風で一部がはずれ、ぱたぱたと音をたてている。

わびしげな紙の音と風の音が、事態の異常さを際立たせている。手のなかの重く冷たいピストルも同じだ。オーティスの死。テリーの事故。今朝の襲撃。

そして今後起きること。まだまだ多くの悲劇が訪れるだろう。

父に関わる部分については真実と向きあわなければならない。昔、両親がよく言い争いをしているのが聞こえてきた。父のところにかかってくる謎の電話のことも知っている。多額の借金のこと、横領の噂も耳に入っている。

デミが高校生のときに父が責任者としてグレンジャー・ヴァレー配送センターに異動になって、すべてが収まった。両親は何もかもが順調であるかのようにふるまった。だが母の目には隠し切れない不安が宿っていた。

父にとっても母にとっても何事も順調ではなかった。長いことずっとそうだった。エリックが耳にした妙な会話のこともある。ふたり組が父を震えあがらせたという会話。

父はトラブルを抱えていた。おびえ、自暴自棄になっていた。祖父が昔デミにかけた誘拐保険はかなり魅力的だっただろう。

数分後、エリックが戻ってきた。グレーのワッフル地のシャツとジーンズという姿で、髪は濡れている。デミはピストルを差し出した。

「持っていてくれ。おれは別のを使う」

「もう危険はないわ。必要ないわよ」

「それはわからない。あんなことがあったんだから――」

「わかるのよ、エリック。わかってるの」

エリックは口にするのすら恐ろしいといった様子だった。

「いや。それはない。いくらなんでもきみにそんなこと。父親なんだぞ」

彼がはぐらかそうとしていないとわかり、ほっとした。「わたしが島に行くのを知っていたのは父だけよ。父には話したけれど、ほかには誰も知らなかった」

「公共のマリーナから出たんだから、誰が見ていたっておかしくない」

「そして、誰が六人組にわたしを誘拐させてもおかしくないっていうの？」

エリックは落ち着きなく室内を歩きまわった。「それにしても短時間で準備したものだな。せいぜい六時間ぐらいか？　標的はおれだったんだろう」

「あなたには、子どものときに多額の誘拐保険をかけてくれたお金持ちのおじいさんがいるの？　小さいころ、わたしを誘拐しようかって父が冗談で言ってたのを覚えてる。考えてみれば、そのときもわたしは全然面白いと思わなかったわ」

「金持ちの祖父はいないが、おれは預言者の息子だ。この町には理由もなくおれを憎んでる人が大勢いる。おれはふだんから、磁石みたいにトラブルを引き寄せる。きみじゃなくておれが原因だというほうがありうる話だ」

デミは首を振った。「今回は違うわ、エリック。そう言ってくれるのはありがたいけれど、違うと思う。いずれにしても、ブリストル署長が聞き出してくれるわ」デミは両手をねじった。「恐ろしいのは、父がたぶん自分を正当化しているってことよ」いくら止めようとしても、声の震えは止まらなかった。「わたしがこういう目にあうのは当然のことだって思っているのよ。わたしはずっと父を困らせてきたから、これは罰なの」喉がつまった。「わたしに腹をたてているのは知っていた。でもここまでとは知らなかったわ」

「おれにはわからない」エリックは力を込めて言った。「きみにこんなことをするとは」

「残念だけどわたしにはわかるの。だから、そんなに頑張ってわたしを守ってくれなくていいのよ。島で守ってくれたのは感謝しているわ。でももう終わったの。危険は去ったわ。父はもう誘拐を企てることはできない。ばれちゃったんだから」

「きみの思っているようなことではないかもしれない。まだ気を抜くのは早いよ」

「さっさと現実と向きあって終わりにしたいの。あなたもそうしてくれるとありがたいんだけど」

エリックは手に持ったピストルを見た。ゆっくりと慎重に引き出しに戻し、引き出しを閉めた。

「わかった。じゃあ、こういうことにしよう。きみは現実に直面した。もう危険はない。そう仮定しよう。少しのあいだだけは」

デミは不安になって彼を見た。「エリック、やめて」

「ちょっと我慢して聞いてくれ。じゃあ、なぜここに来た？」

デミは急に、守りに入らなければと感じた。「疲れていたから、もう言い争いがいやだったの。あなた、ブリストル署長、祖父。みんなが言い争っていて、うんざりだったのよ」

「信じられないね。きみはこれまで戦いから逃げたことなんてないじゃないか。それもきみの性格の一部だ」

デミは毛布を落として立ち上がった。「ゲームをする気分じゃないの。何が欲しいか言ってくれたら、それを手に入れられるかどうか教えてあげるわ」

彼のシルバーの目が突き刺すようにデミを見た。静寂のなか、炉だなに置かれた振り子時計《グランドファーザー・クロック》の音が大きく響く。

「全部欲しい」

デミは鋭く笑った。「あら、欲張りね」

「ああ、とってもね」とエリックは言った。

「あなたの下心に気づくべきだったわ。わたしが火のそばでみじめに震えながらお茶を飲むあいだそばにいてくれるっていう、親切心だと思ってた」

「そうしてくれる人はこの町に大勢いるだろう」

「そうね。で、あなたは何が言いたいの？」

「お茶を出してそばにいるだけより、ずっと多くのことをしてあげられる」

彼の目にくすぶる火は魅惑的だった。セクシーな形をした唇がかすかに笑みを作っている。彼は自分がデミに及ぼす効果を承知している。デミの反応がわかるのだ。

欲望に火がつき、急にエリックが欲しくてたまらなくなった。膝の力が抜け、呼吸が浅くなり、脚のあいだが潤いを帯びる。ひどい人。正直な自分の体に腹がたってしかたがない。

「あなたは嘘の口実でわたしをここに連れてきたのね。わたしが休むあいだ守るって言ったじゃないの。わたしに誘いをかけて振りまわすためじゃないって」コートを探してあたりを見まわした。「わたしの電話はどこ？　車を呼ぶわ」

コートはダイニングルームの椅子の背にかかっていた。だが、デミがそちらに手を伸ばすとエリックが立ちはだかった。「呼ぶな。行かないでくれ、デミ」

デミは怒りの涙をこらえた。「ひどいわ」ティッシュペーパーを探しながらつぶやいた。「あなたって最悪のタイミングを知ってるのね。いまこんな話をするの？　本気で？」

「チャンスは訪れたときにつかまなきゃならないからね。七年まえには言えなかった。きみは手紙に返事をくれなかったし、SNSもメールもブロックされた。これがおれの唯一のチャンスなんだ。逃す気はないね」

「エリック、やめて」

「おれときみはひとつなんだ。ずっとそうだった。おれはなんとかきみのことを忘れた。そうしなければならなかったから。だがそれもゆうべまでだ。ゆうべ、すべてが記憶によみがえった。もう二度と忘れられない」

「ゆうべのはそういうことじゃないのよ」

エリックは不服げに言った。「じゃあどういうことだ？」

「セックスよ。わたしが欲しかったのはそれ。そしてあなたは求めに応じてくれた。

最高だったわ。それから、あなたはわたしをあの男たちから救ってくれた。それも最高だった。感謝してもしきれないわ、エリック。でもそれだけよ、永遠に。それでおしまい」

「また始めることだってできる」

「ねえ、お願いだから――」

「おれたちは相性がいい。セックスのことだけじゃない。現実に目を向けろ、デミ。いいかげんにするんだ」

デミは手を上げた。「こっちのセリフよ。わたしの世界は今日、粉々になっている。前回あなたと親しくなったときと同じよ。いまはだめ。そんなに迫らないで。離れてったら」

エリックはゆっくり息を吐き、うしろに下がった。「撤回させてくれ」

「そう？　どうやって？　わたしはすでにかなり怒ってるんだけど」

彼が指先で頬に触れ、デミはびくりとした。「さっき、何が欲しいのかと訊いたね？」

「それで？」

「おれが欲しいものはわかっているはずだ。おれは何を手に入れられる？」

沈黙のなかで、火の音が急に大きくなったような気がした。彼は、性の魔力にわたしを引き戻そうとしている。また欲望を燃えあがらせようとしている。もう一度、悦びに身を任せて頭のなかをからっぽにしろと誘っている。

ほんのしばらくのあいだだけ。

すでに、彼は外から見てわかるほど勃起している。そしてもちろん、彼はデミの表情に気づいている。

気晴らしにするならバーボンよりずっといい。それは確かだ。でも何事にも代償というものがつきまとう。「あなたが求めているものすべてをあげることはできないわよ」

「もらえるものは全部もらうよ」

デミは何も言えずに立ちつくしていた。エリックが近づいてきてその体温でデミを包む。腕をデミの腰にまわして引き寄せた。「セックスだけだ。最高のセックス。条件はなしだ」

「ゆうべもそう言ってたわよ。もうだまされないわ」

エリックはデミの髪に鼻をすり寄せた。「おれは学んだんだ」低い声が耳の横で響き、デミの背中に甘い震えが走った。「いい気分にしてあげるよ。熱い最高のセックスだ。きみの好きなだけ。きみがもういいと言うまで」

「あんなことのあとなのにそんなことできるの？　疲れてないの？」

「ああ」

性的エネルギーが脈打つ波となって彼から伝わってくる。デミはめまいを覚え、足元がふらついた。「悪い人ね。わたしを誘惑するなんて」

「そうせずにはいられないんだ。自然にそうなる」

デミも感じた。体のなかの力がデミを彼に引き寄せる。彼の熱い胸に手を触れ、なめらかで引き締まった筋肉を指先でなぞった。

その手をゆっくりと下に滑らせる。「あなたの求めに応じるのはいけないことみたいな気がする。あんなふうに宣言されたら。まるでわたしがあなたを利用しているみたい」

「利用してくれ。おれはいっこうにかまわない」

ひどい話だわ。ばかげている。二度めはだまされない。

「上の寝室にダブルベッドがある。シーツをきれいなのに替えておいたよ」

「いつそんなことする時間があったの?」

「シャワーのあとだ。もしかしたらと思ってね」

デミは思わず笑った。「計算高いのね」

エリックは悪びれもせず笑った。「欲望は満たさなきゃ。そのためには、先を見通す必要がある。上に行こう。悩みをすべて忘れさせてやる。きみがやめてと言うまで」デミの髪を一方に寄せて、喉にゆっくりと熱いキスをした。「楽しむだけだ。うしろめたいことなんかない」

デミは体が震え、彼の肩につかまった。「それ、まえにも聞いたわ」

「もう一度試させてくれ。うまくやるから」

ふたりは見つめあった。ノーと言うならいまだ。ほんとうにそう思っているなら。

筋肉質の肩に指を食い込ませた。

「いいわ」

# 17

エリックは、自分の肩にかけられたデミの手を包み、唇に近づけて恭しくキスをした。

鼓動が速くなり、耳のなかに響く。

だが、危険はないと彼女が思おうと思うまいと、ふたりの身を守るのがエリックの仕事だ。引き出しを開けてオーティスのグロックを取り出した。「二階に持っていく。まだ、絶対に危険がないとは言い切れないからね」

デミが微笑み、エリックは顔が熱くなった。「それであなたが安心できるなら」

彼女はおれの機嫌を取っている。それでかまわない。

きしむ階段をのぼり、この家に来るといつも使う寝室に彼女を連れていった。白いペンキを塗った狭い部屋で、屋根窓がついている。風に揺れて羽目板を叩く樫の枝のあいだから薄明りが差し、室内は緑の影が揺れる洞窟のようだ。部屋にあるのはベッドとまっすぐな背もたれの椅子、それにエリックのスーツケースぐらいだ。鏡台の上には歯ブラシとひげ剃りの道具、財布、小銭、車のキーが散乱している。オーティスは何十年もまえに妻を亡くしてひとり身だったし、家のなかを飾りたてるタイプでもなかった。

だがベッドは寝心地がよかった。エリックはサイドテーブルに銃を置き、上掛けをめくった。デミはからかうような目でエリックに近づいた。片方ずつ靴を脱ぎ、足でどかした。「次はあなたの番よ」

靴から始めるのが一番に思われたので、エリックも彼女に倣った。

デミは次にスウェットシャツをゆっくりと、色っぽく脱いだ。それを椅子に放り、髪を振った。髪がほどけて顔と肩にかかる。ピーチ色のサテンのブラジャーが見事な胸を支えている。部屋の寒さで乳首がかたくとがり、ブラジャーのやわらかい生地を押し上げている。

彼女の目が突き刺すようにじっとエリックの目を見つめる。挑むような目。エリックは自分の番だと悟った。

デミは面白がっている。おれもそうしなければならない。鉄の自制心を発揮しなければ。宣言の撤回はなしだ。魂の目で彼女を見つめてはいけない。それはだめだ。慎重に、計算どおりに動くのだ。できるだけ長く彼女のそばにいるのだ。彼女がおれに慣れるまで。一緒にいることに慣れるまで。

そんなことは起きない。おれはいったい誰をだまそうとしているのだ？

エリックの内部で渦巻いている感情は面白いどころではなかった。手は震え、心臓は激しく鼓動し、下腹部は欲望にうずいてる。以前は、自分がいかに鈍感かわかっていなかったが、鈍感でいることはいい面があった。いま、つくづくそれを実感している。

スウェットシャツを脱ぎはじめたが、肩が焼けつくほど痛み、途中で手を止めた。デミが近づいてくると、シャツの裾を上げて冷たい指でエリックの腹をなでた。

「わたしにやらせて」彼女はささやいた。

甘美な拷問だった。彼女の手が、シャツを脱がしながらそっと胸を這い上がる。指を広げた手で、乳首の上で円を描く。胸毛に指を走らせて、ぎりぎり痛くない程度に引っ張る。

彼女はシャツを頭からやさしく脱がし、椅子のほうに放った。すぐ目のまえからエリックを見下ろす。そして、ブラのフロントホックをはずした。

顔を近づけて肩の傷にそっとキスをすると、目を上げ、引き締まった茶色い乳首がエリックの胸に触れるか触れないかというところまでにじり寄った。かすかに触れあう感触はまるで熱いキスのようだ。

罠のばねが跳ねあがるように、ふたりは抱きあった。この罠からは逃れたくない。デミを相手にクールにふるまうことなどできない。彼女にキスをし、彼女を味わい、感じながらクールにふるまうなど絶対に無理だ。肩の痛みはすでに遠い過去の記憶になっていた。彼女に触れると、全身の細胞に電気が走る。彼女のヒップをつかみ、下腹部のふくらみを彼女に押しつけるのも、むさぼるようにキスをするのも、面白いどころではなく真剣だ。夢中で彼女のジーンズのまえをはずし、彼女も同じことをし、そのあいだもエリックの口は貪欲に彼女の口を探った。懇願しているのか要求しているのか強要しているのか、わからなかった。わからなくてもよかった。ただ、もっともっと欲しかった。

永遠に自分のものにしたい。

ジーンズも下着も脱ぎ捨てられ、忘れ去られた。彼女は片手でエリックの尻をつかみ、爪を食い込ませた。もう一方で睾丸を包んで愛撫してから、ペニスを握ってさすった。ああ。頼む。

落ち着け。もっと……ゆっくり……時間をかけて……。

彼女を押し倒してのしかかりたいのをこらえるのは大変な努力が必要だったが、エリックはキスを中断した。息を切らしながらゆっくり十から一へ、二回数えた。すべすべした太腿のあいだに手を滑らせて秘密の園に触れ、そこを飾るやわらかい毛をじらすように愛撫する。ひだの全体をなでながら、指先を熱い泉にひたす。上へ……下へ……そしてなかへ。なでて滑らせる。そっとなかに突き入れる。なめらかで熱い天国だ。

デミはうめき、身をよじった。エリックの手を、彼女の体が焦がれるように締めつける。ペニスを握る指に力がこもる。ひねるような見事な愛撫に、エリックはのぼりつめそうになる。

エリックは彼女の手を止めた。「まだだ」とささやいた。「きみが先だ」

デミはエリックの肩に顔を押しつけた。「どうしても?」

「ああ」

時間をかけて彼女をじらしたが、彼女が爪を立ててすすり泣くような声を出しはじめると、エリックは彼女を高みまで押しやり、そして彼女にオルガスムが訪れた。彼女はエリックの腕のなかで体をこわばらせ、甲高い声を切れ切れにあげた。めくるめく快感にとらわれながら、彼女の秘所がエリックの指をぎゅっと締めつける。なんという気持ちよさだ。

その完璧な気持ちよさで、エリックは自分の世界がひっくり返るような失態に気づいた。「しまった。コンドームがない。大変だ」

デミが顔を上げた。頬は濃いピンク色に染まり、目は悦びに輝いている。「あなたが買いにいくのを待ってられないわ。爆発しそう」

エリックは戸惑いとともに彼女を見つめた。「だけど、このままじゃ……」

「避妊インプラント（皮下埋め込みによる避妊法）を使ってるの。何年かまえだけど、まだ効果はあるわ。それに最後に別の人と寝たあとに血液検査を受けてる。あなたは？」

その情報が脈打つ彼自身に及ぼした効果で、エリックはしばらく話せなかった。

「あ……ああ……受けた。同じだ。健康そのものだ」

「じゃあ、続ける？」

「いいのか？」

デミは眉をひそめた。「混乱させないで。なぜだめなの？　わたしを信じてない？」

「信じてるさ！　きみがおれを信じていないいんじゃないかと思ったんだ」

デミは小さい声で笑った。「込み入ってるわね。たしかにあなたにはわたしの人生を台なしにするという悪い癖があるけれど、こういうことで嘘をつくとは思えない。だから、あなたがよければだけど……自由にして。したければってことよ」

エリックは言葉を失った。デミはエリックの顎にキスをした。「心配しないで。覚えてる？　過去もなし、未来もなし。ただ、あなたのその太くて立派なものがわたしのなかで動くだけよ。思い切り深くまで。わたしたちのあいだを妨げるものは何もない。ただ、熱くて……濡れているだけ」デミはエリックの顔を両手で包んで自分の顔に近づけ、顎と口にそっとキスをした。「考えすぎないで。わたしの気が変わっちゃうわよ」

「いや、やらせてくれ」言った瞬間、頭がはっきりして、エリックはまたキスをした。言葉にするのが怖いことをすべてキスで表わした。

デミは荒い息を吐きながら体をうしろに傾けた。「エリック、ひとつだけ」

「なんだ?」

「わたし、ゆうべ助けてくれたお礼を言ったかしら?」

「礼なんかいらない。メッセージをはっきり伝えられてよかったと思ってるよ」

デミはとまどったような顔になった。「メッセージ?」

「きみを傷つけようとするやつがいたら、生まれてきたことを後悔するぐらいおれが痛めつけてやる。それを世界に知らせるんだ。メッセージを広く伝えたい」

デミの目がきらめき、エリックは息が止まりそうになった。彼女ははにかんだように目をそらした。時間がまた流れだした。「そう……ありがとう」と彼女はささやいた。「気にかけてくれて。とてもうれしいわ。特にいまは」

「いつでもそう思ってる」

エリックは彼女をベッドまで押し、彼女は脚がベッドに当たるとすぐに座った。エリックは彼女の脚を上げ、ひんやりしたシーツの上に彼女の背中を押し倒した。脚を大きく開いた彼女をじっくり眺めたかった。美しく光るピンクの秘所があらわになっている。

彼女の尻をベッドのへりまで引っ張り、秘所を指で愛撫しながら細部まで目に焼きつけた。彼女の脚を大きく広げ、丘を飾るふわふわしたやわらかい巻き毛をなでる。もう一度舌で彼女をいかせたかったが、まずは大事なことを優先させよう。彼女のなかに入らずにいたら、どうにかなってしまいそうだ。

デミが体を持ち上げてじっと見つめ、エリックは火をつけられたような気がした。ベッドは高かった。彼女がへりにいてエリックが立ち上がるとちょうどいい高さになる。自分自身を根元で持ち、彼女の秘所に当てて動かす。やがて彼女は唇をかんで息を切らしながら身をくねらせはじめた。エリックのペニスの先端は彼女の液で光っている。

彼女はエリックの目を見つめた。「いまよ、来て」

エリックはゆっくりとした動きで彼女のなかに入った。ああ。最高だ。

ぴったりと引き締まっていて熱い。完璧な締まり具合だ。ペニスの全体が彼女のなかにおさまっている。最後まで押し進めてから引き抜く。彼女のピンク色をしたやわらかい肉が、輝きを帯びながらゆっくり動くペニスにキスをし愛撫するさまに、エリックは目を奪われた。

彼女の腿をつかみ、できるかぎりゆっくり腰を動かす。これまでで最高の感覚だった。深く、熱く、ジューシーなセックス。ふたりは見つめあったままだ。彼女の赤い唇は半開きで、豊かな胸は、次第に激しさを増すエリックの動きに合わせて揺れる。さらに深く。さらに強く。赤く膨張したペニスが輝く。動くたびに新たな液に濡れる。

動きに合わせてベッドが揺れる。ふたりはあえいだ。デミはエリックの下で背中をそらし、身をよじった。エリックの肩につかまり、秘所で彼を強く締めつけながらふたたびクライマックスに達した。

エリックの自制心もここまでだった。彼女のなかで達するつもりはなかったが、止められそうになかった。地すべりのようなオルガスムの爆発とともに、荒々しい叫び声をあげた。

われに返ると、彼女におおいかぶさってその目をのぞき込んでいた。裸ですべてをさらけ出して。エリックの感じていることはすべて顔に現われていた。ネオンのように発光していた。

それは、デミがエリックに持ってほしくないと思う感情、持たせたくない希望だった。エリックは彼女のものだ。身も心も。彼女が求めているかはどうかは関係ない。

エリックにすれば、もう決まったことだ。

だがそれを言葉にすることはできない。彼女に差し出すことはできない。約束したから。

エリックは彼女から出ると、背中を向けて顔を隠した。危険な地点だ。つねに立ち入りが禁止されている地域。セックスのあとは、もうごまかすことはできなかった。

エリックはジーンズをつかんで穿いた。

「バスルームは廊下の先だ」彼女の顔を見ずにつぶやくように言った。「タオルはキャビネットに入ってるから自分で出してくれ」

「エリック?」心配そうな声だった。

歯を食いしばって肩の痛みに耐えながらシャツを着ると、サイドテーブルのグロックをつかんだ。「下でコーヒーをいれてくる」

「待って」その声は鋭かった。「いったいどうしたのよ?」

エリックは足を止めてドアの枠に手をかけた。愚かで軽率な本心を言いかけたが、その危険な言葉をのみ込んだ。それからもう一度試した。

「ルールに従おうとしているんだ。だけどうまくいかない、それだけだよ。下で待ってる」

顔と手を洗ったが、バスルームのシンク上の鏡に映る顔はひどいものだった。石鹸と水でも、あの表情を洗い流すことはできなかった。

コーヒーだ。それならいいだろう。裸足で階段を下りた。銃をダイニングルームのテーブルに置いてからキッチンに向かった。

オーティスのキッチンには、食べるものはたいしてなかった。見つかったのはチョコレートがけのバタークッキーぐらいだが、何もないよりはましだ。

数分後、階段がきしむ音が聞こえてきた。エリックはコーヒーをふたつのカップに注ぎ、クッキーと一緒にダイニングルームに運んだ。

「ミルクもクリームもないんだ。ブラックでよければいいんだが」エリックは足を止めた。デミがオーティスの銃を手に、何かに気を取られたような顔で座っていたからだ。

エリックはコーヒーを置いた。「どうした?」

デミは目を上げた。「グロック十九って言ったわよね?」

「ああ。それが何か?」

「ＩＣＵで意識を取り戻したとき、オーティスが錠《ロック》、錠《ロック》って繰り返していたの。いま思ったんだけど、もしかしたら錠じゃなくて別のことを言いたかったのかもしれない。たとえば……グロックとか」

暖炉の上の振り子時計《グランドファーザー・クロック》がことさら大きな不協和音で正時を伝え、ふたりは飛び上がった。

そちらを振り返り、それから顔を見あわせた。彼女が目を見開き、銃をそっとテー・ブルに戻した。

「時計《クロック》だ」エリックは静かに言った。

時計に近づき、振り子部分の、金箔《きんぱく》の渦巻き模様がはげかけているガラス扉を開けた。そっと奥の角を押す。

奥の板がはずれ、その裏に銀色がかった四角いものが隠されていた。

デミも隣に来た。「時計にそんな隠し場所があるの知ってたの?」

エリックは首を振りながら隠されていたものを取り出した。小型のデジタルカメラだった。それを手のなかでひっくり返しながら言った。「メースとアントンとおれとで、何年かまえに贈ったものだ。まえのペンタックスが壊れたから。バードウォッチング用だよ」

　ふたりはカメラを見つめた。

「オーティスは、何が起きているのか話してなかったのよね？」

　エリックはテーブルに戻ってカメラを置き、スマートフォンを手に取った。「亡くなるまえの晩、おれたちの留守電にメッセージを残した。夜中の二時だ。何かを伝えたがっていたが、留守電では具体的なことは言っていない。聞いてくれ」

　エリックはメッセージを再生した。オーティスのためらうような険しい声を聞くと喉が締めつけられそうになった。

〝もしもし、オーティスだ。帰ってきてくれ。できるだけ早く。全員だ。〈ゴッドエーカー〉のことでおまえたちに話さなきゃならんことがある。電話では話せないことだから、おまえたちが来てから話す。じゃあな〟

「アントンとメースにも同じメッセージを残してる。そのあとでカメラを時計に隠したんだろう。そして、銃を取りに行こうとして倒れた」

　デミはあいまいな声を出した。「心臓発作よ、エリック」

　エリックは確信が持てなかった。「そうだな。オーティスが撮った写真を見てみよう」

カメラのディスプレーは画像がはっきり見えるだけの大きさがあったが、画像そのものは不可解だった。カメラに保存されていたのは、車やトラック、重機が止まっている画像ばかりだった。泥の上に残った深いわだちの跡を撮ったものもある。あるいは建築資材の山を撮ったもの。土の山を撮ったもの。

「なんなんだ？」エリックはつぶやいた。「オーティス、ヒントをくれよ」

デミもうしろから、エリックがスクロールする画像を見た。同じような画像が何十と続いている。外に止められた、泥まみれの車両。

突然、エリックの不意をつく画像が現われた。切削機の背景に、独特な形をした煙突が映っている。〈ゴッドエーカー〉の中心であったグレートホールの煙突だ。

建物自体はセメントブロックの上で灰と煤《すす》けたレンガの山となっていたが、煙突はまだ、焦げた骨のように空高く突き出ていた。

腹を蹴られたような衝撃だった。手が大きく震えた。急に燃えさかる炎の熱が顔に感じられ、闇のなかで降り注ぐ火花が見えた。悲鳴が、自分の心臓の音を打ち消すように頭のなかに響いた。

「エリック？　大丈夫？」

デミの心配そうな声が遠くから聞こえた。彼女はエリックの腕をつかんでいた。暗い霧が消えていった。エリックは椅子に崩れ落ち、テーブルに肘をついてあえいでいた。額に冷や汗をかいている。

デミはオーティスのカメラを持っていた。それをエリックに差し出した。「あなた……これを落としたわよ。わたしが受け止めた」

「ありがとう」なんとか声を出した。「すまない」

「発作を起こしたみたいに見えたわ」

「ちょっと気分が悪くなった」

「どうして？　写真のせい？　わたしも見たけれど、泥にまみれた大きな切削機しか見えなかったわ」

いつものデミだ。聞き流したりしない。エリックはゆっくりと息を吐いてからカメラの画像をもう一度見せた。「全部〈ゴッドエーカー〉で撮られた写真だ。グレートホールの煙突でわかった。あそこでみんなが死んだんだ。誰かが内側からかんぬきを掛け、南京錠で開けられないようにした。あとで、無傷の状態の南京錠が見つかったんだ。誰も開けることができなかった……煙に包まれるまえに」

「エリック……」

「あの晩、おれたち三人は用があって〈ゴッドエーカー〉を抜け出していた。戻って、何が起きているか気づいたときにはドアは真っ赤になっていた。開けることはできなかった。火が高く上がっていたから」エリックは手のつけ根の火傷痕を見せた。「おれは気を失った。アントンがおれを引っ張って火から遠ざけたんだ。メースは腕全体と胸の一部に火傷を負った」

デミはエリックの背中に顔をつけた。「気の毒に。知らなかったわ」

「きみに知られたくなかった。おれ自身知らずにいられればと思うよ。この話はしたくない。考えるのもいやだ」エリックは何かを振り払うように首を振った。「きみの頭に入れたくなかった。おれの頭にもなければよかった」

デミはエリックのうなじに唇を押し当てた。

「とにかく、煙突を見てショックを受けたんだ。びっくりさせて悪かったね」

彼女はエリックの腰に腕を巻きつけ、首に顔をつけた。エリックは一瞬体をこわばらせたが、すぐにほっとして呼吸が楽になった。かたく握っていたこぶしから力が抜けた。

デミに向きあい、息ができないほどきつく抱きしめた。

しばらくそうしていたが、やがてデミが喉の奥から低い声を出し、励ますようにエリックの背を叩いた。エリックは腕が震えるほど強く彼女を抱きしめていた。まるで、地震で死んだと思っていた恋人と再会したかのようだった。うしろめたさなしだの、条件なしだのといったシナリオはもうどうでもよかった。これ以上自分を偽るのはいやだ。

今回ばかりは彼女も聞き流してくれた。つらいフラッシュバックのおかげだ。

エリックは彼女を離して背を向けた。「わかってきたぞ。あの写真が〈ゴッドエーカー〉で撮られたものなら、あそこで何かが起きているということだ。オーティスはそれを証明しようとした。そして邪魔されたんだ」

「写真はあれで全部？」

エリックはふたたびスクロールした。心の準備ができているいまなら、煙突の写真を見ても大丈夫だろう。「まだいくつかある。全部おれのラップトップに移して拡大しよう」

「警察にナンバープレートを調べてもらえばいいわ。オーティスはプレートが映るように撮っている。それがこの写真の狙いなのよ、きっと」

「そうかもしれないな。だが、まだ警察を巻き込みたくない」

デミは驚いた顔になった。「なんですって？　巻き込まなきゃだめよ。きまってるじゃないの！」

「まだだ。あそこに何があるかわかるまで、誰も近づけたくない」

「自分のほうがうまくやれると思ってるの？　いくらでも手段を持っている警察より？　たったひとりで助けもなしに？　どうかしてるわ！」

「そうだな。それでも、先に確かめたいんだ」

「そう、わかったわ。じゃあ見に行きましょう。あなたとわたしだけで」

「冗談じゃない！」

デミは腕組みをした。「あら？　つまり、危険だって思ってるってことね？」

自ら墓穴を掘ったのが腹だたしかった。「ああ、危険だよ。オーティスは行った翌日に死んだ。おれのせいで行ったテリーは、帰ってくることすらできなかった」

「それはただの——」

「偶然じゃない。ほかにも妙なことが起きているし、過去のこともある。デミ、きみはけっして〈ゴッドエーカー〉に近づくな」

デミは冷静な目でエリックをじっと見つめた。「わたしは基本的にばかげたことや危険なことはしない。あなたを困らせたくてしようとしているわけでもない。でも、わたしに命令しても無駄だってことはわかってほしいわ。それは絶対にうまくいかないから」

ちくしょう。「デミ、頼む」

「あなたの理論でいきましょう。わたしは近づいてはいけない。警察も近づいてはいけない。有害だから。それならあなたも近づいちゃだめということになるわ」

「おれの土地だ」エリックは食いしばった歯のあいだから言った。

「それで？　それで何が変わるの？」

「所有権を持っているということだけじゃない。つまり、最終的な責任を負ってるってことだ。おれとメースとアントン――おれたちはあそこに縛りつけられているんだ。血で。あそこで何が起きていようと、それを始末しなければならないのはおれたちなんだ」

デミは考え込むような目になった。「あなたが子どものころに植えつけられたがちがちの生存主義と一緒ね。その考え方は傲慢で危険だわ。それにはっきり言ってばかげている」

エリックは、まだカメラのディスプレーに表示されている画像を見た。がれきの山から突き出ている煤けた煙突は、不気味な記念碑のようだった。

「やらなきゃならないんだ。頼む、このことはきみの胸にしまっておいてくれ。少なくともいまは。アントンとメースと話しあって、あそこを調べさせてくれ」

「ひとりでなんて無理よ！　警察は武器を持っているし訓練を受けているし——」

「おれだって武器があるし訓練も受けている。一生分の訓練を受けた」

「警察には、止まっていた車の持ち主を調べられる全国規模のデータベースがあるわよ。あなたにはないでしょ？」

「オーティスはタフだった。写真を撮るためにあそこに行き、それから数時間のうちに亡くなった。テリーも同じだ。おれはブリストルの葬式に出たくないんだ。ブリストルだけじゃなくどの警察官の葬式も。すでに良心の呵責《かしゃく》にさいなまれているんだから」

デミは考え込むように顔をしかめた。「〈ゴッドエーカー〉で起きたことに責任を感じているの？　あなたはまだ子どもだったのに」

「ティーンエイジャーだ。もっと早く帰ればよかったんだ。そうすればドアを開けられただろう。みんなを逃がしてやれたはずだ」

「エリック……」

「誰もオーティスとテリーの二の舞にしたくない。これでおしまいにするんだ」

「本気で病気や事故じゃないと思ってるの？　あなた、また〝預言者の呪い〟に囚われているわよ。そのせいでわたしを失うわよ」

「すまない。まずはおれのやり方でさせてくれ。おれがこの目で見るまで、誰も〈ゴッドエーカー〉には近づかせない。見たら、メースとアントンと連絡をとって計画を練る」

「つまり、おそろしく危険なところだから、ひとりで飛び込んでいくっていうのね。なぜならあなたは、その危険を冒すことができるこの世でただひとりの強い男だから？　強がっちゃってばかみたい。腹がたつわ」

「誰にも姿を見られないようにする」エリックは頑固に言った。「おれは元海兵隊員だ。それに預言者の訓練を受けている。オーティスのバードウォッチング用の迷彩服を着て、裏から〈ゴッドエーカー〉に近づけるルートをとるつもりだ。長距離レンズを持っていって、何が起きていようと、写真は離れたところから撮る。必ずそうする。約束するよ。銃を持ってひとりで乗り込んでいくわけじゃない。そこまでばかじゃないさ」

デミは激しく頭を振った。「いやよ」

「もう誰も傷ついてほしくないんだ。特にきみには」エリックは、デミの顔に現われた表情を見た。「ああ、たしかにもう遅い。おれはすでにきみを傷つけてるし、それをなかったことにはできない。でも、きみの葬式には行きたくないんだ。どんなにおれに腹をたてても、生きていてほしい」

彼女は笑みをこらえているようだった。「そこをつつく気はなかったわ。すでにわたしを傷つけてるという点はね。そういう段階は過ぎてると思うの。正直言って、そういうのはうんざり」

エリックは息が止まりそうになったが、彼女のそんな用心深い言葉に舞い上がることはできなかった。「そうか、よかった。進歩だな」

「そうね。でも腹がたってるのは変わってないわ」

恐怖と希望をはらむ沈黙が流れ、エリックはそれを破らずにはいられなかった。

「どのぐらい腹がたってる？　きみに触れたいんだが。触れたら叩かれるか？」

デミの肩があがった。「やってみなきゃわからないわ」彼女はすまして言った。「度胸があるなら試してみたら？」

おれを挑発している。いい兆候だ。エリックは彼女の腰に腕をまわし、引き寄せた。

彼女はエリックの首に腕をかけて挑むように力を込めた。「エリック・トラスク。あなたほど腹のたつ人はいないわ」

エリックも力を込め、荒々しくキスをした。「ああ、知ってる。コートをとっておいで。家まで送るよ」

# 18

町まで戻る車中で、ふたりは押し黙ったままだった。デミは沈黙を破らなかった。考えることが山ほどあった。ナロー・ブリッジのあたりで、やっとエリックが口を開いた。

「おじいさんの家まで送るよ。いまはひとりにできない」

「いいえ。父の家に行って」

エリックは驚いた顔でデミを見た。「なぜ?」

「訊きたいことがあるからよ。厳しい質問だけど、答えるときの父の目を見たいの」

「家にはいないよ。町を出ていると署長に言ったんだから。電話にも出ない」

「たぶん嘘よ。よく嘘をつくの。いなかったら、パスポートとスーツケースがちゃんといつもの場所にあるか確かめるわ。それでいろんなことがわかるわよ」

エリックはつらそうな顔になった。「ひどい夜だったのに、いますぐはっきりさせなきゃならないのか？」

「先に延ばす意味ある？」

エリックは首を振ったが、途中で曲がってハイツに向かう道に入った。ピックアップは坂をのぼり、シーダ・クレスト・ドライヴのヴォーン家のまえで止まった。

「あらあら。父の車が止まってるわ。びっくりね」デミは感情のない声で言った。

「気に入らないな」とエリックがつぶやいた。

こっちはもっと気に入らないわ。デミは車から降りて私道を歩きはじめた。エリックがついてきた。「ほかに車はないのか？」

「母のBMWがガレージにあるけれど、父はたいていヴォルヴォに乗ってる」

正面のドアは鍵がかかっていたが、デミはバッグのなかに鍵を持っていた。家のなかに入るデミのすぐうしろにエリックもついてきた。

実家のなかに入るのは久しぶりだった。その変わりようは衝撃的だった。この家は母の誇りであり、母はいつもきれいにしていた。父は家事代行サービスを解約したに違いない。棚や家具や雑貨はほこりだらけだった。閉めたままのカーテンには蜘蛛《くも》の巣がかかり、空気はじめじめとしてこもっていた。

「パパ？」デミは声をかけた。

返事はない。ふたりは、デミが子ども時代を過ごした家をゆっくり歩きまわった。階段に沿って伸びる廊下を歩く。廊下の先の広いキッチンは、すえたにおいを放つテイクアウトの容器があちこちに散らばっていた。シンクとカウンターには皿がうず高く積まれている。

「パパ？」

不安が募《つの》る。何か大事なものを見落としているような感覚。

デミは向きを変え、自分を奮い立たせて歩いた。一歩。また一歩。「二階を見ましょう」

父の書斎でプリンターのランプが点滅していた。デスクの横のファイルキャビネットに近づき、ファイルのなかを調べた。「パスポートがなくなってる」

「別のところに置きっぱなしなんじゃないか？」

「そうね」デミは廊下に戻り、主寝室に向かった。

室内はめちゃめちゃだった。クロゼットの扉は開けっ放し、引き出しも引き出されたままになっている。服が、使ったままのベッドの上と床に山を作っている。

デミはクロゼットのなかを見た。「スーツケースがないわ。ずいぶんあわてて支度したみたいね」デミは両腕で体を抱くようにしながら身震いした。「でも、どうして車が残ってるんだろう？　タクシーを使ったのかしら？」

「デミ。ここを出よう。頼むから」

「先に裏を見てくるわ。芝生とガレージを見てくる。母の車があるかどうかと、もっと大きなスーツケースも消えているかどうか」

階段をおりてキッチンに戻るあいだ、エリックはぴったりうしろについていた。だが、バーをまわった先の床に最初に父の手を見たのはデミだった。高さのあるバーにさえぎられて、さっきキッチンに入ったときには見えなかったのだ。

「パパ！」デミはひざまずいた。父は胸を押さえて、横向きに倒れていた。口が開いており、見開かれた目はうつろだった。

父を揺さぶりながら声をかけ、震える手で脈をはかった。

エリックが隣にひざまずき、父の喉に触れた。彼は首を横に振った。「冷たくなっている」そっと言った。「亡くなってからもう何時間も経っている。残念だ」

デミは床に座り込み、自分が泣いていることにぼんやりと気づいて驚いた。

エリックが必要なところへの電話を引き受けた。それが終わると、床に座ってデミの肩に腕をまわし、黙って抱いた。

やがてデミは彼から離れて涙を拭き、ドアの横のスーツケースに気づいた。しばらくそれを見つめてから父の体に触れ、慎重にコートのポケットに手を入れた。

父のパスポートと搭乗券が出てきて、デミはそこに書かれた字が読めるようさらに涙を拭いた。「オーストラリアに行くつもりだったんだわ。ハワイで、シドニー行きの便に乗り継ぐことになっていた」

救急車が到着した。ブリストル署長も一緒だった。父の遺体を乗せて救急車が走り去ったあとも、署長は家の横のポーチに残り、デミの肩を叩いた。

「気の毒にな。しかも発見者になるとは」

「父は怯えていたんです。何かから、あるいは誰かから逃げようとしていた」

「たぶんおれが見た連中だろう」とエリックが言った。

「誰のことだ？」ブリストルが鋭く訊いた。

「オーティスの葬儀に来ていた男たちです」デミは言った。「誰も知らない男がふたりいたの覚えてます？　父の知り合いだったんです。どういう知り合いか、正確にはわからないけれど、いい関係ではなかった。彼らが父を脅しているところをエリックが聞いているんです」

ブリストルは顔をしかめた。「なぜいままで話してくれなかった？」

「すみません」デミは疲れた声で言った。「ここまで悪い関係だなんて思いもしなかったから」

「だが、押し入った形跡はない」とエリックが言った。「お父さんはずっと、鍵のかかった家のなかにいた。見てまわったけど、どのドアも鍵がかかっている」

デミとエリックは顔を見あわせた。デミは彼の目を見て、自分と同じことを考えているのを悟った。

「監視カメラだ。いまも稼働してるのか？」

「していると思うわ」デミは言った。「署長、父に電話をかけたのは何時でした？」

「六時ごろだ。たぶん六時を少し過ぎていたな」

デミはなかに戻り、エリックと署長もそのあとについた。監視カメラのモニターは朝食用のスペースに設置してあり、母はずっとそれをいやがっていた。母にとってはあくまで朝食のための場所だったからだが、父が母の意見をねじ伏せた。

デミはコンピューターのまえに座り、記憶のなかからパスワードを絞り出した。父はパスワードに関しては笑ってしまうほど無頓着《むとんじやく》で、デミはティーンエージャーのころ、それでずいぶん助かった。以前はDemetra1234だったのが、いまはDemetra4321に変わっているだけだった。

録画された映像を朝の五時四十五分まで巻き戻し、そこから再生した。ブリストルはまえかがみになってデミの肩越しに画面を見つめた。エリックも反対側の肩越しに見つめた。

七時二十一分に動きがあった。デミは巻き戻した。ふたりの葬式荒しが横のポーチにのぼり、ドアをノックするところだった。一分以上ノックを続けたあと、小さいほうの男がドアの向こう側の誰かと話している。カメラのアングルからは男の横顔しか見えない。何を言っているかはわからなかった。

黒髪にグリースを塗った男は、長身の相棒に向かってにんまりと笑うと、ポケットから何かを出したが、相棒の体にさえぎられてその手に握られているものは見えなかった。

三人は息を止めて見守ったが、何も起きなかった。男たちはそこに立ったまま動かず、閉じたドアを見つめていた。

しばらくすると、長身の男が玄関の窓に近づいてなかをのぞき込んだ。もうひとりを振り返ってにやりと笑った。ふたりはハイタッチをして歩き去って行った。家のなかには一歩も足を踏み入れていない。ドアは閉まったままだった。

男たちが画面から消えると、デミは再生を止めた。「なんなの?」とささやいた。「父に何をしたの?」

「別のアングルから見られるか?」とエリックが尋ねた。「プール小屋のドアの上からはどうだ? 反対側からの映像が見られる。少し遠くなるが、見てみる価値はあるだろう」

それもそうだ。デミはそちらの映像を七時二十一分まで巻き戻し、プール小屋からのアングルで同じシーンを見た。今度は、小柄なほうがポケットから何か取り出すところが、長身の男に背中にさえぎられることもなかった。

男が手にしたのは、銀色の細長い筒状のものだった。見た目はペンにそっくりだ。

「なんだ、あれは?」ブリストル署長は目を細めて顔を近づけた。

ペンの先端が強烈な光を発した。男はそれを胸の高さで数秒間ドアに向けた。長身の男が窓からなかを見て、笑いながら戻ってきた。そしてハイタッチ。そしてふたりは画面から消えた。

デミは再生を止めた。

「いまわたしたちが見たのはなんだ?」緊迫した沈黙の末に署長が言った。

「あの物体が父を傷つけたの? 閉じているドアを通して?」

「オーティスも」とエリックが言った。「テリーも」

「待て」ブリストル署長がたしなめた。「先走りはやめよう。まずは検視官の見解を待とう」

「どうせ事件性はないって言いますよ。十三年まえにも言ったように」

ブリストル署長はエリックをにらんだ。「まあ、待ってみよう。デミ、ここは犯罪現場ということになる。それから、さっきの映像をくれ。保存されている過去のものも含めて」

デミはパスワードをメモに書いてキーボードに置いた。「自由に使ってください、署長」

椅子から立ち上がった。急に激しい感情に襲われ、あわてて一階の簡易バスルームに走った。着いたとたんに吐いた。胃に残っていたのはコーヒーぐらいだが、それでも気持ちの悪さは止まらなかった。

顔を洗い、袖で拭いた。バスルームから戻ると、エリックとブリストル署長は正面のポーチにいたので、デミもそこに加わった。

ポーチに置かれたブランコに座った。これ以上立っていられそうになかった。

署長がまえに立った。「デメトラ」申し訳なさそうな声は憐れに聞こえた。「気の毒だが……ほかにも悪い知らせがある」

デミは思わず笑った。「まあ。最悪の朝がもっと悪くなるの？」

「そういうわけじゃないが。だが、こんなことまで言わなければならないのが残念だ」

デミは手を振った。「いいんです。何を言おうとしているのかわかります。あの男たちは父の指示でわたしを誘拐しようとした。そう白状したんでしょう？」

ブリストル署長は見るからにみじめな様子だった。「デミ、実に……実に気の毒だ」

「わたしが誘拐されれば祖父は身代金を払う。父はそれを狙っていた」

ブリストルはジャケットのポケットに両手を入れた。「どうしてわかった？」

「ボートで帰るときに面と向かって言われたから。嘘じゃなかったんでしょう？」

ブリストルの口が引き締まった。「やつらはそう言っている。捜査はまだ続いていて、しばらくかかりそうだ」

また吐き気を覚えた。驚くことでもないのに。父に傷つけられない方法を自力で学んできたはずなのに、父はさらに上を行っていた。このラウンドはわたしの負け。こてんぱんにやられた。

父は、デミに自分のゲームや仮面を見破られているという事実をどうすることもできなかった。多くの人を魅了し、操作するのが得意だったが、デミは例外だった。デミは幼いころから、父の真の姿を見破っていた。

それが父にはずっと疎《うと》ましかったのだ。

「ベンは以前にも同じ仕事で彼らを雇った。三年ほどまえのことだ」と署長は言った。

「だが、最後の最後でおじけづき、中止にしたそうだ」

「三年まえ。母が亡くなったときだわ。ちょうどこんなふうに」

エリックが横にひざまずいてデミの手を握った。「心臓麻痺だったね？」

「ええ。やっぱり誰にも言わずに旅に出る支度をしている最中に。スーツケースに荷物をめちゃくちゃに詰め込んでいる最中に。ああ、大変」デミは身を乗り出した。頭がくらくらし、胃がせりあがる。「母は……父が何をしようとしているか知ったんだわ」

父が母を……いや、それはない。いくら父でも、そこまではしないだろう。

「感情的になるな」ブリストル署長が言った。「エレインが亡くなったのは悲しい出来事だったがもう何年もまえの話だ。今日のこととは関係ない」

「母を見つけたのはわたしよ」デミは力を込めて言った。「母のスーツケースも見ました。わたしとふたりで映っている写真が入っていました。わたしが子どものころの。週末の小旅行に持っていくようなものじゃないわ」

「デメトラ……」

「母は、父がわたしの誘拐を計画していることを知って反対した。そして亡くなった。あわてて荷造りをしていたスーツケースの真横で。あの男たちは、母の胸にもあのペンを向けたのよ」デミは手を口に当て体を揺らした。「ああ、ママ」

「やめなさい」ブリストル署長がなだめるように言った。「まだ事実と決まったわけじゃない。推測だ」

エリックがデミの手を握った。「かわいそうに」

デミは彼のおだやかで毅然《きぜん》とした顔を見上げ、悲しみのなかで何かを悟った。わたしが多くの死に心を痛めているいまなお、この頑固な愚か者は今日〈ゴッドエーカー〉に近づこうとしている。ひとりで。

デミが肩をつかむと、エリックは顔をしかめた。デミがつかんだのは痛むほうの肩だった。「わたしのタウンハウスに一緒にいて」落ち着いた声で言いたかったが、実際は甲高く、切羽つまった声になった。「気が変わったの。一緒にいてほしい。すぐに行きましょう」

エリックはデミの目をまっすぐ見つめた。「ちょっと待っててくれ。先に片付けなければならない用がある。その話はもうしただろう？」

「本気なの？」声が震えた。「こんなことがあったのに？」

「こんなことがあったからだ」

いや。絶対にいや。ひとりで罠に飛び込むなんて。彼まで失いたくない。それだけはいやだ。

「そっちはあとにすればいいじゃないの」必死で言った。「それか、ほかの人に頼むか。あなたはだめよ、エリック。今日はわたしをひとりにしないで」

彼はデミをきつく抱きしめてキスをすると、揺るぎのない目でまっすぐ見つめた。エリック・トラスクは何かを決心したら、たとえ空が落ちてこようと世界が粉々になろうと、気持ちを変えることはない。

「一緒にいてってば、エリック」無駄だとわかっていた。なんの意味もなく彼を困らせているとわかっているが、やめられなかった。

デミの手に熱い唇を押し当てて彼は言った。「あとでだ」

「そう」彼から離れ、震える足で立ち上がった。喉が締めつけられる。「ブリストル署長」こもった声が出た。「家まで乗せてもらえます？」

「署までだ」署長は厳しく言った。「署で、ヘンリーが迎えに来るのを待つんだ。悪いがそこは譲れない。いまはだめだ」

「わかりました。じゃあ、コートとバッグを取ってきます」

「数時間のことだよ、デミ」エリックは言ったが、彼の目にはその続きが浮かんでいた。

〝ブリストル署長にはおれの行き先を言わないでくれ〞

デミを待ちながら、ブリストルはとがめるような目でエリックをにらんだ。「ここで何をしているんだ、エリック？」

「彼女についてやっているんです」

「それはどうかな。デミには本気で一緒にまえに進める相手が必要だ。また彼女を失望させるような軽薄な相手じゃなくてな。不運に見舞われてばかりの子だ。忘れたかもしれないが、きみもその一因だぞ」

デミとまえに進むことを想像して急に熱くなった顔に、風が冷たかった。

デミを失望させない。永遠に。どんな気持ちがするだろう？

なんとも言えずすばらしい気持ちだろう。それですべてが変わる。夜も昼も。

「おれは彼女がいないとどうにもならないんです」

「まずは、いま彼女に寄り添うことからだろう。ひとりにしてはいけない。自分が襲われ、家族を奪われ、裏切られたばかりなのだ。それもいっぺんに」

エリックは面白くもないのに笑った。「オーティスの説教みたいだ」

　ブリストルはうめいた。「うむ、褒め言葉だと思っておこう」

「褒め言葉ですよ。おれはまえに進みます。いつまでも彼女に寄り添います。ただ、今日どうしてもやらなければならないことがいくつかあるんです。たいして時間はかからない」

　デミが音をたてて網戸を開け、ポーチの階段を下り、かたい表情でエリックのまえを通りすぎた。

「終わったらすぐにきみのところに行くよ」とエリックは言った。

「その必要はないわよ」デミは冷たかった。「わたしは葬儀の準備で忙しくなるから。どのみち祖父のところに行くんだもの、あなたは近づかないほうがいい。祖父をいらいらさせるだけだわ」

「デミ――」

「いい一日を過ごしてね。いろいろとありがとう。葬儀には来て。まだ町にいたらの話だけど。新聞に告知が載るから気にしておいてちょうだい。行きましょうか、署長？　ここでやることは終わったわ」

　ブリストル署長は残念そうにエリックを見た。「そのようだな」

デミがエリックを振り返ることもなく、パトカーは走り去っていった。

くそっ。彼女が怒るのも当然だが、〈ゴッドエーカー〉を調べないことにはこれからどう行動するか決められない。その任務を誰かに代わってもらうことはできなかった。すでに死者が増えているのだから。

そしてヴォーン。なんというくそ野郎だ。思っていた以上だった。だが死人に腹をたててもいらいらが募るだけだ。

〝預言者の呪い〟も、これ以上のクズにその触手を伸ばすことはできないだろう。願わくば、あと数日早かったらよかった。ヴォーンが見事なまでの身勝手さと残酷さを発揮するまえだったら。

デミはこんな目にあわされるべき人間ではない。誰からも。おれからも。だが、自分の責任から逃れたままでは、彼女と大事なことを始めることはできない。

彼女は危険にさらされている。彼女だけでなく全員が。町全体、あるいはさらに大きな範囲が。

誰かが〝預言者の呪い〟を解かなければならないとしたら、それはおれだ。もちろんメースとアントンもだが、いまふたりはここにいない。そして、いまは一分一秒を争う事態だ。

人が死んでいるのだから。

オーティスの家まで戻り、支度を始めた。廊下のクロゼットから三人でオーティスのために買った、深いポケットがいくつもついたバードウォッチング用の迷彩柄のコートを見つけた。肩がきつかったが、身を隠せるなら我慢しよう。色あせたオリーブドラブ色のパーカーが見つかったので頭も隠せる。〈ゴッドエーカー〉の写真が入った小型カメラをコートのポケットに入れた。オーティスの別のカメラと、バードウォッチング用の双眼鏡を首から下げた。グロックと弾倉はポケットのひとつに入れた。水筒に水を入れ、四駆のキーをつかむと、電話を消音モードにして家を出た。

ケトル・キャニオン・ロードへの分岐で車を止めた。ここに来るのはこの二十四時間で二度めだ。しばらく道を見つめながらオーティスのこと、テリーのことを思った。

これはデミのためだ。デミとの将来のためだ。彼女にそれを理解してもらいたい。自分でもうまく説明がつかないが、なんとかして呪いを解かないことには彼女との仲はうまくいかないのはわかる。呪いの正体がなんであれ。

デミは怒り、恐れ、悲しんでいる。だが時間は短く、状況はどんどん悪くなっている。エリックは車のギアを入れ、まえに進んだ。

いつものように苦境に陥っている。だが苦痛に対する覚悟はできている。かかってこい。今度はひるんだりするまい。

## 19

警察署に着くまでの車内のことはほとんど覚えていなかった。気づいたときには、車は警察署の外に止まっていて、ブリストル署長が腕を叩いていた。おそるおそる。まるで、デミがいまにも爆発しそうな爆弾になったかのように。

デミは車から降りたが、冷たく不快な感覚に襲われて視界がぼやけ、しばらく車につかまっていた。

「大丈夫か？　デメトラ？　病院に行こうか？」ブリストル署長の心配そうな声だった。

デミは弱々しく微笑んだ。「いいえ。ちょっとめまいがしただけです」

「なかでコーヒーを飲みながらおじいさんを待とう。もうこっちに向かっている」

うんざりした。祖父のことは心から愛しているが、島で襲われたことですでに動揺させている。父の裏切りと死のショックで、さらに大騒ぎになるだろう。祖父はずっと父を嫌っていた。これまで以上にその理由が理解できたが、今日は祖父の恨み節を聞きたくない。

考えるべきことがたくさんあるから。

入口で誰かとぶつかった。つぶやくように詫《わ》びを言ったが、顔を上げてボイド・ネヴィンスの驚いた目を見たとたん言葉が切れた。

目のまわりが黒ずみ、顔はむくんで色を失っている。腫れあがった鼻はまるでじゃがいものようだ。頬骨の切り傷に絆創膏《ばんそうこう》を貼っている。ひどいありさまだ。

当然の報いだ。「あら、ボイド」

ボイドは視線を泳がせた。追われているみたいだ。

彼が簡単にはすり抜けられないよう、デミは出口の真ん中に立った。

「やあ、デミ」

「ここで何してるの？」もちろんデミには関係のないことだが、そんなことはどうでもいい。今日はマナーなど守る気になれない。彼が何をしに来たのか知りたかった。

「確かめにきただけだ、ええと……噂がほんとうかどうか」

「わたしの父が亡くなったこと？　噂じゃないわ、事実よ。遺体も見たわ」目のまえのなんて冷たくて思いやりのない言い方。でもそれがいまのデミだった。

ろくでなしを相手に取り繕《つくろ》うつもりはない。

「ああ、ホリーから聞いた。大変だったな」ボイドはぎこちなく言った。

デミは横を通り抜けようとするボイドのひどい顔を見つめ、すっと動いて行く手をさえぎった。「待って。訊きたいことがあるんだけど」

ボイドはびくりとした顔になった。「今日はだめだ、デミ。用が――」

デミは彼の手首をつかんだ。「時間はかからないから。ただ答えてくれればいいの。七年まえのあの日、あなたが父のポルシェを運転していたってほんとう？　エリックを拾ってペイトン・ステート・パークまで行ったの？」

ボイドの口がゆがんだ。「びっくりだよ、デミ。そんなことしか考えられないのか？　こんな日に。お父さんが遺体安置所に横たわってるときに」

氷のように明晰《めいせき》に見えてきた。「こっちがびっくりよ。あなたはそんなことを訊いてわたしに罪悪感を植えつけようとしている。こんな日に」

「いまここでそんな話は――」

「ほんとうなのね。エリックはほんとうに罠にかけられたのね？　わたしの父に。そしてあなたは父に協力した。この嘘つき」

ボイドは強引に通り抜けようとしたが、デミはその手首をもう一度つかんだ。

「いまその話をする気はない」彼はこわばった声で言った。「きみは興奮していらだってる。無理はないよ。お父さんが亡くなってつらいのはわかるけど――」

「父が仕組んだのね？　あなたにポルシェを渡し、指示をした。お金をもらったの？　それともいい話を持ちかけられた？　ショウ製紙のスポケーン・センターで働き始めたのがそう？　それが報酬だったの？　そのあとのグレンジャー・ヴァレー・センターも？」

「もうすんだことだ！　お父さんは亡くなった！　大昔の話だよ！　いま蒸し返してなんになる？」

「信じられなかったのよ。父がそんなことまでするとは。でもほんとうだったのね。ほんとうにそういう人だったんだわ」

ボイドがデミの手を振り切って出ていこうとしたちょうどそのとき、デミの祖父が入ってきた。ボイドは祖父にぶつかり、転倒させそうになった。

「気をつけろ！」祖父はどなった。「ばか者めが」

「すみません、ミスター・ショウ。お悔やみを――」

「あの人でなしの盗人のことでお悔やみなどいらん。死んでよかった。地獄の業火で焼かれるのがやつの救済だ！」

ボイドはとまどった顔であとずさりすると、向きを変えて足を引きずりながら逃げていった。

デミと祖父は顔を見あわせ、体を震わせながら抑えた声で笑った。

先にわれに返ったのは祖父のほうだった。「やめなさい」周囲を見まわしながら言った。「人が見ている。不謹慎だと思われるぞ」

「平気よ。おじいさまもわたしみたいな目にあったら、いくらでもおかしくなれるわよ」

「ああ、デミ」祖父はデミをかたく抱きしめた。「かわいそうに。おまえはいい子だ。なのにこんな目にあうとは」

「ええ」デミは祖父から離れて涙を拭いた。いま抱きしめられるのは危険だ。ショウズ・クロッシング警察署は、思い切り泣くのに適した場所ではない。「帰りましょう。

人目のないところに行きたいわ」

予想どおり、駐車場を出たとたんに祖父は怒りの言葉を並べ始めた。デミはそれを頭から閉め出して、混乱した思いを整理した。窓の外を通り過ぎていくダウンタウンのショッピングモールが妙にくっきりと目に映った。自分の店、書店、スポーツ用品店、宝飾店……。

「止めて！」デミは言った。

祖父は急ブレーキをかけた。「どうした？　気分が悪いのか？」

「ちょっとやらなきゃならないことができたの。すぐに済むから、待ってて」

「いったいなんなんだ？　どこでだ？」

「宝飾店よ。ここで待ってて」

「こんなときにちっぽけなアクセサリーを買うっていうのか？　どういうつもりだ！」

ドアを閉めると祖父の小言は聞こえなくなった。

道を渡って宝飾店のドアを開けた。カウンターには店主夫妻の娘のマーリー・ステイグラーがいた。デミの高校の数年先輩だ。デミが入ってくると、彼女は目を丸くし、口をぽかんと開けた。「デミ、聞いたわよ。お気の毒に――」

「ありがとう、マーリー。ちょっと訊きたいことがあるんだけど」

「ええ」マーリーは不安そうな顔になった。

「七年まえ、エリック・トラスクがここで婚約指輪の取り置きをお願いした？」

マーリーは面食らったように目をぱちくりさせた。「ええと……どうかしら。そのころわたしはここにいなかったの。ボーイフレンドとボーズマンに住んでたのよ。でも、奥に母がいるから訊いてみましょうか？」

「ぜひお願い。助かるわ」

マーリーは奥に消えた。デミはガラスケースのなかのアクセサリーを見つめながら待った。

奥から赤ら顔で体の大きなトルーディ・ステイグラーが現われた。白くなった眉を寄せて彼女は言った。「デミ、お父さんのこと、お気の毒だったわね」

「ありがとうございます、ミセス・ステイグラー。変なこと、そしてわたしには関係のないことを伺いますけど、エリック・トラスクがここに指輪の取り置きをお願いしたってほんとうですか？」

トルーディはためらい、心配そうにデミの顔をうかがった。それから鋭く息を吐いた。「ええ、まあ」気の進まない様子で言った。「ほんとうよ。ちょっと待って」

いったん奥に戻ってから、レシートが留めつけられた小さな紙袋を持ってきた。それを開き、指輪の箱を出してデミに見せた。「ほんとうはあなたに見せるべきじゃないんでしょうけど、あれ以来気になっていて。エリックはあと二百七十五ドルの支払いが残っていたの。でもあの事件のあと二度と店には来なかった。だから、いつか来たときのために取っておいたのよ。ボルダーオパールよ」

デミは顔を近づけた。トルーディが差し出しているのは細いホワイトゴールドの指輪だった。石はいびつな形をしたブルーグリーンのオパールで、それを小さなダイヤモンドが囲んでいる。デミは指輪をつまみあげ、この世のものとは思えないほど美しい薄いブルーのなかの炎のような光を見つめた。ふたりが愛しあった川の冷たい水そのままの色だった。

だからエリックはこれを選んだのだ。

デミは青い輝きを見つめた。あらゆるものが押し寄せてきた。デミに嘘をつき、売り飛ばした挙句に床で死んでいた父。心が焼けつくように痛かった。そして、指輪に象徴されるエリックの愛と希望と努力。嘘と憎しみと醜さがひとつになってそれを壊そうとした。

だがうまくいかなかった。

デミはつぶやくように礼を言いながら指輪を返し、店を出て走って通りを渡った。ステーションワゴンが急ブレーキをかけ、怒りを込めてクラクションを鳴らした。

「おい、デミ！　死にたいのか？」デミがピックアップに戻ると、祖父はどなった。

「何を考えてる？」

「真実よ」デミの声は震えていた。

祖父は落ち着かない様子で咳ばらいをした。「あまり思いつめるんじゃないぞ。少しずつ解き明かすのだ。真実は強いからな。特に、予想していなかったような真実は」

「でも、どこかで始めなきゃ」

涙がこぼれ、祖父はあわてた。「頼むから泣かないでくれ」

「止められない」声が震えた。「車を出して、わたしのことはしばらく放っておいて」

祖父はデミの望みどおりにした。デミは顔を両手でおおい、祖父の家に着くまで静かに泣いた。泣いたおかげで思いがけず祖父の愚痴を黙らせることもできた。家に着いてからも、祖父はまっすぐ書斎に向かい、デミにキッチンのテーブルでひとりで傷を癒す時間をくれた。

デミは自分で入れた紅茶を、湯気が消えるまでぼんやり見つめた。飲むつもりだったことも忘れていた。存分に泣いたあとは、何も感じられず夢のなかにいるような気分だった。だがドアの横の床に倒れている父の姿はずっと頭から消えなかった。ボイドのずる賢い目に浮かんだ恥ずかしそうな表情。エリックがすぐには払えないほどの大金で買った指輪。

エリックの意思表示。

考えはじめるとまた涙が出てしまう。

目を閉じて強くこすり、オーティスの迷彩コートを着て影のように木々のあいだを進むエリックを思い浮かべた。

デミのなかで感情の火が燃えあがった。頑固な人。つねに男らしくいないと気がすまないのだ。頭をはたいてやりたいが、そんなことをする必要はない。彼に飛び乗って服を破り取ることができるのだから。あの見事な体に手を走らせ、うっとりするような目をのぞき込む。あの低くかすれた声を聞く。彼を押さえつける。ずっとそばにいさせる。一生自分のものにする。

いまは、セックスのことを考えるときではない。だが、自分を求め、大事にしてくれる相手のことを考えたかった。わたしのために戦ってくれる人。

父はデミが生まれてからずっと、娘を愛しているふりをしているだけだった。自分の身を守るために娘を売った。デミは、心のどこかでずっとそれに気づいていた。ぎくりとして、思いをエリックに戻した。〈ゴッドエーカー〉で何か見つけただろうか？　あるいは、もっと大事なことだが、誰かに見つかっていないだろうか？

デミは紅茶を飲んで顔をしかめた。苦く、冷たかった。

警報装置が音をたてた。誰かが長い私道をこちらに向かっているのだ。デミはモニターを見にいった。

エリックのポルシェだ。心が踊った。私道の両側に並ぶ松の木で陰になって車内は見えないが、間違いなく彼の車だ。

だが、まだ二時間ほどしか経っていない。予定どおり〈ゴッドエーカー〉までのぼってから町に戻るには、とてもじゃないが時間が足りない。

それに、でこぼこ道を走るのに適したオーティスのピックアップがあるのにポルシェに乗っているのも妙だ。たぶん、山をのぼりかけてすぐにわれに返り、考え直したのだろう。

だが、エリック・トラスクはけっして考えを変えない。それが彼の性格だ。

いずれにしろ、すぐに本人から説明を聞ける。ポルシェはキッチンのまえまで来てスピードを落とした。デミはキッチンの窓を叩いて手を振った。

急いでジャケットを来た。客が来たことを祖父に伝えるべきだが、先にふたりだけで話したかった。しかも話題は〝預言者の呪い〟だ。誰にも聞かれないほうがいい。

エリックは祖父のピックアップの隣の木陰に車を止めていた。だが降りてこない。クラクションを短く鳴らしただけだった。

こっちに来いと呼んでいるみたいだ。なんなの？

急いで近づき、助手席側の窓を叩いた。窓が下りはじめるとなかをのぞき込んだが、車内の暗がりに目が慣れるのに少し時間がかかった。

彼の顔はスウェットのフードで陰になっていた。デミのほうを向いた瞬間、彼が腕を振り上げるのが見えた。違う、あれは——。

霧状のものが顔にかけられた。冷たくて、焼けるように痛い。

何も見えなくなった、息もできず、目が痛んで涙が出た。鼻がひりひりする。

顔の感覚がなくなった。息が吸えないので叫ぶこともできなかった。あえぎ、息をつまらせるだけだった。

そしてデミは、闇に引きずり込まれた。

## 20

　エリックは高い岩の上から双眼鏡で〈ゴッドエーカー〉の跡地を見下ろした。日が暮れはじめていたが、あらゆるところを歩きまわっても車両は一台も見られなかった。大型の土木車両のタイヤ痕はいたるところに見られ、掘り起こされた岩の山も見られた。おもに、入口から洞窟に向かう丘の斜面に集中していた。洞窟の一部が崩れ、いまや巨大なクレーターのようになっている。

　ジェレマイア・ペイリーがこの土地に関心を持ったそもそもの理由が、迷路のように点在する洞窟だった。ジェレマイアは、文明の崩壊のあとに必ずやってくる暗黒の日々に備えて地下避難所を作るという考えに取りつかれていた。年月をかけて洞窟に大々的に手を入れた。天井と通路を補強して整え、電気、水道、換気、排水の設備を入れた。さらに、物資でいっぱいになった巨大な貯蔵室があった。瓶詰、缶詰、携帯用の水、フリーズドライ食品、軍用携行食、燃料、武器、爆薬、電子機器、膨大な量の技術書と医学書。それにキンボール専用の立派な研究室もあった。

エリックとメースとアントンは、火事が起きた晩にすべてを爆破した。

クレーターは、ちょうどメースが爆薬を置いた場所と同じ高さのところにあった。メースは爆薬を扱うのが得意だった。なんでも爆破してしまう。アントンとメースも必要な技術は身につけていたが、メースのように不道徳な喜びを覚えることはなかった。

汚らわしい変質者のキンボールにアントンが鞭打《むちう》たれたあと、三人はもうたくさんだと思った。〈ゴッドエーカー〉は生き地獄だった。終わりにしなければならない。そして、それをやってのける度胸があるのはエリックたち兄弟だけだった。

フィオナは無事逃げられた。だが三人は代償を払わさせられた。鞭打ちで。

洞窟を爆破したのは、洞窟とその中身がなければ〈ゴッドエーカー〉は無に等しいからだ。〈ゴッドエーカー〉の存在意義はそれだけだった。とりわけ葬り去りたかったのはキンボールの大事な研究室だった。噂がほんとうなら、キンボールが全財産をかけて作ったものだったからだ。キンボールも、やつの注射針もくそくらえというわけだ。十五歳の少女にまとわりつくあの不潔な小児性愛者に、高価な実験器具が吹き飛ぶところを見せてほぞをかませたかった。それがエリックたちの計画だった。その結果は惨憺《さんたん》たるものだった。

ジェレマイアとキンボールに殺されるだろうとわかっていた。だがすさまじい怒りに駆られていたため気にならなかった。

その後、建物から煙があがっているのが見えた。木々の上に、おぞましいオレンジの炎があがっていた。三人が走って戻ったときには、グレートホールは地獄と化していた。

全員がなかに閉じ込められていた。装甲されたドアの掛け金に、重く大きな錠がかけられていた。内側から。錠をかけた人物は、人を殺すと同時に自らも命を断ったということだ。建物には、逃げられるような窓がなかった。難攻不落の要塞《ようさい》として建てられていた。鋼鉄製のドアは巨大だった。

いま、記憶はエリックを苦しめ、動揺させている。

薄気味悪い形をした見慣れた建物は、黒焦げの廃墟と化している。木々はいまや焼けて根の部分だけが残っているもの、記憶より高く成長しているもののどちらかだ。

グレートホールは大きな長方形の建物で、煙突一本だけが高くそびえていた。コンクリートの基礎と煤けたレンガの山は、つるやシダ、厚い苔《こけ》におおわれている。あたりにはゴミが散らかっていた。缶、ファストフードの包み、使い捨てカップ、煙草の吸い殻、レジ袋。小便のにおいもする。大勢がここで作業をしていたに違いない。

だがなんのために？　ここには掘り出すようなものなど何もない。洞窟の貯蔵室にあったものは十三年のあいだ割れた岩の下に埋まっていたはずだ。すでに割れるかつぶれるか錆つくかしているに違いない。何か残っているとして、誰がそんなものを欲しがるというのだ？　誰が探しているのか？　あの洞窟の中身を知っていた者は、エリックたち三人以外とうの昔に亡くなっている。

グレートホールで見つかった遺体のすべての身元が確認できたわけではない。だがジェレマイアとキンボールを含め、大人のほとんどは歯科記録が残っていたため確認がとれた。エリックたちは、ジェレマイアをはじめとする〈ゴッドエーカー〉の人々の墓にキンボールの名を刻むことを断わった。キンボールの遺灰は、おそらく箱に入って警察の保管室にしまわれているはずだ。〈ゴッドエーカー〉の人々と一緒でなければ、どこであろうとかまわなかった。

丘の下のほうから車の音が聞こえてきた。エリックは身をかがめ、岩の割れ目から様子をうかがった。木の幹のあいだから、古い道をのぼってくるヘッドライトが見えた。グレートホールを通り過ぎ、崩れた洞窟に向かって最近つけられたタイヤ痕に従って進んでいく。

二台目のヘッドライトが現われた。さらにもう一台。大型の四駆が、泥を跳ね飛ばしながら木々のあいだから姿を表わした。黒のＳＵＶ。それに続くのは……どういうことだ？

エリックのなかで警告音がなった。あれはおれのポルシェだ。荒れた道を、岩やわだちを踏みながらがたがたと走っている。廃墟を通り過ぎて進み、掘り起こし中の巨大なクレーターのそばで、先の二台のうしろに止まった。

エリックは双眼鏡で、ピックアップとＳＵＶから降りてくる男たちを見た。どちらからもふたりずつ降りてきた。ＳＵＶの後部が開いた。ポルシェから男がひとり降りてＳＵＶのうしろにまわると、ほかの四人のうちのひとりに身振りで合図した。

ふたりはしばらくなかを見つめてから、何かがつまった麻袋のようなものを引っ張り出した。

袋は激しく動いた。人が入っているのだ。袋を抱えている男の一方が、肘で強く突いた。

ふたりは、クレーターのそばに集まっている残りの三人のところまで袋を引きずっていった。発電機の音が聞こえたかと思うと、まぶしいほどの照明がともされた。棒の先につけたランタンの光だった。

ひとりがまえに歩み出た。エリックのポルシェを運転していた男だ。葬儀やデミの店、ベネディクト・ヴォーンの家で見た、生え際のはげあがった黒髪のあばた面の男だった。フェリックスと呼ばれていた。

フェリックスはエリックがいる暗闇のほうを見上げた。

「エリック・トラスク！」と叫んだ。

森の静けさと山側の盆地状になった地形のおかげで、声はよく響いた。「そこにいるのはわかってる。監視カメラでずっと見ていたんだよ。何時間も探りまわっていたな」

エリックはうずくまったまま、グロックに手をかけた。フェリックスの演説が核心に触れるまで待つのだ。

「カメラの長距離レンズをこっちに向けてみろ。見せるものがある」フェリックスは言った。

ちくしょう。エリックは心の準備を整えた。いやな予感がする。

「穴から顔を出して、この袋の中身を見ろ」

エリックは岩の割れ目から、麻袋のなかでもがいている姿にレンズを向けた。男たちは袋を立たせた。葬式荒らしのもう一方も見えた。つねにフェリックスと一緒にいる、厚板のような顔に髭を生やしたがっしりした男。ロッコだ。

フェリックスが袋のなかの人物のフードをはずした。もつれた茶色の髪が現われる。男は彼女の口からさるぐつわをはずした。彼女は咳き込み、あえいだ。

デミだった。

さるぐつわをはずされた瞬間、デミは怒りの叫びをあげようとしたが、声は激しい咳にとって代わられた。何か知らないが、飲まされた薬のせいで頭がずきずき痛む。頭に袋をかぶされていたせいで外の声はよく聞こえなかったが、だいたいのことはわかった。彼らはデミを利用してエリックを言いなりにさせようとしているのだ。

咳さえ止まればいいのに。黒髪の男がデミの背中を叩いた。男の吐く息は死のにおいがした。

「口のなかが乾いているのか？　何か冷たいものを飲むか？」男はあたりに散らばるゴミを見まわし、つぶれた発泡スチロールのカップを拾いあげた。ファストフード店でコーヒーを入れるようなカップだ。水たまりから茶色い水をすくった。「さあ、飲め」デミの顔に水をかけた。

汚い水を顔からしたたらせながらデミは唾を吐いた。「ろくでなし」

「おまえは袋のなかにいるんだぞ。もっと行儀よくしろ」男はデミの顔をつかんで鼻と口をふさいだ。デミの肺は必死で空気を求めた。

次第に力が入らなくなった。黒い波にまたのみ込まれそうになり……。

意識が戻った。空気を求めて咳き込み、あえいだ。口を押さえる男の手に力がこもり、デミの歯が唇に食い込んで血の味がした。男はにやりと笑った。まばゆいランタンの明かりが、男の顔に不気味な影を投げかける。男の黒い目がやたらと機嫌よさそうにきらめいている。デミはまた視界がぼやけてきた……。

「もっと行儀よくできないか?」男はまたデミの頬を叩いた。「聞け、あばずれめ」

デミは男の顔に向かって血を吐いた。「くそったれ」あえぎながら言った。

男は顔を拭いた。「おまえは礼儀を知らないばか女だ。だが今夜マナーを教えてやる。おれが教え終わるころには、喜んでマナーに従うようになるだろう。なんでもするからやめてほしいと思うだろうね」

デミの髪に手を差し入れて後頭部をつかむと、ふたたびエリックのいるほうを向いて言った。「もう一度訊く。おとなしくするか?」デミの返事を聞いているかのように頭を傾けてしばらく待ってから、デミの頭を乱暴にうなずかせた。動きに合わせて髪がまえに揺れる。

「それでいい」それから男は大声で言った。「見たか? この女はものわかりがよくなれるんだ。厳しくすればな。おまえは甘やかしすぎなんだよ、トラスク。こいつは厳しくされるのが好きなんだ」

デミはしゃべろうと息を吸ったが、また男の手が口と鼻をふさいだ。

「トラスク! おまえの女にマナーを教えてやる。まずは耳を切り落とすところから始めようか」男はデミの顔を上げ、思い切り耳を引っ張った。デミは悲鳴をあげた。

雲の切れ目に星がまたたいているのが見えた。青みを帯びた夜空に明るく光っている。不意に、エリックが買ってくれた指輪を思い出した。彼が示した愛。彼の意思表示。

「エリック！」デミは叫んだ。「愛してるわ！　逃げて！」

男がデミの頭の横をこぶしで殴った。「エリック、逃げちゃだめ！」男は歌うようにデミの声色を真似た。「耳の次は裸にして、ピンク色をしたやわらかい部分を切り落とす。もったいないが仕事は仕事だからな。見ものになるぞ。耳に別れを告げておけ」

デミはナイフの刃を押しつけられているのを感じ、息を吸った。

「彼女を傷つけるな」

エリックの声だ。落ち着いた低い声が意外なほど近くから聞こえる。

暗闇から幽霊のように姿を表わした。デミの目が最初にとらえたのは、ランタンの光を映して銀色に輝く目だった。次いで、彼が優雅な動きで静かに近づくにつれ、フードをかぶった頭の輪郭がはっきりしてきた。

「そこで止まれ！」黒髪の男がどなった。「両手を上げろ」

エリックは立ち止まり、両手を上げた。そしてフードをはずした。

デミの喉にナイフの刃が当てられた。「彼女の喉にナイフを当てている」と男は言った。「しかもこいつはおまえのナイフだ。オーティス・トラスクの家のバスルームから拝借してきたんだよ。髪の毛やら皮膚やら、おまえのDNAだらけだ。どういう結果になるかははっきりしている」

「ああ、はっきりしているな」エリックは言った。

「おまえが銃を持ってるのはわかっている。出せ。ゆっくりな。目のまえに落とせ。いいか、ゆっくりだぞ」

エリックはコートのポケットから銃を取り出し、親指と人差し指でつまんでぶらぶらさせた。「落とせ！」男は言った。「落としたら二歩下がれ！」

銃は音をたてて地面に落ちた。エリックは一歩下がった。さらに一歩。

「ほかにも武器を持っているのか？」

「いいや」相変わらず落ち着いた静かな声だった。

男は、髭面の大男に向かって顎をあげた。「調べろ。それから、銃を拾え」

大男はのっそりと歩いてきて銃を拾い、コートのポケットに入れた。そして、デミを見つめたまま目を離さないエリックの背後にまわり、ポケットのなかのものを出し始めた。時計に隠してあったオーティスのカメラ。エリックが首から下げていた大きなカメラ。弾倉。双眼鏡。

「おまえらはオーティスを殺した」エリックが言った。「ここでしていることを見られたからか？」

「黙れ。おれの時間を無駄にするな。コートを脱いで地面に落とせ」

エリックは言われたとおりにした。武器はない。デミ同様無力だったが、恐れているようには到底見えなかった。

「カメラからメモリーカードを抜け」と黒髪の男は言った。「壊すんだ。カメラはどっちも穴に捨てろ」

髭の大男は言われたことを機械的に手早くすませ、掘り返した穴にカメラを順番に放り捨てた。

カメラは穴の底で水しぶきをあげた。

「ここで何を企んでる？」エリックが尋ねた。「何もないところだ」

「おまえの知ったことか」

「なぜオーティスを殺した？」

「殺した？　おれは誰も傷つけてない。オーティスは年を取っていた。傷のひとつも残っていない。病死だよ。おれがシナリオを作る。そのシナリオが病死だと言ってるんだ」

「わたしの父も同じね」喉を腕で締めつけられながら、デミは絞り出すように言った。「父もあなたが殺した」

「おまえの父親はどうしようもないくずだった。ああなる運命だったんだ。少し遅すぎたぐらいだ」

「なぜ？」

「気にすることがあるか？　おれたちを追い払う金欲しさにおまえを誘拐させようとした男だぞ？　追い払えやしないのに。おれたちのボスが許さない」

「でもどうやって——」

「病死だ」男は笑った。その息が不快で、デミは吐き気を覚えた。「なんの問題もない。おまえの母親と同じだ。残念だったな、年のわりにはいい女だったのに」

男がデミの顎をぐいと上げ、ラテックスの手袋をはめた指で下唇をなぞり、デミはすくみあがった。「母も殺したの？」新たな恐怖が生まれていた。「母？」「心臓麻痺だ」あざけるように男は言った。「不審死じゃない。悲しいことだな。そして今度はおまえの番だ。愛するパパのせいでな。おまえは知りすぎた。トラスク兄弟のひとりと寝ていなかったとしてもな」男は顔を近づけ、デミの顔の横をなめた。デミは身震いした。「だがおまえは病死じゃない。おまえには別のシナリオが用意してある」

「どういうこと、シナリオって？」

「やつがおまえを殺すというシナリオだ」エリックのほうを指して言った。「あのけだものが、自分のナイフでおまえを切り刻む。そのあとで良心の呵責を覚えるがあとの祭り。自分も命を絶つってわけだ。無理心中だな。子どものころのやつのトラウマを考えれば、驚くようなことじゃない。あの男に何を期待できるっていうんだ？」

男はふたたびデミの顎を上げた。「おまえは罰を受けて当然だ、この売女が。預言者の息子と寝るとはな。賢いとはいえないぞ。あの男は欠陥品だ。せめてセックスがうまけりゃいいんだが。どうだ、声をあげさせられたか？」

「離して！」デミは必死になってもがいた。

男はまとわりつくような笑い声をあげた。「おれが声をあげさせてやる。喉が割れるまでな」

「ここで何をしようとしてるんだ?」エリックが言った。

「おまえがここにいるのは質問の答えを知るためじゃない。おまえの持ち時間はおしまいだ」

男はデミを見下ろした。「いいか? おれはおまえをひと息に殺すつもりだった。首をひねるとか、正面から撃ち殺すとか、そんなつまらないあたりまえの方法で。だが、死体をやつのポルシェに乗せて、やつと一緒に崖から突き落とすつもりだった。だが、とんでもなくうっとうしい女なのがわかって気が変わった。もっと面白くすることにした。血なまぐさい惨劇にしてやる。おまえの男は最前列の特等席で見物しておまえの血に染まる。おれの手による芸術だが、最後はやつの手柄になる。運のいいやつだ」

「こんなことをする必要はない」エリックが言った。

デミは男の手をかんだ。ラテックスの手袋の粉っぽく苦い味と男の汗と血の味がした。

男がまたデミを叩いた。世界が真っ赤な光に包まれた気がした。

「おとなしくしてろ」男はどなった。

叩かれた痛みで一瞬何も見えず何も聞こえなかったが、次第に男のあざけるような口調が耳に入るようになった。「……病死というシナリオの利点がそのまま欠点になる。簡単すぎるんだ。死のペンなら手を汚さずすばやく殺せる。だが面白くない。血がほとばしるのや骨が砕けるのや、相手が助けてくれと金切り声をあげるのを見たかったら満足できない。おれも、ときにはそういうのを見たくなる。今日は楽しめそうだ」

「死のペン？」デミはあえぎながら言った。「それはいったい――」

男はデミの髪を乱暴に引っ張った。「黙れ。おまえは十三年まえこの町に住んでいたな？」

「え……ええ」唐突な質問だった。

「データベースで調べたか？」男は振り向いて、ほかの誰かに言った。

「ああ、調べたよ。高校一年生だった」男たちのひとりが答えた。「彼女はデータベースに載ってた。曝露《ばくろ》されているのは間違いない」

「曝露されている？」エリックの声が鋭くなった。「何に？」

男のこぶしが音をたててデミの頭を殴った。「もうひとつ質問をしてみろ、この女の顔を骨まで切り裂いてやるからな。ロッコ、やつをここまで連れてきて腕をうしろで縛れ。ランドール！」別の男に顎で合図した。「女の腕を袋から出すから、そのあいだ女を支えてろ。動け！」

腕が袋から解放されたとたんに、デミはめちゃくちゃに腕を振りまわして暴れた。男は手首をつかみ、デミが悲鳴をあげるまでひねった。「あわてるな。おまえにはこれからやつの顔を引っかいてもらうんだからな。鑑識《かんしき》のために、おまえの爪にやつの皮膚と血を残すんだ」

デミは恐怖に襲われてエリックの険しい顔を見た。「いやよ！」

男におなかを殴られ、デミは息ができなくなった。目のまえが暗くなり、音がひずんで聞こえる。ナイフの刃が喉に当てられた。

「何かしてみろ、いますぐこの女の喉をかっ切ってやる。おれのシナリオにも都合がいい。おまえ次第だ」

「デミ」エリックが静かに言った。「デミ、やるんだ。彼の言うことはなんでも聞け」

「いいアドバイスだぞ」そう言って男はまたデミの頭を強く殴った。「従ったほうがいいぞ」

「彼女を殴るな」エリックは言った。

「殴るだけじゃないぞ」男は猫なで声で言った。「思い切りファックしてやる。終わったときには、見せられたきさまはおれの手を借りなくても死にたくなるだろうよ。よし、こいつの爪を血だらけにしてやろう」

ふたりの大男がエリックをまえに押した。ランドールと呼ばれた男がデミを抱えた。太い腕が肋骨をきつく締めあげ、デミはあえいだ。

エリックが顔をゆがめた。「彼女を傷つけるな！」

「生意気な口をきいた報いだ。もっと近くへ。さっさと終わらせよう」

デミの目がエリックの目と合った。感情のこもった、突き刺すような目だった。

デミの体に電気が走った。エリックを傷つけるためにこのサディストに切り刻まれるなんて絶対にごめんだ。どうせ死ぬなら喉を切られるほうがずっとまし。こんな連中、地獄へ堕ちればいい。

ランドールに抱え上げられ、喉に当たる刃が動いた。いまだわ。

ランドールに上半身をきつく支えられているのを利用して両脚を大きく振り上げ、エリックの胸を思い切り蹴った。

蹴ってエリックを自分から遠ざけた。

# 21

エリックはつかまれていた腕を振りほどき、男の喉に肘打ちを食らわせた。男は吹っ飛び、フェリックスの顔面を蹴った。

フェリックスはよろよろとあとずさりした。ランドールとデミはもみ合っていた。ランドールの腕がデミの喉を絞めつけていたが、喉に切り傷はなかった。デミは息を吸おうと必死で口を開けていたが、声は出てこなかった。ランドールの顔を引っかいた。

エリックはランドールの顔に狙いを定めて横からキックした。足は鼻を直撃した。ランドールはデミをとらえたまま、うしろによろめき、クレーターの縁に向かった。エリックは頭を狙ってきたこん棒をよけた。別の男がエリックに銃を向け――。

「撃つな、この役立たず!」フェリックスがどなった。「それじゃ何もかも台なし

向けた。

これこそエリックが狙っていた瞬間だった。飛び上がって、銃を持つ男の腕を下に

銃を向けた男はひるみ、うろたえてボスを見た。

だ！　倒すだけでいい！」

銃声とともに男は悲鳴をあげ、腿をつかんだ。指のあいだから血が噴き出す。男は地面に倒れた。エリックはその上に飛び乗り、銃を奪おうとした。

そのとき、何か巨大なものが背中に当たり、エリックはまえのめりに倒れた。すぐに振り返り、今度は腕でロッコのこん棒を受け止めた。痛みが走ったが、ロッコの腕をつかんでひねった。ロッコはバランスを失い、うめいた。

ロッコの勢いをそのまま利用して頭からクレーターに投げ落とした。足元のぬかるんだ地面が崩れかけた瞬間にうしろに飛びのき、振り向いてうしろにいた男のナイフをよけた。ナイフを奪い取り、相手の腕をねじる。音をたてて男の肩の関節がはずれた。エリックはそいつの目に指を突っ込んだ。

男は悲鳴をあげ、膝をついた。エリックはその側頭部を蹴ると、男から離れ、袋から出ようともがいているデミに駆け寄った。腕は出ているが、脚がまだ自由になって

いない。

「伏せろ！」そう叫びながら武器になりそうなものを手探りで探した。岩でも棒でもいい。指が、ボルトの形をした大きめの石をつかんだ。

「くそったれ」フェリックスが吠えるように言った。「邪魔ばかりしやがって。先に殺してやる。演出はそのあとだ」フェリックスは銀色の筒を取り出した。近くで見ると、ペンより大きくて先はとがっていない。「レディーファーストか？」歯をむき出してデミを見た。「死ね、このクソ女」

フェリックスがデミにペンを向けた瞬間、エリックは岩を投げた。岩はフェリックスの顔にまともに当たり、彼はよろめいた。「ちくしょう！」

エリックは、クレーターの縁ぎりぎりに倒れているデミに駆け寄り、彼女を押した。その瞬間、縁の地面が崩れて当初よりもなだらかな斜面ができ、デミはまっすぐ落ちる代わりに転がり落ちていった。

フェリックスが彼女に向けているものをさえぎらなければならない。向けられたら即死だ。オーティス。ベン、エレイン、テリー。ほかにもいるだろう。あれをデミに向けさせてはならない。

「そこまでするならおまえが先に死ね！」フェリックスは叫んだ。「地獄へ堕ちろ」そう言ってエリックに向けてペンを振った。先端の二カ所が光った。

　エリックは凍りつき、何が訪れるかと身構えた。痛みか、焼けつくような熱さか、麻痺か、痙攣《けいれん》か。

　何も起きなかった。自分の体を見下ろし、続いてフェリックスを見た。フェリックスは驚き、裏切られたような顔をしている。ペンの横のボタンを何度も押して、ふたたびエリックに向けて振った。またしても光がともった。薄い黄色、そして毒々しい緑色。

「電池の交換を忘れたか？　ふん、間抜けだな」エリックは言った。

　そして闘牛のようにフェリックスに突進した。ふたりはぶつかり合い、泥の上を転がった。エリックは防御の構えになって相手の蹴りやパンチを阻止した。フェリックスは動きが速く、力が強かった。エリックは彼の顎をこぶしで殴った。

　死のペンが頭に強く当たった。エリックは悪態をつきながらうしろに下がった。フェリックスはもう一度ペンで殴ろうとしたが、エリックは頭をかがめて相手の腕をつかみ、クレーターまで走って穴にフェリックスを投げ入れた。

フェリックスはまっすぐ落下した。エリックもそれを追って斜面を下りた。岩の転がるぬかるんだ底まで滑るように下り、最後は派手に泥しぶきをあげながら腹から落ちた。

体を起こして必死に周囲を見まわすと、敵の背中が風で波立つ茶色い水から突き出ているのが見えた。

エリックは膝まである水のなかを、泥に足をとられながら進んだ。

フェリックスは悲鳴をあげた。脚が折れ、膝がグロテスクな向きに曲がっている。その手に死のペンはなかった。このぬかるみのどこかに埋まったのだろう。

もはやフェリックスは無力だった。

「デミ！」あたりを見まわす。「どこにいる？」

視界の隅で何かが動くのが見えた。転がった岩のあいだにデミがいた。すっかり泥にまみれていて見えなかったのだ。うずくまった状態から立ち上がり、よろよろと近づいてきた。

生きている。

エリックはほっとして大きく息を吸い、泥から足を引き抜いて彼女のほうに急いだ。

「無事か？」

「ええ」彼女は歯をがたがた言わせながら答えた。「たぶん。あなたは？」

「無事だ」震えている体をしっかり抱きしめた。「最高の気分だよ」

「ああよかった」デミは唇を震わせながら言った。「彼は？」フェリックスのほうに手を突き出して尋ねた。

「もう終わりだ。脚を折ってる。殺してほしいか？」

デミの目が丸くなった。泥におおわれた顔のなかで妙に輝いて見えた。

「エリック、本気で言ってるの？」

「きみを傷つけようと、殺そうとしたんだぞ。ほかにも殺している」エリックはあたりを見まわして、先に転がり落ちたロッコを見つけた。水に顔をつけてうつぶせに倒れており、背中は微動だにしていない。「あいつはもう死んでいるみたいだ。ほかの連中はわからない」

「命をかけて戦っていて相手が死ぬのと、冷酷に息の根を止めるのとではわけが違うわ。相手は無抵抗なんだし」

「無抵抗だって？　やつは生きているかぎりおれたちにとっても誰にとっても脅威に

なる。狂犬みたいなものだ」エリックは怪我を負って泥のなかで震えているフェリックスを見下ろし、自分のなかでいまも燃えている怒りを見つめた。「それにおれは冷静になれない」

だがデミは首を横に振った。

彼女が言うならしかたない。おれは彼女が欲しい。この男を処刑するところを見たくないと彼女が言うなら、歯を食いしばってあきらめよう。愛のためにすることだ。運がよければ、冷たい夜気と氷のような泥がとどめを刺してくれるだろう。フェリックスはすでにショック状態にあるはずだ。闇のなかで、痛みを抱えながらの孤独な死……。

あの男にはもったいないような死に方だ。

エリックは穴の斜面に注意を向けた。どこからのぼるのがいいだろう？「きみを投げ落として悪かった。死のペンが怖かったんだ。オーティスもテリーもきみの両親もあれで殺されているなら、きみもそうなるだろうし、こっちに落ちたほうが助かる可能性が高いと思った。多少の打ち身を負ったとしても」

「それであなたはペンに向かっていったのね。相変わらず立派だこと」

「なんていうか……」エリックは肩をすくめた。「パニックに陥ったんだ」

「パニックじゃないわ、英雄願望よ。あなたは英雄。はっきりさせておきましょう」

「なんでもいいけど」エリックは斜面を見ながら上の空で答えた。「まだいくらか明かりがあるうちにここから出よう」アドレナリンの余波で、いまになって歯の根が合わなくなってきた。

「ほかの男たちは？」

「全員倒したはずだ。きみがのぼるまえに先に行って様子を見るよ」

「またたわ、エリック。気をつけて。英雄願望がまた現われてる」

「英雄とか、そういう話じゃない」エリックはいらだちを隠しきれずに言った。「やつはあのペンをおれに向けたが効かなくて、ひどく慌てていた。ペンはあれ一本だけじゃないはずだが、どうやらおれは、ペンがもたらすダメージを受けないらしい。だからとりあえずはつねにおれが先に行く。いいな？」

「いいわ、エリック」デミはなだめるように言った。「わかったから落ち着いて」

雨でぬかるんでいるうえにすぐに崩れる斜面をのぼっていくのにはひどく時間がかかり、いらだちが募った。ふたりとも何度か足を滑らせ、底近くまで滑り落ちることもあった。穴の縁からそう遠くない、足元が比較的しっかりしているところまで来ると、エリックは待てと身振りで示してからひとりで上までのぼった。

かなり暗くなっていたが、地面にのびている三人の姿がおぼろげながら見えた。自分で腿を撃った男は死んでいた。太腿の動脈から噴き出した血があたり一面に飛び散っていた。エリックが肘打ちを食らわせた男は気管がつぶれているらしく、空気を求めてあえいでいた。顔は真っ青だ。

それでいい。窒息死しろ。地獄で会おう。

エリックの銃を奪った男はまだ意識を失ったままうつぶせに倒れていた。頭は泥と血にまみれている。エリックは男のポケットからオーティスの銃と弾倉と、意外にも無傷だった自分の携帯電話を取り出した。何か手がかりがないかとほかの男たちのポケットも探ったが、何も見つからなかった。使い捨て電話を見つけて自分のポケットにしまったが、役に立ちそうにはなかった。黒幕が誰であれ、そいつはフェリックスが言っていた監視カメラで見ているはずだ。こいつらは、島にデミを誘拐しにきた無能な連中とは訳が違う。エリックが回収した使い捨て電話には、もう誰もかけてこないだろう。

エリックはコートを取り返した。泥まみれだったが内側はそこそこ乾いている。それを持って穴に戻った。デミのほうに手を伸ばし、上までのぼるのに手を貸した。音をたてて降る雨が、デミの顔の泥を洗い流しはじめた。

デミは惨劇の現場を見まわした。「ひどいわね。警察に連絡を――」

「連中は放っておいて、さっさとここから離れよう」

「でもまだ生きてるのよ。警察だって尋問できるじゃないの」

「そして尋問中の警察官がまた〝預言者の呪い〟の犠牲になるのか？　また死の連鎖《れんさ》が始まるぞ？　あと何回葬式に出たいんだ？」

デミは震える唇をかんだ。「じゃあ、この人殺したちが雇い主のもとに戻っていくのも放置するの？」

「じきに歩けなくなるさ」エリックは泥だらけのブーツで咳き込んでいる男をつついた。「いますぐ処理してもいい。きみが決めてくれれば」

「わたし？」デミの声が割れた。「わたしが決めなきゃならないの？」

「おれに任せていたら、こいつらはもう死んでいる。だからそう、きみだ」

ふたりは見つめあった。転がっている男の顔は紫に変色していた。目のまわりの血管が切れている。あえぐ息も次第に短くなっている。目が光を失っていく。

こいつももう死ぬ。残りはふたりだ。かろうじて息をしているのがふたり。

デミは首を振った。「だめよ。これ以上殺さないで」不意にその声は力強い響きを帯びた。「自分の身を守るためだけにして。彼らと同じレベルまで落ちるのはやめましょう」

くそっ。エリックはあきらめてため息をついた。オーティスの重いコートをデミの肩にかけ、彼女を促した。「もうここに用はない。行こう」

「エリック。わたしたちだけじゃ手に負えないわ。裏に誰がいるのか知らないけれど、ものすごいお金をかけている。壮大な計画があるはずよ」

「死のペンを見ただろ。全部でいくつあるのかも、どんな仕組みで人を殺せるようになっているのかもわからない。それに、こうしているあいだもおれたちは監視されている。あいつらは、自分たちより先におれがここに来て探っていたのを知ってたからな。警察と救急車をここまで呼んでやつらの身柄を拘束したら、もっと多くの無実の人たちが死ぬことになる」

デミは口をかたく閉じ、倒れている男たちを不安げに見た。

「それにおれたちがここでぐずぐず言い合いをしているうちに、さらに人をよこしておれたちを待ち伏せさせるかもしれない。テリーにしたように。〈ゴッドエーカー〉からケトル渓谷におりる道はひとつしかない。その道から落ちたら延々と谷底まで落ちつづけることになる」

その言葉で、やっとデミは動く気になってくれた。

## 22

デミの脚は鉛のようだった。押し黙ったまま、ポルシェまでエリックの腕につかまって行った。幸いポルシェのキーは差したままになっていた。ぬかるみの上でタイヤが空回りしたが、エリックがあらゆる悪態をつきながら数回試みると、やがてポルシェは低い車体を岩やわだちにこすりながら走り出した。

ヒーターの温度を最大限まで上げ、窓をあけて煙草と男たちのにおいを追い出しながら、エリックは長いでこぼこ道を走った。グレートホールを通り過ぎると、タイヤ痕は私道につながり、そこからいくらか走りやすいケトル・キャニオン・ロードに出た。フロントワイパーが闇のなかで動き、エリックはヘッドライトをつけた。

「ブリストル署長に全部話しましょう。わたしたちだけの秘密にしておけないわ」

「それからおれの兄弟にも」エリックは受け入れて言った。「だがいまはそれだけだ」

「いまはね。これはあなたたち兄弟だけの問題じゃないわ。ショウズ・クロッシングの全員に関わることよ。わたしたちみんなが危険にさらされているんだから」

「わかってる」エリックはコートのポケットから電話を取り出してデミに渡した。「ブリストルにかけてくれ。オーティスの家……いや、きみのタウンハウスで落ちあうことにしよう。人の目が多いところのほうが、連中もおれたちに手を出しにくいだろう。そう願うね。ブリストルだって町じゅうをパニックに陥れたくないだろうから、目だたないように動いてくれるはずだ」

規則正しいワイパーの音に合わせるようにデミの思いは駆けめぐり、恐ろしい方向に向かった。「あの男……わたしが曝露されたって言ってたわ。高校生のときに」

「ああ」エリックの声は険しかった。「聞いたよ」

「病原菌かなんかの話みたいに聞こえたけど」

「そうみたいだな」

「怖いわ」デミはささやいた。

「その菌に曝露された人にしか死のペンは効かないんだろう。やつらの言っていたデータベースっていうのはたぶんそのためのものだ。当時この一帯にいた人のデータだ」

「あなたは違う」

「ああ。これで〝預言者の呪い〟の説明がつく。誰かが、十三年にわたってこいつを使って町の人々を殺してきたんだ。いまそいつらは、〈ゴッドエーカー〉で企んでいることを邪魔する人間をかたっぱしからあのペンで殺そうとしている」

「オーティスは写真を撮っているところを見られた。父は彼らに関わっていた。だけど何かで彼らを失望させ、パニックを起こした。だから罰を受けた。母は父が関わっていることか、あるいは誘拐計画のことを知った。両方かもしれない。だから殺された。テリーはただ、悪いときに悪い場所にいただけ。全員十三年まえにショウズ・クロッシングにいたわ。あの男が言ったように」

「誰がこんなことをしてるんだろう？」エリックはダッシュボードを叩いた。「〈ゴッドエーカー〉には何もない。いったい何を探してるんだ？」

ふたりは黙ったまま、雨を通してヘッドライトに照らされる狭い泥道を見つめた。

「わけがわからないわね」デミはささやいた。

「ああ」エリックは手を伸ばしてデミの腕に触れ、濡れたジャケットの上からしっかりつかんだ。「でもきみは生きている。ほんとうによかったよ」

デミは突然あふれた涙を拭き、彼の手をぎゅっと握った。「ええ。わたしたちふたりとも。あなたのおかげよ、今度も」

「きみのことは、やつらに手を触れさせたくなかった。ほんとうにごめん」

「あなたがわたしを引きずり込んだわけじゃないわよ。でも、わたしをつねに引きずり出そうとしてくれているのは間違いなくあなただわ」

エリックは微笑んだ。「ブリストルに電話してくれ」

ブリストル署長との電話が終わったときにはだいぶ町に近づいていた。時間が遅かったので、泥だらけで車から降りるところを誰にも見られずにすんだ。

デミは鍵を持っていなかったが、ポーチの隅のハンギングバスケットに隠してあった予備の鍵を取り出した。エリックは仰天したように言った。

「鉢植えに隠すなんて。本気か？」

「それで充分だと思っていたの」デミはきまり悪くなった。「眠ってるような小さな町だもの」

「呪いにかけられた、眠ってるような小さな町の間違いだろ」

「はいはい、もうわかったから。二度とやらないわ、約束する」デミはドアを開けた。

エリックは続いてなかに入り、デミが錠を下ろすのを待った。リビングルーム、それからキッチンをのぞき込んで感心したように言った。「きれいだ。カラフルで。好きだな」

「玄関に立ってないでなかへどうぞ」

「おれは泥まみれだ。このままじゃ汚してしまうよ、いつものとおり」

「わたしも同じ。お互いさまよ」

「きみは泥にまみれてても美しい。シャワーを浴びてくるといい。おれはポーチでブリストルを待つよ」

「一緒にいらっしゃいよ」デミは思わず誘った。「一緒に浴びればいいわ」

泥だらけの顔のなかで、彼の白い歯が光った。「胸が張り裂けそうになるね。おれは監視をしなきゃならない。注意をそらすわけにはいかないよ」

もちろんそのとおりだ。

エリック・トラスクは求められた任務に必ず応じる。どこまでも英雄だ。

急に顔が赤くなったのを泥が隠してくれているのを祈りながら、デミは階段を駆けのぼった。あとに泥のかたまりを残して。

いまの状態のエリックは、身の置き所がなかった。まずいことに、デミの家の内装は明るい色だった。金色に近い木の床に明るいベージュの毛織のカーペット。何に触れても台なしにしてしまいそうだ。床に座るだけでも、ピーチ色の壁に泥の汚れをつけてしまいそうだ。

玄関から外に出て、ポーチの階段に座って待った。

まずはメースとアントンに連絡だ。どちらも最初から留守電につながったので、エリックは暗号化したメールを送った。

〝ここはひどいことになっている。〝預言者の呪い〟は実体のある武器だった。オーティスはそれで殺されたのだ。おれとデミも殺されそうになった。町全体が危険にさらされている。すぐに戻ってきてほしい。応援も連れてきてくれ。デミを四六時中見守るのに助けが必要だ。電話をくれ〟

ブリストルのパトカーが泥だらけのポルシェのうしろに止まり、署長が降りてきた。彼は、小さな鉄のゲートを抜けて足を止めた。エリックの泥と血が目に入ったのだ。

署長は胸を打たれたようだった。「ひどいありさまだな」

「きつい晩でしたよ」

「全部聞かせてくれ。デミはどうだ？　ヘンリーが何度も電話をかけてきてな。あの子の口から、落ち着くよう言ってもらわないとならない。ヘンリーの家の監視カメラにきみのポルシェが映ってたものだから、きみがデミを誘拐したと思い込んでいるんだ」

「おれじゃない。別の男ですよ。おれのポルシェを盗んだんだ。ヴォーンの家のカメラに映ってた連中です。デミは上でシャワーを浴びています。無事ですよ。殴られたり、死ぬほど怖い思いをしたりしたが、彼女はタフだ」

「殴られた？　誰に？」ブリストルは腕組みをした。「正直なところ、電話でデミから聞いた話が理解できないんだ」

エリックは痛む目をこすった。「長い話です。デミを待ちましょう。話すのが一回ですむ」

「そうだな」ブリストルはエリックの隣に大儀そうに腰をおろした。「長い話といえば、わたしからも話すことがある」

「なんです？」

「ちょっとまえにボイド・ネヴィンスが署に来てな」

「ああ、その話ですか」いまでは遠い話に思われる。もうどうでもよかった。

「告白しに来たんだ。どうやら七年まえ大きな嘘をついたようでね。いまひどく後悔している」

「どんな嘘かはよく知ってますよ」

「親父さんの経営する屋根工事会社との契約と、ショウ製紙会社のスポケーン・センターでのおいしい仕事を餌《えさ》に、ベネディクト・ヴォーンから持ちかけられたらしい。きみを彼のポルシェに乗せてペイトン・ステート・パークまで連れて行き、車と一緒に置き去りにすることを。そして、その後何が起きようと、それについてはいっさい口外しないこともな」

「おれが言ったとおりじゃないですか」エリックは言わずにはいられなかった。「それも何度も」

「島で襲ってきた連中のひとりの話だと、あのときまみを道路からはじき出したのもヴォーンの指示だということだ」

「だけど、残念ながらおれは簡単には死なない」

「ブリストル署長」デミがふたりの背後の戸口に立っていた。ピンクのフリースのバスローブを着て、濡れた巻き毛を下ろしている。はちみつと花のにおいがした。

「デミ」ブリストルの目が、怪我がないかと彼女の全身を見る。「大丈夫か？」

「ええ、エリックのおかげで。電話でも話したとおりです。誘拐されたけれど、今度もエリックが助けてくれました。今回はずっとひどくて、ほんとうにひどい目にあわされていたかもしれません」

ブリストル署長はうなずいた。「エリックに話していたところなんだ。ボイドが来て——」

「聞こえてました。なかに入ってください。コーヒーをいれたの。話すことがたくさんあるから」

すべてを説明するには長い時間がかかった。すぐに〈ゴッドエーカー〉に向かうというブリストルを説得するにはもっと長い時間がかかった。

朝の三時になっても議論は続いていた。

「危険すぎる」エリックは言った。もう百回同じことを言っている気がする。「〝預言者の呪い〟は実在するんです。それもどうやら、病原菌らしい。町の人は、署長も含め誰もが曝露《ばくろ》している可能性があります。やつらはあのペンで、離れたところからでも殺せるんです。デミの両親やオーティスのようにドアの向こうにいても。テリーのように車に乗っていても。あそこには近づかないでください。少なくとも、何がおこなわれているかがわかるまでは。頼むから、性急に動かないでください」

「何かしなければ！　おとなしく座っているわけにはいかない。わたしの仕事は捜査を――」

「あなたの仕事はできるかぎり人々を守ることです。命を守ることだ」

「連中の犯している犯罪を調べずにどうやれというんだ？」

「まずはこの件を伏せておくことです。奥さんにも、署の人たちにも。とりあえずいまはまだ。それともうひとつ。おれに代役をさせてください」

デミがあわてて立ち上がった。「冗談でしょ？」

「ほかにもっといい方法があるか？　あのペンでやられずにすむのはおれだけなんだぞ？」

「あなたは殺されるまで満足しないわ。押しつぶされるか、撃たれるか、首を絞められるか、刺されるか、ばらばらにされるかして殺されるまでね。あなたはできるだけ無残な死に方をしたいのよ」

エリックはため息をついた。「おれは死にたくない。いまほど強くそう思ったことはない。おれはただ――」

「自分がこの町の人々にとって、そして世の中すべてにとって価値ある人間だと証明したいのよ。〈ゴッドエーカー〉で亡くなった人たちの亡霊に、自分の力を見せたいのね。見当違いの罪悪感から解放されるために。でもうまくいかないわよ。結局あなたは満足できないでしょうから」

「デミ――」

「あなたのたわごとはもうたくさん。命を救ってくれたことは感謝しているけれど、英雄気取りにはうんざりよ。わたしはもう寝るわ。あなたも、全世界の重みを背負いながら目を閉じたいというなら、ソファーを使っていいわよ。おやすみなさい、署長。機嫌が悪くてごめんなさい。くたくたなんです」

「無理もない。気をつけるんだよ。朝、様子を見に来るからな」

デミは部屋を出ていった。彼女の裸足が階段を駆けあがっていく音が聞こえた。

ブリストルは考え込むように言った。「どうやらきみは〝預言者の呪い〟以外にも問題を抱えているようだな。そっちが運よくうまくいくといいな」

「ええ、おれには運が必要だ」エリックは沈んだ声で言った。

「じゃあ、おやすみ。わたしはうちに帰って少し寝るよ。寝られればね。今夜のところは、連中のたくらみから身を守るためにできることはあまりなさそうだ。だがいつまでも内密にしておくつもりはない。FBIとCDC（疾病予防管理センター）には連絡を入れなければ。それからみんなに。それも早急にだ。公衆衛生の危機だからな」

「頼みます、署長。焦らないでください。メースとアントンが来るまで待ってください。おれたちが相手にしているものの正体がわかるまでは、マスコミの餌にしないでほしい」

ブリストルは不服げに咳ばらいした。「考えるよ」彼は顔をしかめてエリックを見た。「少し休め。ひどい顔だ」

「そうします」こんなに興奮していて寝られるわけがないが。

ブリストルが帰っていくと、エリックは一階を歩きまわって、キッチンの隣に、洗濯乾燥機と洗面台とシャワーのあるバスルームを見つけた。完璧だ。二階のバスルームを使って寝ているデミを起こしたくない。謎の敵がうろうろしているときに裸でシャワーを浴びるのは気が進まなかったが、ブリストルの言うことももっともだ。やつらが攻撃をしようと思ったら、それを止めることはできない。だが今夜あれだけ徹底的にやられたあとで、すぐにまた襲ってくることはないだろう。そう願いたかった。

危険を承知で、短時間でシャワーを浴びた。泥を洗い流して体からしたたる湯がきれいになると、大きなタオルを腰に巻き、汚れた服を洗濯機に突っ込んで多めの洗剤で洗濯を始めた。あしたはオーティスの家に帰ってスーツケースと銃と弾薬を取ってこよう。裸でいるのはいやだったが、泥だらけの服ではいられなかった。丸裸で睾丸が風に揺れていても、とりあえずグロックが手元にある。

次に、長距離ドローンとデミの家に設置する家庭用監視システムを、よく利用するシアトルの警備会社セーフガードに携帯電話から注文した。最高の製品を提供する会社で、あしたには自社便で届けてくれるだろう。注文が終わると、二階のデミの寝室に行った。出窓から、町の明かりを受けてきらめく湖が見えた。彼女はキングサイズのベッドでふんわりとした布団を掛けて眠っていた。枕の上に髪が広がっている。

エリックは一度、やむなく彼女から離れた。死ぬほどつらかった。二度と同じことはできない。自分がなんのために生きているのかわかったいまでは。

窓のそばのウィングチェアに座った。銃を持ったまま、外の通りから目を離さなかった。

デミには一階のソファーに追いやられたが、彼女をつねに視界に入れておきたかった。

いつまでも。

## 23

時間はのろのろと過ぎていった。エリックは集中しようとした。エリックはひとりで戦う兵士で、戦う目的はただひとつ、デミ・ヴォーンを守ることだけだった。それ以外のことを考えてはいけない。なのに、繰り返し頭のなかによみがえる光景があった。

デミの耳にナイフの刃を当てるフェリックス。

クレーターの縁から落ちて見えなくなるデミ。

あのモンスターの手にがっちりと捕らえられながら叫ぶデミ。〝エリック、愛してるわ、逃げて〟

その光景が勝手に繰り返される。刹那《せつな》的に沸き起こる希望がエリックを混乱させる。希望は、ほかの有害なゴミと一緒になると危険だ。

希望に流されると足をすくわれる。一瞬でも流されてはいけない。

あの状況なら、もちろん彼女はあのように言うだろう。自分はもう死んだも同然だと思ったから、おれを助けようとしてああ言ったのだ。根っからのボス気質だ。自分のことは考えず、怖いもの知らずのデミ。自分があんなことを言ったのも忘れているだろう。英雄的な条件反射から出た言葉だ。

すぐに火のつく怒りっぽい女神。おれが彼女に飽きることは絶対にないだろう。

過去の疑いが晴れたのはうれしかった。だが、いまとなっては誰が気にするというのだ？　もう遠いことのようで、たいして重要だとも思えなかった。いま現実に直面している問題が大きくて不可解なので、過去のことに関わっている暇はなかった。

ひとつはっきりしていることがある。黒幕の正体が明らかにならないかぎり、エリックはデミのそばを離れるつもりはない。手を縛られ、彼女から引き離されるまでは。そして彼女の身の安全を守りつづける方法はひとつしかなかった。

呪いを解くのだ。永遠に。

手のなかで携帯が震えた。アントンからのメールだった。

〝デミの家の外まで来た。なかにいるのか？〟

エリックはあわてて立ち上がり、タオルよりましなものがないかとあたりを見まわした。服はまだ、一階の乾燥機のなかでまわっている。兄は、メールを見てすぐに、シアトルから猛スピードで車を走らせてきたのだろう。

エリックは最初に目についたものをつかんだ。デミのピンクのフリースのバスローブだった。階段を下りて、玄関ののぞき穴から外を見た。アントンの黒いメルセデスが、エリックの泥まみれのポルシェのすぐうしろに止まっている。そのさらにうしろにもう一台、銀色のSUVも止まっていた。

アントンがゲートを開けたのと同時にエリックは玄関のドアを開けた。兄の黒い目は、緊張しているとき特有の、燃えるような熱さをたたえている。いつもタフガイの仮面をかぶっているアントンだが、その目だけは真実を語っている。

アントンはエリックの打ち身や切り傷、引っかき傷を見ながら近づいてきた。エリックは、兄が話し始めるまえに、自分の唇に指を当てた。「シーッ。デミが寝てる」

「エリック」アントンはひそひそ声で言った。「いったい何を――」

「彼女は疲れてるんだ。まだ起こしたくない」

「おれが訊きたいのは、何を着てるんだってことだ」

「ああ」エリックはピンクのバスローブと、むき出しの脚を見下ろした。「おれの服は——」

「まあいい」アントンの目は、かいま見えている肩のあざから離れなかった。「おれは気にしないさ。ちょっと見せてくれ」

エリックは身を引いた。「大丈夫だ」

「いいから」アントンはバスローブのまえを開いた。

「おい！」エリックはあわててまえを閉め、兄をにらんだ。「やめてくれ。ショウズ・クロッシングのみんなにおれの一物を見せるつもりはない！　なかに入ろう」

アントンは眉をひそめた。「ひどいあざだ。もっとあるのか？　切り傷は？　撃たれたか？」

「大丈夫だって」荒々しく言った。エリックの目は、SUVから降りてアントンのあとから歩いてくる男をとらえた。大柄でつややかな黒髪、顎髭を生やしている。くたびれた革のジャケットを着て、大きな箱を抱えている。箱を持つ手の指のつけ根はタトゥーにおおわれていた。

男はピンクのバスローブを見た。黒い髭のなかで白い歯が光った。「よく似合うよ。

きみの目を引き立ててる」

「ネイトだ」アントンが紹介した。「武装偵察部隊でメースと一緒だった。いまはおれのところの警備責任者だ。本格的な警備をつけるまで、おまえとデミの警備を任せる。それに、この異常事態を、この町と無関係の人間にも見聞きしてほしかったんだ。おれたちはどっぷり浸かってて先入観なしに見ることができないからな」

「助かるよ。さあ、入ってくれ」

アントンはためらった。「デミは寝てると言ったな？」

「ああ。だから静かにしてくれ」

「待て。目を覚ましたら知らない大男がふたり家のなかにいるっていうのはストレスにならないか？　ゆうべのことがあったあとだし」

アントンの言うことももっともだが、エリックは首を振った。「彼女はタフだ。わかってくれるさ。兄さんと話すために、ここを離れて彼女をひとりにするのはいやなんだ。彼女が下りてくるまえに、上に行って話しておくよ」

アントンとネイトはエリックについてなかに入り、エリックはドアを閉めて鍵をかけた。

「急だったのに悪いな」エリックはネイトに言った。

「いいさ。メースの兄弟のためならなんでもする」

「その箱の中身は？」

「ドローンだ」とネイトは答えた。「おれの友だちが作った試作品だ。こんなのは市場にはまだ出ていないぞ。DTSウルトラ・グレー・ゴースト。超長距離で、ものすごく頑丈だ。軽量だが、向かい風にあってもコースをはずれない。全側面に障害物検知センサー備えている。超低空飛行でもうまくコントロールできる」

「ありがたい。おれも注文したんだが、あしたにならないと来ないし、聞いたところだとそっちのほうがよさそうだ。すぐに飛ばそう」

ネイトはポケットからUSBメモリーを取り出した。「アプリをインストールするよ」

ネイトがインストールするあいだ、エリックは起きたことを話した。思ったよりも骨が折れた。話を戻し、繰り返し、質問に答え、それによって連鎖的に生じる別の質問に答える——そんなことが延々続いたからだ。どれひとつとっても不可解だし、つじつまが合わないことだらけだった。

エリックの冒険に集中するあまり、玄関のドアに鍵が差し込まれたときには全員が飛び上がって身構えた。ドアにもっとも近いところにいたネイトは銃を手にした。のぞき穴からのぞく暇もなくドアが開き……。

エリサが紙に包んだトレイを抱えて入ってきた。彼女の目はネイトと銃に釘付けになった。

トレイをネイトの顔に投げつけ、大声をあげながら彼に飛びかかった。

エリックは鋼鉄が光るのを見た。「ナイフだ、気をつけろ！　彼女を傷つけるな！」

間一髪だった。ネイトはエリサがナイフで切りつけようとするのを腕で止め、大きな手で彼女の手首をつかんだ。彼女の指にはカッターナイフが握られていた。

ネイトはもがく彼女を両腕で押さえ、壁に押さえつけてそのまま床に引き倒した。エリサは脚をばたつかせてもがいた。その目はうつろだった。

「おい」ネイトは両腕でしっかり彼女を押さえながら、落ち着かせるように言った。「きみを傷つけるつもりはない。落ち着け。おれはナイフで切られたくないだけだ。力を抜け。離すから」

「エリサ」エリックは彼女の隣にしゃがんだ。「危険はない。驚かせて悪かった。落ち着いてくれ。大丈夫だから」

彼女の緊張の糸が途切れた。エリサは震え、瞬きをし、体の力を抜いた。息づまる一瞬のあと、ネイトはカッターナイフを取り上げてエリックに渡した。

エリサは震える息を吸った。「もう離して大丈夫。あなたの顔の皮をはいだりしないから。約束するわ」

ネイトは手を離し、アントンを見上げた。「変わった町だっていうのは聞いてたが、緊張感のあるところだな」

エリサは急いでネイトから離れた。しばらく座ったまま息を整えた。「ごめんなさい。銃が見えたからパニックになっちゃって」

「ガラガラヘビみたいにすばやかったな。もう少しでやられるところだったよ」

「そうならなくてほっとしたわ」

「おれもだ」

エリックはカッターナイフを差し出した。エリサはそれを見もせずに受け取ると、ひだ飾りのついた長いスカートのポケットにしまった。それから立ち上がり、服をまっすぐに直した。

「きまり悪いわ」彼女はこわばった声で言った。

「おれが悪かったんだ」とエリックは言った。「きみが鍵を持ってるのを知らなかった。ドアが開くまえに確認する時間がなかった。それにおれたちはピリピリしてた」

「無理もないわ。誘拐事件のあとですもの」エリサは乱れた髪をうしろに払った。「電話をかければよかったわね。ふだんはいきなり来るんだけど、今日はふだんと違うんですものね。デミは寝てるだろうから、そっと入って出ていこうと思ってたの。トレイだけ置いて」

そう言いながら床にひっくり返っているトレイを見ると、ひざまずいて直した。

「それはなんだ?」ネイトが尋ねた。

「朝食用のペストリーよ。甘くておいしいわよ。ちょっと崩れちゃったかもしれないけど、それでもおいしいから。カウンターに置いていくわね」エリックは急いでキッチンに向かった。

三人の男たちは顔を見あわせた。エリックの顔に浮かんだ表情を見てアントンは首を振った。

「だめだ」と静かに言った。「複雑にするな。問題は一度にひとつでたくさんだ」

エリサが戻ってきてまっすぐ玄関に向かった。

「エリサ」エリックは声をかけた。「もし何か……」言葉が途切れたが、エリックはふたたび言った。「もし何か困ってることがあるなら、おれたちが手を貸すけど?」

「いいえ」彼女はドアのハンドルに手をかけながら力強く言った。「わたしは大丈夫。あなたたちには抱えている問題があるでしょう? じゃあね」

「トラウマによるフラッシュバックは恥じるものじゃない」ネイトが単刀直入に言った。

エリサは驚いたように彼を見た。「なんですって?」

「おれも同じなんだ。単に、ストレスに対する脳の反応だ。おれは、カッターナイフを持っているときにフラッシュバックを体験したことはないが、それはただ運がよかっただけのことだ」

エリサは口を開いたが、また閉じた。「店に戻らなきゃ」あとずさりしながら言った。「わたしが来たこと、デミに伝えておいてね」

「店まで送ろう」ネイトが言った。

エリサは身をすくめた。「いいえ、けっこうよ。平気だから」

「ここは安全じゃない。みんながそう言ってる」

「ええ、ありがとう。でもほんとうに大丈夫」エリサは背を向けると、冷たい風に肩をすくめながらポーチの階段を駆け下りた。

彼女が見えなくなると、ネイトは振り向いた。「誰だ?」

「エリサ・リナルディ。ウェイトレスだ。デミの店で働いている」

「誰かに追われているな」

「おまえ以外の誰かにってことか?」アントンが言った。

ネイトはひどく腹をたてたようだった。片腕をあげて、長く切り裂かれた分厚い革ジャケットの袖を見せた。「黙れ。見ろよ。どんな問題を抱えているにしろ、冗談ですむようなものじゃない」

「誰も冗談なんて言ってない」エリックは言った。「頼むから、注意をそらさないでくれ。ドローンの進み具合はどうだ?」

「問題ない」ネイトはふたりに背を向けて作業を続けた。その背中から、彼のいらだちが伝わってくる。

エリックはアントンを振り返った。「二百ドル貸してもらえないかな?」

「現金か？　なんのために？」

「やらなきゃならないことがあるんだ。金は持ってるが、あと二百必要なんだ。あとで銀行に寄ってちゃんと返すよ」

アントンはとまどったように財布から札束を出して弟に渡した。すでに店が開いている時間になっていたので、エリックは携帯電話で番号を調べて電話をかけた。

「おはようございます。ステイグラー宝飾店のトルーディ・ステイグラーです」

「ミセス・ステイグラー。エリック・トラスクです。覚えてないかもしれませんが――」

「もちろん覚えてますよ。オーティスのこと、ほんとうに残念だわ」

「ええ、ありがとうございます。ところで七年まえ、指輪の取り置きをしたんだが、もしかして――」

「ええ、いまもありますよ。いつでも来てちょうだい」

「長いこと置いておいてくれてありがとうございます。残金を払いたいんだが、そちらに行けないんです。おれはいま、レイクショア通り二二八番地のデミ・ヴォーンの家にいます。マリーナからまっすぐの道です。ここまで持ってきて、あなたに払う残金を受け取ってくれる人がいたらチップをはずみます。いま、ここに現金を持ってるんで」

トルーディ・ステイグラーはその頼みに当惑したようだったが、結局、朝のうちに娘のマーリーに指輪を届けさせることを約束した。

エリックが電話を終えると、ネイトはドローンを見つめ笑わないようこらえた。そして、ドローンを持って、首を振りながら外に向かった。

アントンは腕を組んで顔をしかめていた。

「なんだ？」とエリックは訊いた。

「おれたちのことは気にするな。必要なだけ時間をかけろ。〈レイクサイド・ラウンジ〉にふたりだけのディナーを予約するか？〈ソラリス・スプリング・スパ〉でふたりでマッサージを受けて、手と足のお手入れをしてもらうか？それとも、〈ファイブ・オークス・イン〉のハネムーンスイートで過ごすか？ハート型の振動するベッドがある」

「アントン、おれはただ――」

「敵が迫ってるんだ。食器や寝具を選んでる場合じゃない。集中しろ」

ネイトが戻ってきた。「飛んでるぞ」エリックにリモコンを渡して言った。「今日は風が強くない。目的地まで飛ばしてみよう」

# 24

デミはあえぎながら目を覚ました。

生き埋めにされていた。息のつまるような闇と恐怖、口のなかの泥の味。激しい鼓動を感じながら、自分の部屋の天井を見つめていた。

ただの夢よ。わたしは安全な自分のベッドのなかにいる。だが昨日は夢ではなく現実だった。

目を閉じて、両手を上げながら影のように木々のあいだから現われたエリックの姿を思い出す。彼は自分を差し出した。〝彼女を傷つけるな〟と言って。

〝おれは〈ゴッドエーカー〉で起きたことに責任を負っている〟

〝おれに代役をさせてください〟

考えるだけでもつらかった。彼のわが身をかえりみない勇敢さは立派だが、すべて自分がかぶろうとするなんて正気の沙汰ではない。自己犠牲に躍起になっている様子を見ていると、こっちがどうにかなりそうだ。もう耐えられそうにない。

あのカテゴリーには入りたくない。〝エリック・トラスクが責任を負うもの〟というカテゴリーには。

わたしのことはわたしが責任を負う。

〝耳に別れを告げておけ〟

跳ね起きて身震いした。記憶が鞭のようにデミを痛めつける。

そう、自分の面倒を自分で見るのは立派なことだ。

意識のなかに音が入り込んできた。男性が小さな声で話している。階下からのようだ。

「やあ」エリックの声がした。「やっと起きたね」

デミは周囲を見まわした。エリックはジーンズだけという姿で寝室のドア枠に寄りかかっていた。豊かな茶色い髪は、何度も指を通したらしく、あちこちに向いて立っていた。湯気のたつカップを持っており、コーヒーの香りがデミのところまで漂ってきた。

彼はゴージャスだった。

目もくらむような笑みを見せた。それを見ると、いつも心臓がひっくり返りそうになる。疲れた様子で、目は落ちくぼんでいるし、顔は傷だらけだ。スプルース・ティップ・アイランドで争ったときの肩のあざは青紫になっていた。それでも、息が止まりそうなほど魅力的だった。

「おはよう。まだおはようっていっていい時間なら」

「ああ。まだ昼にはなっていない。そろそろ十時だ」

「階下《した》で電話をかけてたの？　声が聞こえた気がしたけど」

「いいや。助っ人が来てるんだ。それをきみに言っておこうと思って上がってきた。アントンがシアトルから駆けつけたんだよ。おれたちを守るために仲間も連れてきた」

「守るって？」

「警備してくれるんだよ。おれたちがたまには寝られるように」

「そう」デミはしばらく考えた。「こういうことは先に言っておいてほしいわ。少なくともわたしに関係あることは」

「そのつもりだったけど余裕がなかったんだ。アントンがこんなにすばやく動くとは思わなかったしね」

デミは掛布団をはねのけた。「もう起きたほうがいいわね。お客さまがいるなら」

「急ぐことはない。時間をかけてくれていいよ。だけど……エリサが来て朝食を置いていった」

「まあ、ありがたいわ」

「ああ。ただ……その……彼女はおれたちがいるとは思ってなかった」

「エリック」セーターの引き出しを探りながら、デミは釘を刺した。「言いたいことがあるならはっきり言って」

「パニックを起こしたんだ。おれの目にはフラッシュバックに映った。ネイトに襲いかかったんだよ、カッターナイフで」

デミはセーターを持ったまま振り返った。「大変。怪我は？」

「ないよ。彼はむしろ興味をそそられたようだった。おれと同じなんじゃないかな。謎めいた問題を抱えた複雑な女性に惹かれるところが」

デミは目を細めた。「ふざけてるの？」

「いや」エリックはすかさず言った。「真面目だ」

デミは咳ばらいをしてセーターを頭からかぶると、静電気で顔に張りついた髪を払ってから、彼の裸の胸を見つめた。「上半身裸のそんな格好で迎えたなら、彼女が襲いかかるのも無理はないわ」

「実を言うと、おれはきみのバスローブを着ていた」彼は、椅子にかけてあるピンクのフリースのバスローブを示した。「気に入ったよ、やわらかくて」

「よく似合うでしょうね」デミはつぶやいた。

思わず微笑んでいたが、いまはそんな冗談を言いあっている場合ではない。タフなデミになって現実と向きあわなければならない。それに下にいる客とも。

着古しのジーンズを穿き、室内履きを履いた。

「休んでいてもいいんだぞ。別に下に来なくてもかまわない」

「いいえ。一日を始める準備はできたわ。ところで、それはわたしのコーヒー？」

エリックはカップを差し出した。「ああ。カップに注いだ瞬間に気づいたんだが、きみとは一度もゆっくりコーヒーを飲んだことがない。だから、どうやって飲むのが好みかわからなかった」

デミはカップを受けとってひと口飲み、咳き込んだ。「うわ。すごく濃いのね」

「ああ、おれはそういうのが好きなんだ」

「下でクリームを入れるわ」

キッチンに入ると、人並はずれて大きな男性がふたり、テーブルでラップトップに向かっていた。ひとりは見覚えのあるエリックの兄だった。

デミが近づくと、ふたりは立ち上がった。

「アントン」彼と握手してから、もうひとりのほうにも手を差し出した。

「ネイトだ。こんなふうに押しかけて申し訳ない。きみのストレスにならないといいんだけど」

「平気よ。わたしたちを助けるために来てくれたってエリックから聞いたわ。ありがとう」ふたりに向かって微笑み、バーに置かれたトレイを顎で示した。「エリサの朝食ビュッフェはどうだった?」

ネイトとアントンは警戒するよう顔を見あわせた。「ああ……おいしかった」とネイトが言った。

「エリックの話だと、あなた、彼女にずいぶん強い印象を残したみたいね」デミは真面目な顔を崩さないようにして言った。

「ひとつ言えるのは、彼女にはちょっかいを出しちゃいけないってことだ」ネイトの声には実感がこもっていた。「とんでもない目にあう」

「聞いておいてよかったわ」デミは冷蔵庫からクリームを出し、コーヒーを飲みやすくした。

「〈ゴッドエーカー〉にドローンを飛ばしてるんだ」とアントンが言った。

デミはコーヒーを噴き出し、ナプキンをつかんだ。「ほんとう？　何が見つかった？」

「何も」エリックが苦々しく言った。「いまのところは」

デミはネイトとアントンのうしろからコンピューターの画面をのぞきこんだ。「見せて」

ふたりは〈ゴッドエーカー〉の上空でゆっくりとドローンを飛ばし、最後に昨夜の対決の場の上に停留させた。

死体も怪我人も消えていた。自分で腿を撃った男の倒れていたあたりにぼんやりと血の跡が残っている程度だった。

「みんな消えてる。誰が動かしたのかしら？」

「誰ひとり、運転できる状態じゃなかった。歩くのも無理だ。誰かが見ていて、すぐに行動を起こしたんだ。手下を待機させていたんだろう。それに、ぬかるんだ暗い穴からふたりの死体を引っ張り上げる機械も」

「オーティスの写真には車がたくさん映ってたわね。大きな重機もあった」

エリックはうなずいた。「何かが、金をかけて大々的におこなわれている。それもしばらくまえから」

「そして、あの死のペン」とデミは言った。「彼らはわたしの両親をそれで殺し、エリックとわたしも殺そうとしたの」

エリックは挑むように兄を見つめた。「ここに帰ってきて、戦いに手を貸してくれないか？」

アントンはしぶしぶうなずいた。「二、三日時間をくれ。今週あと三回ショーをやらなきゃならないんだ。ヴェガスとポートランドとシアトルで。それ以降のは予定を変更できる。ネイトは、代わりが見つかるまでここに残る。ちょっと失礼するよ。もう一度メースに電話をかけてみる」

「〈ゴースト〉を帰還させるよ。バッテリーが切れないうちに」

ネイトはリモコンを手にアントンと一緒に出ていき、あとにエリックとデミが残された。

デミはキッチンのカウンターに寄りかかり、コーヒーを飲んだ。「昨日はああいう状況だったからちゃんと言っていなかったと思うけど、ありがとう。またしても」

「礼は言うな。そんなものはいらない」

「でも、あなたはわたしを守らなきゃいけないみたいにふるまっている」

エリックは肩をすくめた。「そうだ」

「わたしのことに責任を負う必要はないのよ、エリック。あとは自分でなんとかできるわ。ここから出ていっていいわよ。アントンも。気持ちはありがたいけど」

「だめだ。出ていかない」

「ここはあなたにとって害になる町でしょ?」困ったことに声が震えてきた。「離れられるうちに離れるべきよ」

「きみと一緒じゃなければどこにもいかない」

「わたしはここを離れないわ。ここがわたしの生きる場所なの。家族がいる。祖父、店、従業員。それに父を埋葬しなきゃ。ここはわたしの生まれ育った場所だから、ここを守るつもりよ」

「わかった。おれも手伝う」

喉がつまった。「もう充分してくれたわ。わたしを窮地から救ってくれた。それも二度。でも、ショウズ・クロッシングを救うのはあなたの仕事じゃない。ここで受けた扱いを考えれば、あなたはここになんの義理もないわ。わたしはここから離れられないけれど、あなたは違う」

エリックはゆっくり近づいてきてデミの両肩に手を置いた。ぬくもりがデミの体の芯まで伝わった。まるで、すでに抱きしめられているみたいに彼の体温に包まれる。

「デミ・ヴォーン、おれはきみから離れられないんだ。きみは知らないだろうけど」

「でもそれは難しいでしょ？」頬の涙を拭いながら言った。「〝預言者の呪い〟はあなたを傷つける。呪いとは無縁のところで生きたほうが幸せになれるわよ。だから行って。自由になってちょうだい。わたしをあなたの疫病神にしないで。お願い。エネルギーを使うのに疲れちゃったわ」

エリックの口角が上がった。「おれは何があってもきみから離れない。だからそんなこと考えるな。それこそエネルギーの無駄だ」

デミは彼の熱い胸に手を置いた。少し離れて考えを整理するためだったが、彼に触れるとますます混乱した。全身にあの甘いうずきが広がり、体のなかがエネルギーに満ちて活気づく気がした。肩にかけられたエリックの手を見下ろした。昨日の乱闘で傷だらけだった。

デミはその手を上から握った。「命令するのはやめて。父からさんざん命令されてきたからもうたくさんなの。祖父からもね。命令されるのはいや。わたしには効かないわ」

「じゃあ何が効くんだ？　具体的に教えてくれ」

「知らないわよ。知ってたら、そうね、幸せになって充実してたかも。夢だった仕事をして、結婚して子どもがいて。でもわたしは厄介よ。実の父にはお金のために売られそうになるし、誰かに切り刻まれそうになるし。両親は〝預言者の呪い〟で殺されるし。あなたも過酷な経験をしているけれど、わたしのほうがひどいかも。もう手を引いて、エリック。ポルシェに乗って、完璧な生活に戻ってちょうだい」

エリックはデミの肩から腕をそっとなで、また肩に手を戻した。

「結婚、子ども、夢の仕事、幸せ、充実。全部現実にできる。努力と、少しの運があれば」デミの指のつけ根にキスをした。「ここまで運は向いていなかったが、風向きが変わってきているのを感じるんだ。ふたり一緒なら、乗り越えられる」

手に触れる彼の唇はデミに喜びを与えた。気づくと震えているのは手だけではなかった。顔も胸も喉も震えている。デミは感情に震えていた。ひどく危険なことを始めようとしているかのようだった。

「また崖を飛び降りるの？」デミはささやいた。

「いいや。おれたちはいま、しっかりとした地面の上に立っている」彼はデミの手にさらにキスを繰り返した。「もう時間を無駄にするのはやめよう。おれたちにはするべきことがある。呪いを解き、人生を築くんだ。ふたりで一緒に」

デミは何も言えずに、ただ震える唇をかんだ。

「おれは少しまえから、きみへの思いを抑えるのをやめた。これ以上自分を偽ることはできない。愛してるよ、デミ。おれは一生きみのものだ」

彼の目にはありあまる感情が浮かんでいた。「でも……さっきも言ったけど、わたしは厄介よ」

「きみは最高だよ」エリックは勢い込んで言った。

「おれは、出会う女性をみんなきみと比べてきた。みんな、きみの足元にも及ばなかった。そばにいさせてくれ、デミ。永遠に。それを邪魔するやつはペーストになるまで叩き潰してやる」

「まあ。すてきだわ、エリック。感動した」

「真剣に言ってるんだ」その声にはかすかないらだちが感じられた。

「わかってるけど、会社はどうするの？　あちこち飛びまわるハイテク界の大物の生活は？」

「それがどうした？　これが解決するまでここから仕事をするよ。ビデオ会議で充分だ。毎日会社にいなきゃならないわけじゃない。解決して、きみの安全が確実になったら出社する。おれの人生はすべて交渉でどうにでもなる。きみを除けばね」

デミは口に手を当てた。大波のように感情が押し寄せる。怖いほど幸せだ。「なんて言えばいいの？」

エリックはひざまずいた。「イエスと言ってくれ」

「ああ、エリック」デミはささやいた。

「きみに話した指輪だ」彼は、小さな黒いベルベットの箱をポケットから取り出し、蓋を開けて差し出した。「でも、もしほかのがよければいつでも――」

「いいえ」彼の言葉をさえぎった。

エリックは凍りついた。「ええと……何がいいえなんだ？」

「ごめんなさい」デミは涙ぐんだ目で、うしろから光を当てたような、きらめくアクアブルーのボルダーオパールを見つめた。「これ以外の指輪なんかほしくないって言いたかったの」

「気に入った？」エリックの目が輝いた。

「完璧よ。この青は、ケトル・リヴァーでしょ？　川と滝ね？」

彼の笑みを見て、涙が込みあげた。「そうだ」

「でも……ダイヤは？」泣き笑いをしながら言った。「エリックったら、何を考えてたの？」

「意思表示だよ。きみにはこうするのが当然だ」

「あなたイカれてるわ。自分でわかってる？」

「きみにイカれてるんだ」

「エリック！」アントンが電話の画面を見ながらキッチンに戻ってきた。「メースがフライト情報を送ってきたんだが、ナイロビに戻るだけで少なくとも三日はかかるらしい。だから……おっと」指輪を手にデミのまえにひざまずいているエリックを見て、アントンははっとしたように足を止めた。「なんてこった」

エリックは眉を上げた。「息をするのを忘れるなよ」

「まいったな」アントンはあわててあとずさりして、うしろに立って微笑んでいるネイトにぶつかった。「先に言っておいてくれよ」

「悪かった」ちっとも悪かったと思っていないようだった。「ちょっといいかな？大事なことをしている最中なんでね」

「外にいるぞ」とアントンが言った。「戻ってきてもよくなったら呼んでくれ」

玄関のドアが、必要以上に大きな音をたてて閉まった。

「気の毒に。すごく驚いてたわね」

「大丈夫さ。おれたちのことに戻ろう。指輪を気に入ってくれてよかった。だがおれはまだ、すべてを変えるあの魔法の言葉を待ってる。七年待ってたんだ、これ以上待ちたくない。頼む、デミ。おれに情けをかけてくれ」

デミは彼のうなじの髪に手を差し入れた。「エリック、本気なの？」

「このうえなく本気だよ」

彼の目に浮かぶ愛情に、デミは声がつまった。ひざまずき、彼の首に腕をまわしてしっかりと抱きしめてささやいた。

「イエスよ」ふたりは唇を重ねた。

# 訳者あとがき

お待たせしました。シャノン・マッケナによる新シリーズ、ヘルバウンド・ブラザーフッド・シリーズの二作目をお届けします。

前作『危険すぎる男』でお互いに心を残しながらも離れ離れとなったエリックとデミ。読み終わってもやもやが残ったかたもいらっしゃるかもしれません。本書はそのもやもやを解消すべく、ふたりが七年ぶりの再会を果たすところから始まります。前作をお読みになっていないかたに、ふたりについて簡単にご紹介しますと、デミは地元ショウズ・クロッシングの有力者一家のひとり娘。製紙会社を継ぐことを期待されつつも、自身はレストランを開くという夢を持っていました。

一方のエリックは、終末思想を軸とするコミュニティー〈ゴッドエーカー〉という特異な環境で育ったトラスク三兄弟の次男。かつてショウズ・クロッシングで起きた連続死が、いまは亡き〈ゴッドエーカー〉のリーダー、預言者ことジェレマイアの呪いだというまことしやかな噂が流れていることもあって、トラスク三兄弟は町の人々から疎まれています。第一作では、周囲の反対をよそに惹かれあい、熱いひと時を過ごすまだ初々しい二十代前半のふたりが描かれていました。

それから七年。嫌われ者の三兄弟を引き取ってくれた養父オーティスが突然亡くなり、その葬儀に出席するために、エリックは七年ぶりにショウズ・クロッシングに帰ります。そこにはデミも出席していました。とっくに町を離れていたはずの彼女ですが、地元に戻って念願だったレストランを経営していたのです。お互い、気持ちのうえではもう吹っ切れたつもりでいたものの、本能的に互いを求めてしまいます。二、三日のうちに町を去り、二度と帰ってこないというエリックに、デミは本能に従ってある提案をし、エリックもそれに応じることにするのですが……。

一方、オーティスは亡くなるまえの晩にエリックたち兄弟に留守電を残していました。〈ゴッドエーカー〉について話したいことがあるから至急帰ってきてくれと。オーティスの伝えたいことはなんだったのか？　火事で焼け野原と化したはずの

〈ゴッドエーカー〉に何があるというのか？　そして起きた新たな死。これも〈ゴッドエーカー〉に関わりがあるようです。以前から町を不安に陥れている〝預言者の呪い〟がまた始まったのか？　謎は深まります。さらに、オーティスの葬儀に顔を出していた場違いなふたり組。こちらはデミの父ベネディクトと何やら因縁がある模様。彼らがベネディクトを脅すところを盗み聞きしたエリックは、まわりまわってデミの身にも危険が及ぶのではないかと気が気でありません。

七年の歳月を経てなかなかすんなりとは進まないデミとエリックの愛の行方。そして〈ゴッドエーカー〉にまつわる謎の解明。本書でどのように描かれているか、ぜひお楽しみください。さらに終盤では新たな恋の始まりが予感される場面もあり、シリーズの続きにも期待が募ります。

本シリーズは現在四作目までが刊行され、七月に五作目の刊行が予定されています。人気ＤＪとして、そして有名クラブのオーナーとして活動する長男アントンがヒーローとなる三作目。本書にも登場する兄弟の友人ネイトが活躍する四作目。さらに五作目では、これまでの出番がアントンより少なく読者にとってはまだ謎の多い存在である三男のメースにスポットライトが当たります。巻が進むにつれ、さらに深まっていく〈ゴッドエーカー〉の謎をめぐり、兄弟や彼らを取り巻く人々がどのような活躍を見せるのか。シャノン・マッケナの人気シリーズ、マクラウド兄弟シリーズ同様、今後もシリーズとして新たな広がりを見せてくれるものと信じています。

二〇二一年六月

ザ・ミステリ・コレクション

夜《よ》明《あ》けまで離《はな》さない

2021年 8月 20日　初版発行

著者　シャノン・マッケナ
訳者　寺下朋子《てらしたともこ》

発行所　株式会社 二見書房
東京都千代田区神田三崎町2-18-11
電話 03(3515)2311［営業］
03(3515)2313［編集］
振替 00170-4-2639

印刷　株式会社 堀内印刷所
製本　株式会社 村上製本所


ISBN978-4-576-21115-2
https://www.futami.co.jp/

危険すぎる男
シャノン・マッケナ
寺下朋子［訳］
〔マクラウド兄弟 シリーズ〕
レストランを開く夢のためカフェで働く有力者の娘デミ。そこへ足繁く通う元海兵隊員エリック。ふたりは求めあう関係になるが……過激ながらも切ない新シリーズ始動！

そのドアの向こうで
シャノン・マッケナ
中西和美［訳］
〔マクラウド兄弟 シリーズ〕
亡き父のために十七年前の謎の真相究明を誓う女と、最愛の弟を殺されすべてを捨て去った男。復讐という名の赤い糸が結ぶ、激しくも狂おしい愛。衝撃の話題作！

影のなかの恋人
シャノン・マッケナ
中西和美［訳］
〔マクラウド兄弟 シリーズ〕
サディスティックな殺人者が演じる、狂った恋のキューピッド。愛する者を守るため、元FBI捜査官コナーは人生最大の危険な賭けに出る！官能ラブサスペンス！

運命に導かれて
シャノン・マッケナ
中西和美［訳］
〔マクラウド兄弟 シリーズ〕
殺人の濡れ衣をきせられ過去を捨てたマーゴットは、そんな彼女に惚れ、力になろうとする私立探偵のデイビーと激しい愛に溺れる。しかしそれをじっと見つめる狂気の眼が…

真夜中を過ぎても
シャノン・マッケナ
松井里弥［訳］
〔マクラウド兄弟 シリーズ〕
十五年ぶりに帰郷したリヴの書店が何者かに放火され、そのうえ車に時限爆弾が。執拗に命を狙う犯人の目的は？彼女を守るため、ショーンは謎の男との戦いを誓う…！

過ちの夜の果てに
シャノン・マッケナ
松井里弥［訳］
〔マクラウド兄弟 シリーズ〕
傷心のベッカが恋したのは孤独な元FBI捜査官ニック。狂おしいほど求めあうふたりに卑劣な罠が……この愛は本物か、偽物か――息をつく間もないラブ＆サスペンス

危険な涙がかわく朝
シャノン・マッケナ
松井里弥［訳］
〔マクラウド兄弟 シリーズ〕
あらゆる手段で闇の世界を生き抜いてきたタマラ。幼女を引き取ることになったのを機に生き方を変えた彼女の前に謎の男が現われる。追っ手だと悟るも互いに心奪われ…